芮荣 主编　王德云 罗碧平 副主编

第2版

猪病诊疗与处方手册

ZHUBING ZHENLIAO
YU CHUFANG SHOUCE

化学工业出版社
·北京·

图书在版编目（CIP）数据

猪病诊疗与处方手册/芮荣主编. —2 版. —北京：
化学工业出版社，2011.1
ISBN 978-7-122-09720-0

Ⅰ. 猪… Ⅱ. 芮… Ⅲ. 猪病-诊疗-手册
Ⅳ. S858.28-62

中国版本图书馆 CIP 数据核字（2010）第 203592 号

责任编辑：邵桂林 装帧设计：刘丽华
责任校对：顾淑云

出版发行：化学工业出版社（北京市东城区青年湖南街 13 号 邮政编码 100011）
印 刷：北京云浩印刷有限责任公司
装 订：三河市前程装订厂
710mm×1000mm 1/16 印张 13 字数 257 千字 2011 年 2 月北京第 2 版第 1 次印刷

购书咨询：010-64518888（传真：010-64519686） 售后服务：010-64518899
网 址：http://www.cip.com.cn
凡购买本书，如有缺损质量问题，本社销售中心负责调换。

定 价：25.00 元

编写人员名单

主　　编　芮　荣

副 主 编　王德云　罗碧平

编写人员　（以姓氏笔画为序）

　　　　　王德云　芮　荣　邱　妍　武彩红

　　　　　罗碧平　胡元亮　徐立仁　曹瑞兵

第 2 版前言

《猪病诊疗与处方手册》第 1 版出版后，在全国广大读者中反响较好、受到欢迎，说明这本书的编写思路、撰写方式和服务对象都是恰当的，这些优点均将保留在第 2 版中。第 1 版出版后，编者也收到不少读者意见和建议，并在第 1 版成功发行的鼓舞下，我们着手认真审视第 1 版中存在的问题和不足，精心准备第 2 版的编写。与第 1 版相比，《猪病诊疗与处方手册》第 2 版侧重对猪病诊疗技术进行了修订，对全书进行了认真勘误；并增加 4 个附录，涵盖了猪正常生理参数、病理剖检、人工授精和猪阉割术等临床常用技术资料。

在养猪生产中更加重视疫病的防治，这既是兽医人员的职责所在，也是对养猪业者的必然要求。猪病的发生、发展有其规律性，猪病的防控需要全社会的共同努力。滥用药物不仅无益于疾病治疗，还可能导致食品安全问题，严重影响人类健康；对病死动物处置不当，有可能造成疫病的流行。我们期望这本书能够成为长年累月奔波在猪病防治第一线的广大兽医临床工作者的有益帮手。

《猪病诊疗与处方手册》第 2 版在内容安排和体例上，均保留了第 1 版的特点。全书内容兼顾系统性和实用性，并针对养猪生产中的实际问题，侧重介绍猪病防治方法和处方用药，以方便临床应用；所增加的 4 个附录也颇具针对性和实用性。由于编者水平有限，时间紧迫，书中不妥之处仍在所难免，恳请广大读者和同仁不吝指正。

编　者

2010 年 9 月

第 1 版前言

随着我国养猪业的规模化、集约化发展，对猪病防治的需求愈益迫切。物流的增加，环境、饲养规模与条件的变化，让广大养猪业者面临着严重的猪病危害。基于我国人民的饮食习惯，养猪在我国畜牧生产中长期占据重要的位置。因此，对猪病的有效控制一直是保障养猪生产的首要任务之一。猪群越大，发生流行性疫病所造成的损失往往也越大。在这一形势下，我们编写了《猪病诊疗与处方手册》一书，以献给长年累月奔波在猪病防治第一线的广大兽医临床工作者，使之成为他们与猪病作斗争的工具书和帮手。

近年来，我国各地猪病的发生与流行仍十分严重。其特点也与过去表现出某些不同，一些新的疾病的出现，给猪病防治提出了新的要求，免疫抑制将受到更多的重视；猪病的发生和流行比过去更多地表现为多病原（或多病因）。本书主要针对养猪生产中的实际问题，侧重介绍猪病防治方法和处方用药，内容包括猪传染病、寄生虫病、内科病、外科和产科病的处方用药与常规处理方法，是一本兼顾系统性和实用性的临床工作参考手册。

由于时间仓促，加之编者水平所限，书中的不妥与错误之处在所难免，恳请广大读者和同仁不吝指正。

编　者

2007 年 7 月

目　录

第四章　猪内科病用药与处方

第五章　常见的猪外科和产科病用药与处方

附　　录

参 考 文 献

第一章　猪病防控与临床诊疗基础

第一节　猪传染性疾病的防控措施

猪传染性疾病是对养猪业危害最为严重的一类疾病，它不仅可造成猪群大批死亡，导致严重的生产损失，一些人兽共患病还会给人类健康带来严重威胁。在规模化猪场，猪群饲养高度集中，调运移动频繁，更易受到传染病的侵袭。因此，对猪传染病的防制是养猪业者首先要重视解决的问题。预防和控制猪传染性疾病应当以控制传染源、传播途径和易感猪群3个环节为重点。建立预防为主、防治结合的预防兽医观和注重保健、改善管理的生产兽医观，真正转变以治疗为主的兽医防治观念；要建立有效的生物安全体系，制定和落实综合性防制措施，给猪群创造良好的生长和繁育条件，提高其整体健康水平，进而达到控制猪病、提高猪场生产水平的目的。

一、猪场的选址和布局

猪场建设应考虑预选场地的地形地貌，以及常年的主风向等。一般应选建在背风、向阳、地势较高、干燥通风、水电充足、交通便利、水质卫生良好、排水方便的沙质土地带，以使猪场保持干燥和卫生的环境。最好配套有鱼塘、果林、耕地，以便于污水的处理。猪场应与主要公路、集市、居民点以及其他畜牧场至少保持2千米以上的距离间隔，并尽量远离屠宰场、废物污水处理站和其他污染源。猪场布局应按办公生活区－生产配套区（饲料加工车间、仓库、兽医化验室、消毒更衣室等）－生产区（猪舍）排列，并且严格做到将生产区和生活管理区分开。办公生活区与生产区最好保持一定的距离（200米），作为缓冲防疫隔离带；生产区周围应有防疫保护设施。生产区按配种怀孕舍、分娩舍、保育舍、生长育成舍、装猪台从上风向至下风向排列。生产区外还应备有检疫隔离间。

二、加强饲养管理，做好种源净化和疫病检测

良好的饲养管理是预防各类疾病的基础，应切实重视并加强猪群的饲养管理。按照猪群的不同时期和不同阶段来提供营养，保证其正常的生长发育和免疫功能。饲料营养水平对猪的免疫功能影响很大，如饲料中缺乏某些维生素或矿物质，猪的免疫功能就会下降。良好的饲养环境可降低猪群的发病率，通过改善环境条件，加

强猪舍通风，降低饲养密度，减少各种应激因素对猪造成的损害。猪场应根据气候的季节性差异，做好小气候环境的控制，重视防暑降温、防寒保暖与圈舍卫生等工作。改善猪舍的空气环境，使猪群生活在舒适、安静、干燥、卫生、洁净的环境。

应坚持"自繁自养"原则，需引进种猪时，必须从无疫病流行地区并作详细了解的健康种猪场引进种猪。经隔离检疫，并进行本场常规的免疫接种后方可转入生产区栏舍混群饲养。从分娩、保育、生长、育成各阶段，均实行严格的"全进全出"生产方式，有条件的猪场可尝试在配种舍和怀孕舍采用全进全出的生产模式。种猪场在种猪选育过程中应重视提高猪群对疾病的抵抗力，经多代选育，提高该品种的抗病力。

条件较好的大型种猪场可建立无特定病原（SPF）猪群，彻底杜绝喘气病、萎缩性鼻炎等疾病，也可通过采取早期隔离断奶（SEW）、早期药物隔离断奶（MMEW）等技术措施，逐渐净化猪群。由于 SPF 猪也常常不能阻断那些通过胎盘垂直传播的病原。因此，还应经常性地对猪群进行检疫，及时淘汰，防止疫病的垂直传播或水平扩散。

规模化猪场的疫病控制十分重要，除了建立科学、完整的免疫程序之外，应当具备完善的检测手段，监控猪群免疫水平，及时采取有效的防控措施。猪场应与科研单位或大专院校保持长期的技术联系，积极参加各方举办的兽医学术活动；加强与当地畜牧兽医检疫部门的联系，随时掌握疫病的发生、发展动态，及时采取相应的措施，防止疫病的发生与流行。在集约化饲养条件下，危害群体的传染病均可造成严重的损失，如近年在某些地区暴发的猪蓝耳病、猪瘟、仔猪断奶后多系统衰竭综合征（PMWS）、猪呼吸疾病综合征（PRDC）等疫病，给养猪业造成了巨大的损失。因此，猪场进行日常的疫病诊断和监测是很重要的。

猪场除日常详细记录整个猪群的健康情况，出现可疑病例能及时送病料检验外，每年还应在猪群（特别是后备猪、育成猪、断奶母猪）中按一定比例采集血样，进行各种疫病的监测工作，并定期进行粪便寄生虫卵检查，作好资料的收集、记录和分析工作。定期对饮水和饲料进行微生物学和毒物学检查，侧重检查是否含有沙门菌、霉菌毒素等有害物质，饮水中大肠杆菌等细菌数是否超标。猪对霉菌毒素敏感，饲料受玉米赤霉烯酮（F-2 毒素）污染时，可导致母猪的繁殖障碍。猪只长期摄入霉菌毒素后，机体的免疫功能和抵抗力也会降低，从而易患某些传染性疾病。在雨季或高温高湿的季节，猪饲料中应加入防霉剂。此外，还应坚持对不同阶段的病死猪进行病理剖检，在不同季节对本场出栏商品猪进行经常性的屠宰跟踪、胴体检查，随时掌握猪场疫病动态。

疫病的防治应有所侧重，如长白猪较易患喘气病、大白猪易患萎缩性鼻炎等，对种猪的疫病控制也应采取相应的对策，有所侧重，才能起到应有的防制效果。做好母猪围产期管理，尤其要抓好产前产后各种疾病的防治工作，做好母猪的免疫接种和哺乳、断奶仔猪的保健工作，在母猪分娩前后各 1 周、仔猪断奶前后各 1 周，于饲料中添加抗生素，预防各类细菌性疾病和支原体感染。

对传播快、发病率、死亡率高的疫病必须在短时间内快速做出确诊，并采取有效措施予以控制，才能把损失减少到最低限度，否则将造成惨重的损失。但疫病的诊断，特别是病毒性疫病的准确诊断，往往需要几天的时间才能出结果。如果等待实验室诊断结果再采取控制措施，有可能错过控制疫病的最佳时机，造成严重的生产损失。此时可根据流行病学、临床症状、剖检等方面的线索，及时作出较准确的诊断，并采取必要的防制措施，待确诊后再采取进一步的措施。及时淘汰那些治疗效果不佳的病猪和僵猪，防止疫病传播的可能。

猪场管理者要重点强调防疫管理，技术人员则不要钻牛角尖，要抓猪场的总体防疫，重点解决危害猪场的主要问题，而不是花大力气钻研疑难杂症。近年来，新的猪病种类增多，病原对机体的免疫系统造成破坏，导致猪群免疫失败。如猪繁殖与呼吸综合征、猪圆环病毒感染，引起机体的免疫功能下降，必须引起高度重视。只有不断学习最新的兽医知识，制定相应的预防措施，不断创新，才能适应形势的变化，搞好猪群的疫病防制工作。

三、切实进行科学的免疫接种

免疫接种是指用人工方法将有效疫苗引入猪体内使其产生特异性免疫力，由易感变为不易感的一种疫病预防措施。有组织有计划地进行免疫接种，是预防和控制家畜传染病的重要措施之一。尤其是对于病毒性疾病等一些药物不能预防或预防效果不很理想的疾病。预防接种应有周密的计划，为了做到预防接种有的放矢，应该对当地各种传染病的发生和流行情况进行调查了解。弄清楚存在哪些传染病，在什么季节流行。据此拟定每年的预防接种计划。

猪群免疫程序的制订，至少应考虑以下 8 个方面的因素：①当地疾病的流行情况及严重程度；②母源抗体的水平；③上一次免疫接种引起的残余抗体水平；④猪体的免疫应答能力；⑤疫苗的种类和性质；⑥免疫接种的方法和途径；⑦各种疫苗的配合；⑧对猪健康及生产能力的影响。这些因素是互相联系、互相制约的，必须统筹考虑。猪场应定期采集血样以监测相关疫病的抗体消长情况；若监测结果不符合要求，应及时补打疫苗并调整免疫程序。要根据猪场周围区域疫病发生情况，适当调整免疫程序，以确保免疫效果。可对全场所有的种公、母猪每半年采血一次，进行全面的疫病普查和病毒性疾病的抗体水平检测，发现异常及时处理解决，并及时淘汰某些病毒、细菌的持续感染猪，对低抗体水平的公、母猪及时补种疫苗。

一般来说，免疫程序的制订首先要考虑当地疾病的流行情况及严重程度。据此才能决定需要接种什么种类的疫苗，达到什么样的免疫水平。首次免疫接种时间的确定，除了考虑疾病的流行情况外，主要取决于母源抗体的水平。免疫种猪所生的仔猪，其体内会在一定时间内存在有母源抗体，对建立自主免疫有一定的影响；因此对幼龄家畜的免疫接种往往不能获得满意的效果。以猪瘟为例，母猪于配种前后接种猪瘟疫苗者，所产仔猪可从初乳中获得母源抗体，在20日龄以前对猪瘟具有坚强免疫力，30日龄后母源抗体急剧衰减，至40日龄几乎完全丧失。哺乳仔猪如在20日龄左右首次免疫接种猪瘟弱毒疫苗，则至65日龄左右应进行第2次免疫接种，这是目前在国内被普遍采用的猪瘟免疫程序。另据报道，初生仔猪在吃初乳以前接种猪瘟弱毒疫苗，可免受母源抗体的影响而获得可靠免疫力。

后备母猪配种前要注射乙脑疫苗、细小病毒疫苗、猪瘟疫苗、伪狂犬病疫苗等；蓝耳病阳性猪场的后备种猪，应在配种前进行蓝耳病疫苗的免疫。怀孕母猪分娩前4周开始注射传染性胃肠炎、流行性腹泻、轮状病毒以及大肠杆菌疫苗。

免疫接种后，要注意观察动物接种疫苗后的反应，如有不良反应或发病等情况，应及时采取适当措施。接种弱毒活菌苗前后各5天，动物应停止使用对菌苗活菌有杀灭力的药物，以免影响免疫效果。

四、合理采用药物预防措施

药物预防是为了控制某些疫病而在猪群的饲料、饮水中添加某些安全的药物，达到集体的化学预防目的。这项措施可在一定时间内保护受威胁的易感动物不受疫病危害，是预防和控制传染病的有效措施之一。由于猪传染病的种类繁多，病原体特性差别很大，并且有不少疫病尚未开发出有效的疫（菌）苗。因此，应用群体药物防治是一条重要措施和有效途径。实践证明，在一定条件下采用此法，可对某些细菌性猪病防制产生显著的效果。

猪场应结合自身的实际情况，制订适合本猪场的药物预防程序，坚持定期进行各类抗生素的药敏试验，筛选出当期防治效果最佳的药物。根据不同季节气候变化的特点，在饲料中添加预防性药物，减少发生细菌性疫病的机会。哺乳、保育仔猪的腹泻和保育、生长育成阶段猪的呼吸道疾病是猪场的多发病，通过选择质量可靠的敏感药物，如阿莫西林、金霉素、泰乐菌素等投放于饲料或饮水中进行预防，比治疗更有意义。

母猪产前产后各1周，在饲料中添加阿莫西林、强力霉素可明显降低母猪子宫炎、乳房炎和泌乳障碍综合征的发生，降低哺乳仔猪腹泻的发生率。仔猪断奶前周和断奶转栏后1周的饲料中添加阿莫西林、金霉素、泰乐菌，可防止断奶仔猪感染支原体肺炎、链球菌、大肠杆菌、胸膜肺炎放线杆菌等。仔猪从保育舍转至生长舍，换料后连续使用上述药物14天，可提高猪的健康水平、有效防止呼吸道疾病综合征的发生，使13~15周龄猪的呼吸道疾病发病率明显降低。

药物驱虫也是猪群保健工作不可或缺的一部分，蛔虫、鞭虫等内寄生虫损害机体免疫系统，使猪群抵抗力下降，蛔虫幼虫（经肺移行）或肺丝虫都会加重呼吸道疾病的病症。因此，应重视猪场驱虫工作，特别是母猪分娩前和断奶仔猪转入保育舍后，更应进行驱虫。

后备种猪应在进行体内、外寄生虫驱虫处理后，再转入配种舍使用。配种前4

周应驱虫1次，由于蠕虫的感染能引起母猪泌乳量下降和仔猪下痢，因此母猪分娩前2～3周应进行驱虫，避免母猪把蠕虫、疥螨等寄生虫传染给仔猪。仔猪断奶后1周也应进行驱虫，以改善其生长性能。在饲料中添加毒性较低的广谱驱虫药（如依维菌素、阿苯达唑和增效剂），连喂1周，间隔7～10天再喂1周，可有效控制猪体外寄生虫病的发生。

五、实行严格的生物安全管理

预防外界病原的入侵是猪场传染病防制的重点工作，猪场大门必须设立消毒池，配备更衣消毒间、高压冲洗消毒设备；生产区最好有围墙和防疫沟，并且在围墙外种植荆棘类植物，形成防疫林带，只留人员入口、饲料入口和出猪台，减少与外界的直接联系。生活管理区和生产区之间的人员入口和饲料入口应以消毒池隔开，人员必须在更衣室沐浴、更衣、换鞋，经严格消毒后方可进入生产区；加强对装猪台、人员出入口、污水排出口、物料出入口等易传入疫病区域的管理，保证生产区与外界环境有良好的隔离状态，并做好猪场废物、污水处理和杀虫、灭鼠等工作，全面预防外界病原侵入猪场内。

消毒工作是切断疫病传播途径、杀灭或清除存活在猪体表的病原体的有效办法。消毒工作能减轻外界病原对猪群的威胁，免疫工作中疫苗效力的充分发挥，需要清洁卫生、消毒工作为基础。规模化猪场工厂化、高密度的饲养方式，给疫病的传播提供了极有利的条件。为了预防传染病的发生，必须对污染猪舍内的空气和物体表面进行消毒。消毒时应注意卫生死角和食槽、保温箱等易忽略部位和器具的消毒。消毒前必须先进行严格的清洗，以保证良好的消毒效果。猪场经常使用的化学消毒剂有烧碱、甲醛、过氧乙酸、双链季铵盐、二氯异氰尿酸钠等。选用消毒药物时，应检查其有无批准文号、生产厂家、生产日期、有效期限和使用说明书等，严格按照消毒程序和要求进行操作。正常情况下，每周消毒1次，冬天封闭期和特殊情况下可每周消毒2～3次。在每批猪全部转出后，猪栏先经过严格清洗，再用高效消毒剂进行严格消毒，可选用对病毒杀灭效果较好的消毒剂，以降低病原体的数量，消毒后再空置5～7天，然后重新进猪。

当猪场发生传染病或疑似传染病时，必须按"早、快、严"的原则，采取得力的紧急措施，尽快将疫病控制和消灭在萌芽状态。猪群出现传染病或疑似传染病时，应立即严格封锁疫场，必要时扑杀病猪；使用杀灭病毒效果好的消毒剂进行彻底消毒，防止疫情传播。病死猪必须在指定地点进行剖检，尸体和废弃物要作就地烧毁、深埋等无害化处理，严禁将病猪运出用作食用或其他用途。做好疫点和疫区内的灭鼠、灭蚊、灭蝇等工作。

严格控制病原的传播与扩散，疫区内所有猪只停止流动，严禁人员、猪只、车辆、用具和其他任何可能作为传播途径的动物和物品运出，粪便及污物应进行发酵无害化处理，污水经严格消毒处理后才能对外排放，避免病原向外扩散。发病猪场应安排专人日夜值班，限制疫点人员的行动；进入疫点的工作人员必须在该疫点门口再次更换工作衣和工作水靴，并严格用消毒液洗手；进入疫点的人员不准再进入到健康猪场或猪舍；疫点人员应集中食宿，严禁疫点饲养员与健康猪群饲养员一起居住。

做好紧急接种工作，要做到按"先健康群、后可疑群，由外向里、顺序进行"的原则进行紧急接种，接种份量要加倍，并严格做到每头猪换一个注射针头。加强疫区猪群的护理工作，在饲料中添加抗生素控制或防止继发感染其他细菌性疾病。严格按操作规程采集病料并妥善保存，及时送检，送检病料应按照该种传染病的性质、种类作特殊处理，防止病原污染。通过实验室诊断和技术分析会，迅速查明病因；若猪场不能确认病因，应及时送有关兽医部门检验，尽快确诊。

在最后一头病猪痊愈或处理完毕、经该病最长潜伏期隔离观察不再出现新的病例后，对猪舍及周围环境、所有用具进行严格彻底的消毒，发病场所可用生石灰加烧碱水反复刷洗消毒2～3次，空置一定时间后，经有关管理部门的批准，才能解除封锁。

第二节 猪病诊疗技术

一、诊 断 技 术

1. 猪的保定

对猪进行合理的保定主要是保障人与猪的安全，以便顺利进行诊断、治疗或手术。可根据猪的大小及临床操作的需要，采用适当的保定方法。

（1）仔猪保定 可采用提起保定法或侧卧保定法，前者又分为正提法和倒提法2种保定方法。正提法以两手分别握住仔猪两耳中部提起，使猪后腿脚尖离地，猪体夹在保定者两腿之间固定；或一手全握耳根部，另一手抓住尾部，使猪站立保定不得活动；该法可用来进行头部、四肢、胸部、腹部检查，耳根或颈部肌内注射或进行其他诊治操作。倒提法以两手分别握住仔猪两后肢小腿部向上提起，使猪腹部向前，头部离地，猪体夹在保定者两腿之间，这样可作四肢、腹部检查或有关部位诊治。侧卧保定法适用于仔猪阉割术，术者将猪左后肢提起，使之右侧卧，以右脚（建议穿软底鞋操作）踩住猪左侧颈部，将左后肢向后拉，将猪的后躯转成仰卧姿势，左脚踩住左后肢小腿部。

（2）中猪和大猪保定 采用侧（仰）卧保定法时，两人使猪平衡侧卧或将猪放置小推车上，用绳缚住，适宜全身检查或腹部手术；也可将猪放在宽深度适当的木槽中，作仰卧保定，做胸腹部、四肢检查或腹部手术。栅栏保定法适用于大母猪的腹部触诊、B超怀孕检查，以及药物注射等；利用大母猪圈舍的两侧由栅栏围成，活动空间较小，容易操作的特点进行相应的诊疗活动。采用木棒保定法时，选用长约 2 米的木棒 1 根，末端系 1 根 0.5 米长的麻绳，距此末端约 15 厘米处，再将麻绳的另一端系上，做成一个固定大小的圆套，从猪的口套在上颌犬齿后方，随后将木棒向猪头背后方滚动，收紧套绳，即可将猪保定。需倒卧保定时，将猪放倒后，捆好四肢，同时压住颈部即可。

2. 问诊和流行病学调查

（1）问诊　主要向畜主询问发病情况，如发病时间的长短、病情表现等，根据发病时间推测所患疾病为急性还是慢性；了解疾病是散发还是多发、群发；了解病猪有无表现厌食、下痢、咳嗽等情况。了解何时患病，是否治疗过，用过哪些药物；观察有无免疫耳号，了解免疫时间及疫苗种类；了解饲养管理情况，如饲料质量、饮水卫生等；同时还要关注周围疫情和猪发病后的症状等。

（2）流行病学调查　侧重了解猪群发病是为群发或散发，传播速度快慢。若短时间内迅速传播、造成大批流行，多提示为急性传染病，如猪瘟、猪丹毒、流行性感冒、传染性胃肠炎等。在发病猪年龄上，若各个年龄段猪只均有发病，发病率高、死亡率也高，则提示为猪瘟；仅哺乳仔猪发病、出现下痢，多为大肠杆菌病；成年猪与仔猪均发生严重下痢，但哺乳仔猪死亡率很高、成年猪很少死亡，则为传染性胃肠炎的特点。

另外，需要了解最初发病的时间、地点、传播蔓延情况；目前疫情的分布，发病猪的数量、性别、日龄，猪群各年龄组的发病率和死亡率，疾病在猪群中流行过程如何；疾病呈急性、慢性或隐性，最先受害的是哪些猪，是突然大批发生还是缓慢发病；发病猪是否同窝、同栏，是整窝发病还是窝内呈散发特点；在疾病发生前，饲养管理上是否有重大改变。同时还需了解病猪的病情发展如何，疾病的初期表现与后期症状是否有差异，疾病是加剧还是减轻；最初发病猪的年龄有多大；疾病持续多久，病猪的预后如何；曾用哪些药物治疗、剂量多少、效果如何等。

3. 饲养、管理、卫生情况

了解猪场的位置、地形资料，猪舍的建筑结构、光照、通风条件等情况；饲料的来源和配方，饲料贮存是否恰当，有无霉变饲料；猪群饲养密度，猪舍温度与消毒，粪便及污水处理情况，有无鼠类危害；猪群引种情况，近期是否从外面引进猪只，新引入猪只的检疫和隔离措施如何；猪群免疫程序和使用的疫苗等；母猪进入产房前是否清洗消毒过，每窝的产仔数、仔猪的出生重、弱胎及死胎、仔猪存活率等。

4. 一般检查

一般检查主要是通过视诊、触诊、听诊等常规临床检查方法，了解患病动物的整体和一般情况，借以发现某些重要症状。

（1）整体外观检查　首先看骨骼、肌肉的发育程度来确定体格、发育和营养状况。在仔猪可见其比同种、同窝的仔猪发育显著滞后，甚至成为僵猪或侏儒猪。典型的僵猪往往是慢性传染病（猪瘟、猪肺疫、气喘病、副伤寒等）、寄生虫病（尤其是蛔虫病）以及营养不良（先天性或母乳不足）所致，还多见于矿物质、维生素代谢障碍而引起的骨质疾病（骨软症与佝偻病）。其次注意病猪的精神状态，常表现为精神萎靡，行动迟缓，离群独居或落在健康猪后面，走路摇晃，低头耷耳，眼睛半闭，被毛粗乱无光泽，腹部不饱满。猪食盐中毒时，则出现兴奋或抑制，全身发抖或转圈，有时倒地，四肢划动等。患破伤风时竖耳举尾，四肢僵硬，牙关紧闭。

（2）体表检查　皮肤变化除反映其本身的疾病外，也常受内科病及传染病波及。皮肤不仅可反映出慢性病理过程，也可反映出急性的病理变化。皮肤苍白，是贫血的指征之一；发红尤其发生红斑点，就有发生传染病的可能。猪丹毒的斑点常呈疹块型，指压褪色；猪瘟的皮肤出血点指压不褪色。皮肤发绀（蓝紫色），在鼻端、耳尖、腹部及四肢内侧比较显著，是心脏衰弱或呼吸困难的一种表现，可发生于猪瘟、猪肺疫、中毒及其他严重的疾病。皮肤粗糙、肥厚、落屑及发痒，常是疥癣病的症状。检查皮肤时还应注意是否内含有较透明的液体水疱，或内含有脓液的脓疱。注意口蹄疫、猪水疱病、猪痘时头部及蹄部皮肤的变化。猪的鼻镜常保持湿凉而有光泽，如果变为干热时，则为发热表现。猪鼻部缩短或歪斜，见于猪传染性萎缩性鼻炎。此外，常于耳根及后肢内侧检查皮温，热性病时皮温增高，大失血、高度心脏衰弱及临死之前皮温降低。

（3）体温　常规方法是用体温计测直肠内温度。猪的正常体温为 38～39.5℃，仔猪会稍高。在正常情况下，猪的体温中午或吃食后略高些，日差约为 0.2～0.5℃。炎热季节体温往往升高；在运动、兴奋、紧张时，可使温度一时性升高；在严重下痢或肛门松弛时，直肠测温可能有一定误差。

体温升高 1℃ 以内为微热，升高 1～2℃ 为中热，升高 2～3℃ 或更高为高热。体温是一般检查中最基本的内容，对判断疾病、推断预后具有重要的意义。饲料中毒、大出血、贫血以及濒死时体温可降到常温以下。急性传染病常发生高热，而普通病往往无热或微热。还可以利用温度的变化，鉴别疾病的种类，如消化不良一般无热，胃肠炎常常高热。此外，还可根据体温的变化，观察治疗效果及推断疾病的预后是否良好。但无论是体温升高或降低，只能表明病猪的生理状态，而不能以此确定诊断。只有全面检查以后，结合综合症状，才能判断疾病的性质和预后。

（4）呼吸次数　检查呼吸数应在安静时进行，观察胸、腹部起伏动作，一起一伏为一次呼吸。冬季可观察呼出气流，呼出一次气流为一次呼吸。健康猪的呼吸次数为每分钟 10～20 次，仔猪比成年猪稍多，妊娠母猪呼吸次数增多，运动、兴奋时也可出现生理性增多。

呼吸数增多常见于热性病或肺脏、胸膜、心脏及胃肠的疾病，如肺炎、胸膜炎和膈的运动受阻等；呼吸次数减少见于产后麻痹、上呼吸道狭窄、某些中毒疾病、代谢紊乱，以及颅内压显著升高等。如果呼吸时，胸部的起伏比较明显，称为胸式呼吸；腹部呼吸活动比较明显时，称为腹式呼吸。当发生横膈膜疾病、积食、腹腔积水，妨碍空气进入肺部的肺脏疾病、腹膜炎及腹腔脏器疼痛时，一般表现为胸式呼吸。当发生胸膜炎、胸腔积液及肺气肿时，一般表现为腹式呼吸。若无外界因素（吃食、运动、天气炎热、恐惧）的影响，呼吸次数的增多或减少、间断性呼吸，或者在上述现象的同时发生呼吸困难，都是疾病的状态。间断性呼吸时，呼吸节奏发生明显的变化，呼吸用力而困难，这种现象常见于胸膜炎、支气管肺炎、产后麻痹及脑炎等。

（5）脉搏　检查猪的脉搏时，小猪可在后退内侧股动脉处，大猪可在尾根底下的尾动脉处用手感触动脉搏动。如果检查不出，最好用听诊器听诊或用手掌触摸心脏部位，根据心跳次数来确诊脉搏数。健康猪的心跳次数与脉搏是一致的，每分钟平均 60～80 次。猪的脉搏增多，主要见于重剧的普通病、急性热性传染病及贫血病；脉搏减少，一般见于慢性病等。

（6）可视黏膜　包括结膜、鼻黏膜、口腔黏膜、阴道黏膜等。临床上主要检查眼结膜，必要时可检查其他可视黏膜。观察其色泽变化、有无肿胀、溃疡和分泌物及其性状。

眼结膜检查时，用两手的拇指、食指分别拔开上、下眼睑，结膜即可显露。眼结膜的颜色变化除可反映其局部的病变外，还可据此推断全身的循环状态及血液某些成分的改变，在诊断和判定预后上具有一定的意义。健康猪的结膜呈粉红色。结膜潮红是结膜充血的表现，分弥漫性潮红和树枝状充血。弥漫性潮红，见于各种急性热性传染病、心脏和肺部疾病，结膜炎等；树枝状充血，见于肺气肿、脑炎和心脏衰弱等。结膜苍白见于各种类型贫血、血孢子虫病和慢性消耗性疾病等。急剧苍白，见于大失血和肝、脾破裂等。结膜黄染见于胆汁排泄障碍性疾病、肝和十二指肠疾病、出血性黄疸、钩端螺旋体病以及溶血性疾病等。结膜发绀是机体缺氧的表现，系血液中还原血红蛋白量增多所致。结膜呈蓝紫色或者紫色，见于呼吸困难、体循环障碍的疾病，如某些传染病、肺水肿、重剧性胃肠炎、中毒性疾病等。

各种眼病和某些传染病，如外伤性角膜炎、流感等可造成结膜肿胀。结膜出现浆液性、黏液性或脓性分泌物。眼角外的"泪斑"见于猪传染性萎缩性鼻炎；结膜色淡、水肿见于猪水肿病；猪瘟时，眼结膜潮红，常有脓性分泌物。

5. 系统检查

根据上述检查结果，在形成印象（初步）诊断后，侧重开展下面一项或数项系统检查。

（1）消化系统检查　首先进行食欲检查，包括采食量、吃食和咀嚼动作。若食欲减退可能是消化不良、胃肠炎、热性病及肝病等；食欲废绝见于胃扩张、便秘及各种重剧疾病等。食欲不定（食欲时好时坏）见于慢性消化不良、慢性肝病、心脏病等。食欲反常时，如异嗜，喜吃平时所不吃的东西，舔食沾有粪、尿的杂物及墙壁上的石灰和布片、木、石等，多见于消化不良、软骨症、矿物质、维生素缺乏症和贫血等。饮欲增加可见于某些热性病、重剧腹泻等症。

　　口腔检查时，主要检查口腔的温度、湿度、色泽、气味、舌苔、牙齿等有无异常变化。患各种热性病、口炎、咽炎、胃肠炎等，则口腔温度增高。而虚脱病和近于死亡时的病例，口腔温度常有降低。口腔气味明显恶臭，见于口炎、重剧胃肠炎、便秘、齿槽炎以及钩端螺旋体病等。检查食道是否梗塞、有无疼痛和逆蠕动等。当猪吞咽或用胃导管探诊时，食道敏感，多为食道炎，若推进有困难或触及阻塞物时，则为食道梗塞。

　　在腹部检查时，多采用视诊、触诊、听诊。必要时可作腹部穿刺检查。应注意腹围大小和腹壁敏感性。腹围膨大见于腹膜炎、肝硬化等引起的腹水，常伴有四肢和腹下水肿。局限性腹围膨大，见于腹壁疝、脓肿等。腹围缩小可见于严重腹泻、胃肠炎、慢性消化不良、食欲长期减退的疾病等。腹壁紧张，触之敏感见于腹膜炎，触之无痛见于破伤风等。

　　此外，还要进行粪便检查。排粪次数和排粪量都减少，见于慢性消化不良、便秘初期以及热性病等。若不排粪，常见于便秘后期、肠变位、肠套叠等。排粪失禁时，往往无排粪姿势、不自主地排出粪便，见于重剧腹泻。粪便带血呈黑色，是胃和前部肠管出血；粪便呈鲜红色，是后部的肠管、肛门附近出血。粪便呈灰白色，是粪胆素减少，见于肝脏疾病，也和给予食物有关。粪便稀软呈水样，见于胃肠炎、消化不良。粪便被覆较多黏液，见于肠炎、便秘初期和肠变位等；粪便中混有消化不全的食物，见于消化不良、牙齿疾病等。

　　（2）呼吸系统检查　健康猪的呼吸式为胸腹式呼吸。即在呼气和吸气时，胸壁和腹壁起伏运动强度几乎一致。若呈胸式呼吸，多见于胃扩张、腹膜炎、肠膨胀、膈的疾病等。腹式呼吸多见于胸膜炎、肋骨骨折、慢性肺泡气肿等。发生吸气性呼吸困难，表现为鼻孔开张，甚至张口呼吸，吸气时间延长，见于上呼吸道狭窄或堵塞。呼气性呼吸困难时，表现为腹肌强力收缩，肋骨弓处形成明显的凹陷，称喘沟（息痨沟），吸气时间延长或呈两段式呼气，见于慢性肺气肿。混合性呼吸困难常见于肺炎、心脏病、热性病及中毒疾病等。

　　健康猪一般无鼻液。检查时应注意鼻液是从一侧还是由两侧流出，是连续流出还是间断流出；同时注意鼻液的量与性状。感冒、鼻炎、气管炎和支气管肺炎初期呈浆液性鼻液。鼻炎、气管炎中后期，鼻液黏稠、不透明、呈灰白色，为黏液性鼻液。一侧脓性鼻液为副鼻窦炎，有时鼻液中混有气泡、血液及食物等。喉部肿胀、触诊疼痛，见于咽喉炎。出现强咳可能是气管炎、喉头炎等；弱咳见于胸膜炎、肺炎等；干咳见于慢性支气管炎和胸膜肺炎等；湿咳见于支气管炎的中、后期；痛咳时，伴随咳嗽有疼痛表现，表现出努力抑制咳嗽，咳嗽音短促、微弱，见于胸膜炎、胸膜肺炎等。

　　（3）泌尿生殖系统检查　排尿时表现疼痛和不安，回视腹部、呻吟、努责等，见于膀胱炎、尿道炎、尿道结石等。若排尿失禁，可能有尿结石、脊髓疾病等。发生尿淋漓时，虽无排尿姿势，但尿液不断地呈滴状流出或呈细流状，多见于尿结石、膀胱炎。若发生尿闭，则不断作排尿姿势，但无尿液排出，多见于尿道结石、膀胱麻痹、腰荐部挫伤等。在排尿次数和尿量方面，如排尿次数增加、但每次尿量不减少，见于胸膜炎的渗出液吸收期；排尿次数减少、尿液总量也减少，见于急性肾炎、重剧的腹泻等。尿道检查时，将导尿管插入尿道，检查尿道是否有结石、肿瘤阻塞或尿道狭窄。

猪患慢性包皮炎时，包皮开口处有脓性分泌物；猪瘟常见包皮积尿。包皮肿大，大多是由于皮肤浮肿引起，触诊呈捏粉样，无热痛。睾丸肿大，见于睾丸炎；阴囊肿大，见于阴囊水肿或阴囊疝。在母猪患阴道炎及子宫内膜炎时，阴户常流出稀薄污秽的液体，子宫蓄脓时则流出脓样的分泌物；如果胎衣滞留，则排出污秽恶臭的液体，并且混有零星胎膜碎片。

（4）神经系统检查　从精神状态来看，动物表现兴奋，轻者不安、惊恐，重者前冲后撞、不顾障碍、盲目活动、狂奔乱走、甚至攻击人畜，见于脑炎、脑内寄生虫病和中毒等。表现沉郁时，对外界刺激反应降低或消失，垂头呆立或卧于一隅，眼半闭，严重者昏迷、嗜睡，见于脑炎沉郁期，脑部损伤，各种热性病、中毒病以及重病垂危期。在运动机能方面，运动失调者站立时，头、躯干及尾巴摇摆不定，四肢发软、叉开，不能保持平衡，倒向一侧卧地，或后坐；行走时步态不稳。用力踏地作圆周运动，或卧地、四肢呈游泳样运动，多见于脑炎、中毒性疾病等。若发生运动麻痹，不全麻痹（末梢神经性麻痹）时肌肉运动不完全丧失，紧张力减退，时久萎缩，见于颜面神经、坐骨神经、股神经、饶神经等麻痹时；完全麻痹（中枢神经性麻痹）者肌肉痉挛，紧张性增强，腱反射亢进，见于脑脊髓炎、中毒性疾病和某些寄生虫病。

二、治 疗 技 术

治疗是抢救病畜，减少损失，消灭传染源，防止疫病扩散的一种措施。治疗的原则是尽早实施、标本兼治。尽早实施强调早发现、早治疗，标本兼治是指既要对症治疗，又要对因治疗，应采用综合性治疗措施。治疗猪病常用的给药方法主要为口服给药和注射给药。

1. 口服给药

（1）饲料混喂　对猪群进行药物预防和治疗时，常将药物粉剂拌入饲料中喂服。先预算药物剂量并称好药物，采用梯度混合法，即先将药物放入少量精饲料中拌匀，然后再加入日粮饲料中拌匀，最后喂给猪群。

（2）灌胃法　适用于水剂、中药煎剂或粉剂、研碎的片剂加适量水制成的混悬剂。水剂药物可用灌药瓶或投药导管（为近前端处有横孔的胶管）投服。家庭养猪一般用灌药瓶投药，先把配好的药液放入啤酒瓶或特制的灌药瓶，助手将猪保定，术者一手用木棒撬开其口腔，另一只手持盛药的瓶子，将药液一口一口地倒入口腔，待其咽下一口后，再倒入另一口。用投药导管投药时，需将兽用开口器由口的侧方插入，开口器的圆形孔置于中央，术者将导管的前端由圆形孔通过插入咽部，随着猪的吞咽动作而送入食道内，然后吸引导管的后端，确认有抵抗性的负压状态（此时导管近前端的横孔紧贴于食道黏膜），即可将药剂容器连接于导管而投药，最后投入少量的清水，吹入空气后拔出导管。若导管插入时有咳嗽，吸引时没有抵抗力而有空气回流，为导管插入气管的缘故，应立即拔出，重新插入。

（3）片剂、丸剂投药法　打开猪口腔，用镊子夹取药片、药丸或用竹板刮取粉剂，自口角处送入舌背侧。如有丸剂投药器，事先则将药丸装入投药器内，从口角伸入口腔内，将药丸推出，抽出投药器，让其自行咽下。

2. 注射法

包括皮下、肌内、静脉和腹腔注射法。根据药液性质、数量和疾病的情况而定。注射用具须事先消毒，注射器可煮沸或高压灭菌。注射部位剪毛，用2%～5%碘酒、再用75%酒精作皮肤消毒。

（1）皮下注射　猪皮下有很厚的脂肪层，吸收速度较慢，注射药液后10～15分钟被吸收，多用于易溶解、刺激性小的药物和疫苗、血清等的注射。注射部位多在耳根后或股内侧。局部剪毛，碘酊消毒，在股内侧注射时，应以左手的拇指与中指捏起皮肤，食指压起顶点，使其呈三角形凹窝，右手持注射器垂直刺入凹窝中心皮下约2厘米（此时针头可在皮下自由活动），左手放开皮肤，抽动活塞不见回血时，推动活塞注入药液。注射完毕，以酒精棉球压迫针眼，拔出注射针头，最后以碘酊涂布针眼处。在耳根后注射时，由于局部皮肤紧张，可不捏起皮肤而直接垂直刺入约2厘米，其他操作与股内侧注射相同。

（2）肌内注射　肌肉内血管丰富，注射药液后吸收较快，仅次于静脉注射，且疼痛较轻，故临床上多用。注射部位多选颈部或臀部。临床上进行肌内注射时，常不作剪毛处理；还可使用12号短针头，在金属注射器扎入的瞬间推注注射液，俗称"打飞针"。熟练的技术可以保证注射的效果，也可免去保定的麻烦。

（3）静脉注射　适用于药量大、刺激性强的药物，如补液等。注射部位一般用耳大静脉，方法是先以左手捏住耳大静脉使其怒张，右手持注射器将针头迅速斜刺入静脉，回血后，放开左手，缓缓注入药液；注射完毕，左手拿酒精棉球紧压针孔，右手迅速拔出针头，继续紧压局部片刻以防血肿，最后涂碘酊消毒。当耳静脉出现血肿模糊不清或仔猪耳静脉特别不明显时，也可作前腔静脉注射。前腔静脉位于胸腔入口，即第1对肋骨之间的气管腹侧面。注射时将猪仰卧保定，头颈伸直，在左侧胸前窝，沿胸骨柄基部侧缘按压，用带有9号或12号针头的注射器，斜刺向对侧或向后内方与地面成60角度缓慢刺入，深约2～3厘米，边刺边抽，当刺入脉管时有静脉血液回流，即可注射药液，注射后拔出针头，局部以碘酊消毒。

静脉注射时应注意：预先排净注射器或输液管内的空气，动物保定要确实；进针后如不见回血，应将针头退至皮下找准静脉再刺入；强刺激性药物，如水合氯醛、氯化钙等，不能漏在静脉外面，防止引起组织发炎、坏死或化脓；油类制剂不可静脉注射，冬天需注意加温，大输液时速度不宜过快。

（4）腹腔注射法　适用于静脉注射无法进行时，一般用无刺激性药物如生理盐水、葡萄糖液等。注射部位在右髋关节下缘的水平线上，距离最后肋骨数厘米处的凹窝部刺入。如注射小猪可倒提保定，使其内脏下移，然后将针头刺入耻骨前缘3～5厘米的正中线旁的腹腔内。术部皮肤用5％的碘酊消毒，针头与皮肤垂直刺入腹腔，回抽活塞，如无气体或液体时，即可缓缓注射。大猪也可在左右腹腔肷部注射，猪站立保定后，左手捏起腹部皮肤，右手将针头垂直刺入腹腔，针头能自由活动、药液注入无阻力时，即可缓慢注入。注射前后应严格消毒；注入药液后，用酒精棉按压注射部位，拔出针头后消毒。

（5）胸腔注射法　注射部位为肩胛骨后缘3～6厘米处，两肋间进针。用5％碘酊消毒皮肤，左手寻找两肋间位置，针头直刺入胸腔。针头进入胸腔后，立即感到阻力消失，即可注入药物或疫苗。注射时不要刺入过深，以免损伤肺脏；如有胶管连接注射器应先夹闭胶管，防止空气进入胸腔，造成气胸。

（6）皮内注射法　用短针头刺入皮肤真皮层内，然后注入少量药液或诊断液。常用于变态反应试验或药物过敏试验。

（7）穴位注射法　中兽医称为水针疗法，是在某些穴位注射药物，通过针刺和药物对穴位的刺激，以达到治疗疾病的目的。此法使用药物剂量为肌内注射的1/3左右。

3. 其他治疗技术

（1）穿刺法　主要适用于排出某体腔或组织内的病理产物，也适用于冲洗治疗和投入药物。操作时，要将猪保定确实，穿刺部位准确，以免误伤其他器官。一般使用12号注射针头或套管针。

（2）导胃法　常用于导管投药或中毒抢救。当毒物中毒且尚在胃部时，可用导胃法冲洗胃部、排出毒物。先使用开口器或木棒将猪嘴撬开，然后将普通胃管插入胃内（一般情况下由于咽部吞咽作用可径直插入胃内），再通过胃管的另一端连接上漏斗灌入冲洗液，反复冲洗直至胃内容物完全排空。

（3）灌肠法　主要用于治疗大肠便秘。在猪没有呼吸器官疾病时，采用尾部抬高的保定方式，用插入端钝圆光滑的胶管，涂上肥皂或润滑油由肛门插入，如肛门内有粪球阻塞，可用手将粪球掏出后再插入胶管。胶管在推向深处时，如遇肠管收缩蠕动，应稍停顿，待蠕动结束时继续向前推进。胶管插好后，在胶管另一端接上漏斗，根据猪体重的大小向肠管内缓慢灌入1％的温盐水500～1000毫升，灌水后，经15～20分钟取出胶管。

三、化　验　检　查

1. 血液学检查

（1）血液的采取与抗凝　成年猪在耳静脉采血，6月龄以内的猪在前腔静脉采血。血液的抗凝用草酸盐合剂（草酸铵 6.0 克、草酸钾 4.0 克、蒸馏水 100.0 毫升），此液 0.1 毫升（约 2 滴）可使 5 毫升血液抗凝。也可用 10％乙二胺四乙酸二钠溶液，每 2 滴可使 5 毫升全血抗凝；或 3.8％枸橼酸钠溶液，0.5 毫升可使 5 毫升全血抗凝；或 1％肝素溶液，0.1 毫升可使 3～5 毫升全血抗凝。

（2）血沉测定　测定红细胞在一定时间内沉降的速度。用魏氏管法或温氏管法，但 2 种方法所得的数值不尽一致，因此报告血沉结果时，应注明所用的方法。魏氏法与温氏管法所测猪正常血沉值见表 1-1。

表 1-1　猪正常血沉值

测定方法 \ 时间	15 分钟	30 分钟	45 分钟	60 分钟
魏氏法	2～4 毫米	6～9 毫米	18～22 毫米	25～35 毫米
温氏管法	3 毫米	8 毫米	20 毫米	30 毫米

临床意义：血沉加快，见于猪附红体病、钩端螺旋体病、猪瘟、猪蛔虫病、猪疥螨、氢氰酸中毒、亚硝酸盐中毒、慢性铬中毒，以及微量元素铜、锌、钴缺乏和泛酸缺乏等。血沉减慢，见于腹泻、便秘、下咽困难、多尿、大出汗等症状。

（3）血红蛋白测定　红细胞被盐酸破坏，释放出血红蛋白，血红蛋白再被盐酸酸化，生成酸性血红素（褐色），待其色泽稳定后，与标准色柱相比，读取数值。常用沙利式比色法。

临床意义：血红蛋白增高，见于各种原因引起的血液浓缩（如腹泻、呕吐、大汗、多尿及肠阻塞等）；血红蛋白减少，见于各种原因引起的贫血（如仔猪贫血等），也见于慢性消耗性疾病（如仔猪蛔虫病等）。

（4）红细胞计数　吸取 20 微升抗凝全血，与 3.98 毫升（或 4 毫升）红细胞稀释液稀释后混悬均匀，填充于特制的计数室内，在显微镜下计算出红细胞数。现用纽巴计数法或红细胞自动计数仪记数。

临诊意义：红细胞数的增减变化与血红蛋白的含量是一致的。红细胞增多，见于各种原因所致的全身性脱水，如便秘、腹泻、呕吐、多尿、腹腔内渗出或漏出、饮水吞咽障碍、休克等。红细胞减少，见于各种原因所导致的贫血，如仔猪贫血和血液寄生虫病等。

（5）白细胞计数　吸取 20 微升抗凝全血，加入 0.38 或 0.4 毫升白细胞稀释液，稀释液中醋酸将红细胞破坏，而白细胞不但不被醋酸破坏，经醋酸处理后，轮廓反而更加清晰。充分混合后填充于特制的计数室内，在显微镜下计算白细胞总数。现用纽巴计数法或白细胞自动计数仪记数。

临诊意义：白细胞增多见于球菌、杆菌、真菌的感染，其中尤以球菌感染较为明显；肺、胃肠、胸膜、腹膜、肾、心包、子宫、乳房等器官发炎时，白细胞数常会明显增多。白细胞减少见于某些病毒性传染病（如猪瘟、猪流感等）、某些寄生虫病（如焦虫病）、某些慢性中毒疾病（如磺胺类、氯霉素、氨基比林类药物的长期使用或用量过大），也见于休克（如败血性休克、内毒素性休克、过敏性休克等）。危重病例的濒死期，随着病情的恶化，白细胞总数多呈现急剧下降的趋势。

（6）白细胞分类计数　常用瑞氏染色法染色，根据5种白细胞的各自特征、计算出它们所占的百分比，并结合白细胞的数值进行综合分析。

临诊意义：引起中性粒细胞增多的原因有下列几种情况。①生理性，如惊恐、运动、兴奋、粗暴的保定、生疏的环境、分娩等，促进白细胞由骨髓进入血液循环（因肾上腺素分泌增多），这种反应可以持续20～30分钟，临诊上称作"假性白细胞增多"；②应激性，如疼痛、手术、麻醉、创伤等，引起自体内源性皮质类固醇分泌增多，促使白细胞由骨髓进入血液循环；③炎症性，在发炎的过程中，细菌的毒素、组织蛋白的分解产物，可促使骨髓中储备的中性粒细胞加速向外周血液的释放，因此导致未成熟的中性粒细胞也提前进入外周血液，这是机体对病理性刺激反应的标志。导致中性粒细胞减少的原因有下列几种情况。①过度使用性中性粒细胞减少，常见于急性化脓性细菌感染的初期阶段。这一短暂的血象变化往往不易被临诊化验所发现。中性粒细胞的暂时减少是因它们大量向组织中游走的结果，即向组织中游走的数量大于骨髓向外周血液释放的数量。血象呈现核左移。②生成减少性中性粒细胞减少见于磺胺类药物中毒、弓形虫病等。因此时骨髓造血机能受到抑制，血中不见未成熟性中性粒细胞。③转移性减少见于中毒性休克。因细胞内毒素使中性粒细胞从循环池转移到边缘池。

嗜酸性粒细胞增多，见于某些寄生虫病（如肝片吸虫、旋毛虫病）、某些过敏疾病（荨麻疹）等；嗜酸性粒细胞减少见于注射皮质类固醇（因体内组织胺的产生和释放减少）、危重病例等。

嗜碱性粒细胞在疾病过程中的增减幅度极不明显。淋巴细胞增加见于慢性传染病，常伴发于中性粒细胞减少的疾病；淋巴细胞减少常伴发于中性粒细胞增多的疾病。单核细胞增多见于某些疾病需要单核细胞清除死亡的细胞碎片或吞噬病原体；单核细胞减少因其在白细胞中所占比例较小，无诊断意义，单核细胞绝迹多见于疾病的危重期。

2. 尿液检查

（1）透明度　健康猪的尿液透明。猪尿液由透明变为浑浊，见于泌尿系统的疾病（因尿中混有红细胞、白细胞、上皮细胞、微生物等）。

（2）尿色　健康猪的尿液多为浅黄色。饮水多的猪，尿液外观似水，透明无色。尿色发红而浑浊见于泌尿系统出血（因尿中混有红细胞）；尿色发红而透明见于各种原因所致的溶血性疾病（因尿中含有血红蛋白或肌红蛋白）；药物引起的尿色变化是由于内服或注射某些药物后，尿液的真实颜色发生了改变。如注射美蓝或台盼蓝，尿呈蓝色；注射或口服核黄素，尿呈鲜黄色。

（3）尿比重　采用小型尿比重计测定，健康猪的尿比重为1.018～1.022。尿比重升高见于各种原因所致的脱水、急性肾炎等；尿比重降低见于肾功能不全、尿崩症等。

（4）尿液酸碱度的检验　用 pH 试纸法测定，健康猪的尿液 pH 为 6.5～7.8。临诊意义应根据具体情况进行分析。

（5）尿中蛋白质检验　尿中的蛋白质加热凝固或与酸根离子结合生成不溶解的蛋白质盐而析出。对于碱性尿液，检验前先加入少量 10％醋酸，使其 pH 降至 5.0 左右，这时蛋白质处于接近等电点环境，易于析出。健康猪的尿中只含有极微量的蛋白质，一般检验方法无法检出。尿中蛋白质检验出现阳性反应，有下列 3 种情况：①肾前性蛋白尿，见于血红蛋白尿症、肌红蛋白尿症；②肾性蛋白尿，见于急性肾炎、肾病；③肾后性蛋白尿，见于膀胱炎、尿道炎等。

3. 粪便检查

（1）粪便硬度　健康猪的粪形因饲喂方法及饲料搭配比例的不同外形多变，一般为圆的条节状。稀软见于卡他性肠炎、一般性肠炎、传染性肠炎等；粪便硬固见于便秘。

（2）粪的颜色　健康猪粪便呈黄褐色。粪色黑褐见于消化道上部出血。不易判断是否为血液时，应做粪潜血检验；粪带血丝、血块见于消化道下部出血，特别是直肠出血。

（3）粪的气味　健康猪的粪便一般没有特别难闻的臭味。如有酸臭，多见于消化不良症（因消化不良，饲料中的碳水化合物发酵产酸）；腐败臭多见于各种原因所致的各种肠炎（因肠内的炎性渗出物中的蛋白质被微生物作用，腐败分解产生硫化氢等气体）。

（4）混杂物　健康猪的粪中除了正常未被消化的饲料残渣以外，一般不应见有其他混杂物。若带黏液，外观黏稠、透明，呈丝状或块状，见于肠炎的初期阶段。假如上部消化道发炎，黏液混在粪内；下部消化道发炎，黏液附在粪的表面。如有伪膜（外观似脱落的肠黏膜），它是由炎性渗出物中的蛋白质及纤维素凝固而成；伪膜的脱落见于消化道黏膜深层的炎症。

（5）粪便的镜检　粪中出现红细胞、白细胞，见于猪的肠炎；粪中出现微生物、寄生虫，见于猪的传染性肠炎和内寄生虫病。

4. 毒物检查

当疑为中毒性疾病时，需对饲料、饮水及胃肠内容物采样，送到相应的检查部门，化验分析、确诊。

第二章 猪传染病用药与处方

第一节 常见病毒性传染病

一、猪 瘟

猪瘟是由猪瘟病毒引起的一种急性或慢性、热性和高度接触性传染病。其特征为发病急，高热稽留和细小血管壁变性，引起全身泛发性小点出血和脾梗死。

1. 病原

猪瘟病毒（HCV）属黄病毒科、瘟病毒属的一种。HCV 为单一血清型，尽管分离出不少变异株，但血清型都相同。HCV 野毒株毒力差异很大，有强、中、低、无毒株及持续感染毒株之分。强毒株引起死亡率高的急性猪瘟，中毒株一般产生亚急性或慢性感染。

2. 诊断要点

（1）临床症状 高热稽留，体温升高至 41℃，有的可达 42℃以上。食欲减少，表现呆滞，行动缓慢。病猪眼结膜发炎，两眼有多量黏液、脓性分泌物。病猪初期便秘，随后腹泻，排出带有特殊恶臭的稀粪。公猪包皮内有尿液，用手挤压后流出浑浊灰白色恶臭液体。病猪最初出现步态不稳等衰弱症状，随后常发生后肢麻痹。病初皮肤充血到后期变为紫绀或出血，以腹下、鼻端、耳根和四肢内侧、外阴等部位最为常见。妊娠猪可发生流产、木乃伊胎、畸形、死产、产出有颤抖症状的弱仔或外表健康的感染仔猪。

（2）病理变化 淋巴结和肾脏是病理变化出现频率最高的部位。急性型全身淋巴结特别是耳下、颈部、肠系膜和腹股沟淋巴结水肿、出血，呈大理石样或红黑色外观，切面呈周边出血。肾脏具针尖状出血点或大的出血斑，出血部位以皮质表面最常见，呈现所谓的"雀斑肾"外观。此外，全身浆膜、黏膜和心、肺、膀胱、胆囊均可出现大小不等、多少不一的出血点或出血斑。

脾脏出血性梗死是猪瘟最有诊断意义的病理变化，它由毛细血管栓塞所致，稍高于周围的表面，以边缘多见，呈紫黑色。

口腔黏膜、齿龈有出血点或坏死灶，喉头、咽部黏膜及会厌软骨上有不同程度的出血；胃肠黏膜充血、小点出血，呈卡他性炎症。胆囊、扁桃体发生梗死。

慢性猪瘟的出血变化较不明显或完全缺失，但在回肠末端、盲肠和结肠常有特征性的伪膜性坏死和溃疡，呈纽扣状。

3. 防制措施

（1）免疫措施　猪瘟流行地区，常采用疫苗接种，或疫苗接种辅之以扑灭措施，以控制本病。我国研制的兔化弱毒疫苗，对各种猪均具有高度安全性和优良的免疫原性、效果可靠，接种后 1 周可产生免疫力，免疫期持续 1 年以上。目前国内市场上主要有两种猪瘟弱毒疫苗，即细胞苗和兔体组织苗。

对仔猪的免疫通常进行 2 次，首免为 21～25 日龄，二免为 65～70 日龄。母猪则多在仔猪断奶后、配种前免疫。应制定行之有效的疫苗接种免疫程序，对猪群进行抗体水平检测。实验表明间接血凝抗体滴度为 （1：32）～（1：64） 时攻毒可获得 100％保护，（1：16）～（1：32） 时尚能达 80％保护；1：8 时则完全不能保护。因此，依照各地区和猪群的不同抗体水平情况，制订出相应的免疫程序，才能做到有的放矢，获得良好免疫效果。

疫苗免疫接种后，应加强对猪群进行免疫监测，以掌握猪群的免疫水平和免疫效果。免疫良好的群体总保护率应在 90％以上，如小于 50％者为免疫无效或为猪瘟不稳定地区，此时需加强免疫。

（2）处方

【处方 1】

抗猪瘟血清	25 毫升
庆大小诺霉素注射液	16 万～32 万单位

用法：一次肌内或静脉注射，每日 1 次，连用 2～3 次。

说明：在猪尚未出现腹泻时应用本方可获一定疗效。

【处方 2】　预防

猪瘟兔化弱毒疫苗　　　　　　　2 头份

用法：非猪瘟流行区，仔猪 60～70 日龄时接种 1 次；猪瘟流行区，21 日龄第 1 次接种，65 日龄再接种 1 次，种猪群以后每年加强免疫 1 次。发病猪群中假定健康猪及其他受威胁的猪只，可用此苗作紧急预防接种。

【处方 3】　白虎汤加减

生石膏 40 克（先煎）	知母 20 克	生山栀 10 克
板蓝根 20 克	玄参 20 克	金银花 10 克
大黄 30 克（后下）	炒枳壳 20 克	鲜竹叶 30 克
生甘草 10 克		

用法：水煎去渣，候温灌服，每天 1 剂，连服 2～3 剂。

说明：配合西药治疗。

二、口 蹄 疫

口蹄疫是由口蹄疫病毒引起的一种人畜共患的急性、热性、高度接触性传染病，其临床特征是在口腔黏膜、四肢下端及乳房等处皮肤形成水疱和烂斑。该病传播迅速，流行面广，成年动物多取良性经过，幼龄动物多因心肌受损而死亡率较高。本病广泛流行于世界各地。世界动物卫生组织（OIE）将本病列为 A 类动物疫病名单之首。

1. 病原

口蹄疫病毒属于微 RNA 病毒科、口蹄疫病毒属，病毒粒子直径为 20～25 纳米，无囊膜。该病毒具有多型性和易变异的特点。根据其血清学特性，可分为 7 个血清型，即 A、O、C、SAT1、SAT2、SAT3（南非 1、2、3 型）及 Asia Ⅰ 型（亚洲 Ⅰ 型）。各血清型间无交叉免疫现象，但各型在发病的临床症状上表现相似。每一个血清型又有若干个亚型，同型的各亚型之间也仅有部分交叉免疫性。口蹄疫病毒在流行过程中、或经过免疫的动物体后均容易发生变异，即抗原漂移，常常导致新亚型的出现。根据世界口蹄疫中心公布，口蹄疫亚型已达 80 多个，而且还会增加；这一特性给口蹄疫防制带来了许多困难。我国主要流行 A、O 和亚洲 Ⅰ 型，欧洲主要流行 A、O 型，均以 O 型多见。

口蹄疫病毒对外界环境的抵抗力很强，耐干燥。在自然条件下，含毒组织及污染的饲料、饮水、饲草、皮毛及土壤等所含病毒在数日乃至数周内仍具有感染性。该病毒在低温下十分稳定，在 $-70～-50℃$ 可保存数年之久，置于 50％甘油生理盐水中能在 5℃存活 1 年以上；但高温和直射阳光（紫外线）对病毒有杀灭作用，紫外线能使病毒 RNA 的尿嘧啶形成二聚物，致使病毒灭活。病毒对酸和碱也特别敏感，在 pH3.0 或 pH9.0 以上的缓冲液中，病毒很快失去感染性。2％～4％氢氧化钠溶液、3％～5％福尔马林溶液、5％氨水、0.2％～0.5％过氧乙酸或 5％次氯酸钠等，都是效果良好的口蹄疫病毒消毒剂。食盐对该病毒无杀灭作用，有机溶剂及一些去污剂对其作用不大。骨髓、内脏及淋巴结内的病毒也能存活多年。

2. 诊断要点

（1）流行病学　自然条件下口蹄疫病毒可感染多种动物，偶蹄目动物易感性最高，易感性由高至低依次为黄牛、奶牛、牦牛、水牛、猪、羊、骆驼；在野生动物中，黄羊、麝、鹿、野牛、野猪、驼羊、羚羊、野山羊等均可感染；实验动物中以豚鼠、乳鼠、乳兔最敏感，幼龄动物易感性大于老龄动物。人对本病也有易感性，儿童发病严重，成人较轻。

患病动物及带毒动物是本病最主要的传染源，尤其以发病初期病畜最为危险，因为病状出现后的头几天，排毒量最多、毒力最强；在恢复期排毒量逐步减少，病猪的排毒量远远超过牛羊。因此，猪被认为在本病的传播上具有重要的作用。病愈后的动物在康复期带毒时间很长，且病毒含量有波动，抗体也随之而波动。从带毒牛分离的强毒或弱毒对猪的毒力比对牛更强些。带毒牛所排出的病毒，在猪群中通过增强毒力后，可能再传染牛而引起流行。

本病毒可经多途径传播，当病畜和健康畜在一个厩舍或牧群相处时，病毒常借助于直接接触方式传播，患病动物的分泌物、排泄物、脏器、血液和各种动物产品广泛污染环境。空气也是一种重要的传播媒介，病毒能随风远距离跳跃式传播，病毒常通过消化道和呼吸道或损伤的皮肤、黏膜而感染。

口蹄疫是一种传染性极强的传染病，疫情一旦发生，可随牲畜的流动迅速蔓延，经过一定时期后疫情才逐渐平息。口蹄疫或从一个地区、一个国家传到另一个地区或国家，多系输入带毒产品和家畜所致，也可呈直线式流行。

口蹄疫流行具有一定的周期性，但近年连续流行，主要是动物数量大、更新快。同时，易感动物卫生条件和营养状况，畜群的免疫状态也有决定性的影响；也可能由于不同型或亚型病毒在同一地区同时存在所致。该病无明显季节性，各种应激因素、气候突变等也可成为该病的诱因。

(2) **临床症状**　潜伏期1～2天，发病症状极典型，病猪以蹄部水疱为主要特征，病初体温升高达40～41℃，精神沉郁，食欲不振或废绝。口黏膜（包括舌、唇、齿龈、咽、腭）形成小水疱或烂斑。1天左右在蹄冠、蹄叉、蹄踵、附蹄、鼻端等部位出现局部发红、微热、敏感等症状，不久逐渐形成米粒至黄豆大的水疱，水疱破裂后表面出血，形成糜烂，如无细菌感染，一周左右痊愈。如有继发感染，影响蹄叶、蹄壳，严重者蹄匣脱落，患肢不能着地，常卧地不起或跪行。病猪鼻端、乳房也常见到烂斑，尤其是哺乳母猪，乳头上的皮肤病灶较为常见，但也见于鼻端。有时引起孕猪流产，乳房炎及慢性蹄变形。若哺乳母猪乳头有水疱，则整窝小猪发病，多呈急性胃肠炎和心肌炎而突然死亡，死亡率可达100%。病程稍长者，也可见到口腔（齿龈、唇、舌等）及鼻面上有水疱和糜烂；成年猪也有死亡。

(3) **病理变化**　在口腔、蹄部和乳房可见到水疱、烂斑和溃疡。心包膜有弥漫性及点状出血，心肌有灰白色或淡黄色的斑点或条纹，称为"虎斑心"。心肌松软似煮肉样。

(4) **实验室诊断**

① 病毒分离与鉴定　一般采用组织培养、实验动物和鸡胚接种3种方法。取水疱皮或水疱液用PBS液制备混悬浸出液，或直接取水疱液接种BHK细胞、LBRS细胞或猪甲状腺细胞进行病毒分离培养。病程长者可取骨髓、淋巴液接种豚鼠肾传代细胞或经绒毛尿囊膜接种9～11日龄鸡胚或3～4日龄乳鼠。

② 血清学诊断　为了确定流行毒株的血清型和亚型，可用水疱皮或水疱液进行补体结合试验（CFT）或微量补体结合试验进行鉴定，或用恢复期动物的血清作免疫扩散沉淀试验（IDPT）、免疫荧光抗体试验（IFA）、中和试验（NT）。目前已经使用间接夹心ELISA法逐步取代了CFT法，直接鉴定病毒的亚型，并且能同时检测水疱性口炎病毒（VSV）和猪水疱病病毒（SVDV）。

该病与水疱性口炎、猪水疱病、猪水疱性疹等疫病的临床症状相似，应当注意进行鉴别诊断。

3. 防制措施

(1) **防制措施**　应加强饲养管理，保持畜舍卫生、定期消毒；新购入动物、动物产品、饲料、生物制品等，应进行严格检疫。做好预防接种工作，在疫区最好用与当地流行的同一血清型或亚型的减毒活苗或灭活苗进行免疫接种。对疫区和受威胁区内的动物进行免疫接种，在受威胁区周围建立免疫带以防疫情扩散。康复血清或高免血液用于疫区和受威胁区家畜，可控制疫情和保护幼畜。发病地区可使用口蹄疫灭活疫苗肌内注射，体重25千克以内者注射2毫升，25千克以上者注射3毫升。

对该病应采取以检疫诊断为中心的综合防制措施，一旦发现疫情，应按"早、快、严、小"的原则，立即通报疫情、查源灭源；迅速实施疫点（疫区）封锁、隔离、检疫、消毒等措施，对病猪采取扑杀措施，并对易感畜群进行紧急免疫接种。在疫点内最后一头病畜痊愈或被扑杀后14天，未再出现新的病例，经全面消毒后并报请有关部门批准，解除封锁。

消毒时，粪便可作堆积发酵处理或用5％氨水消毒；畜舍、场地和用具以2％～4％烧碱液、10％石灰乳、0.2％～0.5％过氧乙酸或1％～2％福尔马林喷洒消毒；毛、皮张用环氧乙烷、溴化甲烷或甲醛气体消毒，肉品以2％乳酸或自然熟化产酸处理。

口蹄疫属于一类动物疫病，一般不对病例进行治疗，而是采取扑杀、销毁等强制性控制措施。如在严格隔离条件下进行治疗，口腔可用清水、食醋或0.1％高锰酸钾冲洗，糜烂面上可涂以1％～2％明矾或碘酊甘油或冰硼散。蹄部可用3％臭药水或来苏尔洗涤，擦干后涂松馏油或鱼石脂软膏等，再用绷带包扎。乳房可用肥皂水或2％～3％硼酸水洗涤，然后涂以青霉素软膏或其他防腐软膏，定期将奶挤出以防发生乳房炎。

（2）处方

【处方1】

① 抗口蹄疫血清　　　　　　　　25毫升

用法：一次肌内或静脉注射，按每千克体重0.5毫升用药。

② 0.1％高锰酸钾溶液　　　　　　　　　　　　　　　　　　　适量

　　碘酊甘油（碘7克、碘化钾5克、酒精100毫升，

　　　溶解后加入甘油10毫升）　　　　　　　　　　　　　　适量

　　碘甘油或1％～2％龙胆紫液　　　　　　　　　　　　　　适量

用法：先以0.1％高锰酸钾溶液冲洗患部，再涂以碘酊甘油或龙胆紫溶液。

【处方2】　冰硼散加减

冰片15克　　　　　　　　硼砂150克　　　　　　　芒硝18克

用法：患部以消毒水洗净后，研末撒布。

【处方3】　贯众散

贯众15克　　　　　　　　桔梗12克　　　　　　　山豆根15克

连翘12克　　　　　　　　大黄12克　　　　　　　赤芍9克

| 生地 9 克 | 花粉 9 克 | 荆芥 9 克 |
| 木通 9 克 | 甘草 9 克 | 绿豆粉 30 克 |

用法：共研末加蜂蜜 100 克为引，开水冲服，每日 1 剂，连用 2～3 剂。

三、流行性乙型脑炎

1. 病原

日本乙型脑炎，简称"乙脑"，是由流行性乙型脑炎病毒引起的一种人畜共患传染病。该病属于自然疫源性疾病，多种动物均可感染，猪群感染最为普遍，且大多不表现临床症状，发病率为 20％～30％，死亡率较低，怀孕母猪可表现为高热、流产、死胎和木乃伊胎，公猪则出现睾丸炎。

本病主要通过带病毒的蚊虫叮咬而传播，已知库蚊、伊蚊、按蚊属中的不少蚊种，以及库蠓等均能传播本病。其中尤以三带喙库蚊为本病主要媒介，病毒在三带喙库蚊体内可迅速增至 5 万～10 万倍。三带喙库蚊的地理分布与本病的流行区域相一致，它的活动季节也与本病的流行期明显吻合。

2. 诊断要点

（1）临床症状　猪突然发病，体温升高达 40～41℃，呈稽留热，精神沉郁、嗜睡。食欲减退，饮欲增加。粪便干燥呈球状，表面常附有灰白色黏液，尿呈深黄色。有的猪后肢轻度麻痹，步态不稳，或后肢关节肿胀疼痛而跛行。个别病例表现出明显的神经症状，视力障碍、摆头、乱冲乱撞、后肢麻痹，最后倒地死亡。

妊娠母猪常突然发生流产。流产前除有轻度减食或发热外，常不被人们所注意。流产多在妊娠后期发生，流产后症状减轻，体温、食欲恢复正常。少数母猪流产后从阴道流出红褐色乃至灰褐色液体，胎衣滞留。流产胎儿多为死胎或木乃伊胎，或濒于死亡。部分存活仔猪虽然外表正常，但衰弱不能站立，不会吮乳；有的生后出现神经症状，全身痉挛，倒地不起，1～3 天死亡。

公猪除有上述一般症状外，还突出表现为发热后发生睾丸炎。一侧或两侧睾丸明显肿大，具有诊断意义，但须与布氏杆菌病相区别。患睾阴囊皱褶消失，温热，有痛觉。白猪阴囊皮肤发红，2～3 天后肿胀消退或恢复正常，或者变小、变硬，丧失生精功能。

（2）病理变化　主要病理变化在脑、脊髓、睾丸（公猪）和子宫（母猪）。脑膜和脑实质充血、出血、水肿。肿胀的睾丸实质充血、出血、坏死。流产胎儿常见脑水肿，皮下有血样浸润。胸腔积液、腹水、浆膜小点出血、淋巴结充血、肝和脾内坏死灶，脊膜或脊髓充血等。胎儿大小不等，有的呈木乃伊化。

3. 防制措施

（1）综合防制　流行性乙型脑炎的预防应从畜群免疫接种、消灭传播媒介和宿主动物管理 3 个方面采取措施。

对猪舍应定期进行喷药灭蚊，必要时应加防蚊设备。我国研制的仓鼠肾细胞弱毒活疫苗，安全有效。预防注射应在当地流行开始前 1 个月内完成。加强宿主动物的管理，应重点管理好没有经过夏、秋季节的幼龄动物和从非疫区引进的动物。这类动物大多未曾感染过乙脑，一旦感染较易产生病毒血症，成为传染源。

本病无特效疗法，应积极采取对症疗法和支持疗法。

（2）处方

【处方 1】

① 康复猪血清　　　　　　　　　40 毫升

用法：一次肌内注射。

② 10％磺胺嘧啶钠注射液　　　　20～30 毫升

　　25％葡萄糖注射液　　　　　　40～60 毫升

用法：一次静脉注射。

③ 10％水合氯醛　　　　　　　　20 毫升

用法：一次静脉注射。注意不要漏出血管外。

④ 肌注板蓝根注射液　　　　　　20～40 毫升

用法：每日 1 次肌内注射，连用 3 天。

⑤ 20％磺胺嘧啶钠注射液　　　　10～20 毫升

　　10％葡萄糖注射液　　　　　　100 毫升

　　10％维生素 C 注射液　　　　　5 毫升

　　2.5％维生素 B_1　　　　　　　　25 毫克

用法：混合 1 次静脉注射，每日 1 次，连用 3 天。持续高温时可配合肌内注射 30％安乃近 10～20 毫升，每日 2 次，镇静止痛可肌内注射氯丙嗪注射液，1～3 毫克/千克体重。

【处方 2】

生石膏 120 克	板蓝根 120 克	大青叶 60 克
生地 30 克	连翘 30 克	紫草 30 克
黄芩 20 克		

用法：水煎一次灌服，每日 1 剂，连用 3 剂以上。

【处方 3】

| 生石膏 80 克 | 大黄 10 克 | 元明粉 20 克 |
| 板蓝根 20 克 | 生地 20 克 | 连翘 20 克 |

用法：共研细末，开水冲服，日服 2 次，每日 1 剂，连用 1～2 天。

【处方 4】 针灸

穴位：天门、脑俞、大椎、太阳等，并配以涌泉、滴水。

针法：白针或血针。

说明：防蚊灭蚊，根除传染媒介是预防本病的根本措施。夏季圈舍每周 2 次喷杀虫剂（如倍硫磷、敌敌畏、灭害灵等）可有效减少本病的发生。

四、轮状病毒病

轮状病毒病是由轮状病毒引起的多种新生动物的一种肠道传染病,其特征主要表现为腹泻和脱水。

1. 病原

轮状病毒属呼肠孤病毒科、轮状病毒属,为 RNA 病毒。A 群是常见的典型病毒,能侵害人类和多种畜禽,在猪体内的感染主要限于小肠上皮细胞,抑制其吸收功能。本病传播迅速,多发生在晚秋、冬季和早春。应激因素,特别是寒冷、潮湿、不良的卫生条件、饲料营养不全等,对疾病的严重程度和病死率均有很大影响。

2. 诊断要点

(1) 症状 潜伏期 12~24 小时,呈地方流行性。多发于 8 周龄以内的仔猪。病初精神委顿,食欲缺乏,不愿走动,常有呕吐。迅速发生腹泻,粪便水样或糊状,色黄白或暗黑。腹泻越久,脱水越明显,严重的脱水常见于腹泻开始后的 3~7 天,体重可因此减轻 30%。由于脱水而导致血液酸碱平衡紊乱。症状轻重取决于发病日龄和环境条件,特别是环境温度下降和继发大肠杆菌病,常使症状加重、病死率增高。若无母源抗体保护,感染发病严重,病死率可高达 100%。如有母源抗体保护,则 1 周龄仔猪一般不易感染发病;10~21 日龄哺乳仔猪症状较轻,腹泻 1、2 天即迅速痊愈,病死率低;3~8 周龄或断乳 2 天的仔猪,病死率一般为 10%~30%,严重时可达 50%。

(2) 病理变化 主要在仔猪消化道,胃壁弛缓,胃内充满凝乳块和乳汁;小肠肠壁菲薄、半透明,内容物呈液状、灰黄或灰黑色;有时小肠广泛出血,肠系膜淋巴结肿大。

3. 防制措施

(1) 免疫措施 用 MA-104 细胞系连续传代培养,获得的猪源弱毒疫苗,用于免疫母猪,可使所产仔猪腹泻率下降 60% 以上,成活率提高。另外,也可用猪轮状病毒病与传染性胃肠炎二联弱毒疫苗,在新生仔猪吃初乳前肌内注射,30 分钟后喂奶;或给妊娠后期母猪注射,也可使其所产仔猪获得良好的被动免疫。

(2) 治疗措施与处方 发病后应停止哺乳(或进行限饲),代之以自由饮用葡萄糖盐水,进行对症治疗,如投用收敛止泻剂,使用抗菌药物以防止继发感染,静脉注射葡萄糖盐水和碳酸氢钠溶液以防止脱水和酸中毒等,一般都可获得良好效果。

【处方】

① 硫酸庆大小诺霉素注射液　　16 万~32 万单位

　地塞米松注射液　　　　　　 2~4 毫克

用法:一次肌内注射或后海穴注射,每日 1 次,连用 2~3 天。

② 葡萄糖 43.2 克　　　　　氯化钠 9.2 克　　　　　甘氨酸 6.6 克

柠檬酸 0.52 克　　　　　枸橼酸钾 0.13 克　　　　无水磷酸钾 4.35 克

水 2000 毫升

用法：混匀后供猪自由饮用。

五、猪传染性胃肠炎

该病是由传染性胃肠炎病毒引起的一种猪急性胃肠道传染病，以发热、呕吐、严重腹泻、脱水和 2 周龄以内仔猪高死亡率为特征，是世界动物卫生组织（OIE）法典 B 类疫病中必须检疫的猪传染病。可在各种年龄的猪发病，但对仔猪的影响最为严重。10 日龄以内的仔猪死亡率高达 100％，5 周龄以上的猪感染后的死亡率较低，成年猪感染后几乎没有死亡，但严重影响猪的增重，降低饲料报酬。目前该病广泛存在于许多养猪国家和地区，造成严重的经济损失。

1. 病原

传染性胃肠炎病毒（TGEV）属于冠状病毒科、冠状病毒属。TGEV 病毒粒子多呈圆形或椭圆形，直径为 80～120 纳米，有囊膜，其表面有一层棒状纤突，长约 12～25 纳米。TGEV 对光照和高温敏感，在阳光照射下 6 小时、56℃ 45 分钟或 65℃ 10 分钟即可灭活。病毒对乙醚和氯仿敏感，对许多消毒剂也较敏感，可被去氧胆酸钠、福尔马林、氢氧化钠等灭活。病毒在胆汁中很稳定，对胰蛋白酶也有抵抗力，可耐受 0.5％ 的胰蛋白酶 1 小时。病毒在 pH4～9 的环境中稳定；在低温条件下，pH 为 3 时也较稳定。某些毒株的 TGEV 可以凝集鸡红细胞。

到目前为止，世界各地所分离的 TGEV 毒株均属同一个血清型。在抗原上与猪呼吸道冠状病毒（PRCV）、猫传染性腹膜炎病毒和犬冠状病毒有一定的相关性，特别是与 PRCV 的核苷酸和氨基酸序列有 96％ 的同源性，并已证明 PCRV 是由 TGEV 突变而来。但与人的传染性非典型肺炎（SARS）冠状病毒之间无抗原关系。病毒可在猪的肾细胞、甲状腺细胞、唾液腺细胞和睾丸细胞以及狗和猫的肾细胞中培养，其中以甲状腺细胞最为敏感，接种后 24 小时即可出现典型的致细胞病理变化作用（CPE）。

2. 诊断要点

（1）流行病学　本病只侵害猪，其他动物经口服感染病毒均不发病，但德国有犬自然发病的个别报道。各种年龄的猪均有易感性，10 日龄以内的仔猪最为敏感，发病率和死亡率都很高，有时高达 100％。随着年龄的增长，临床症状减轻，多数能自然康复，但可长期带毒。如果与 PRCV 混合感染，则会使病情恶化。该病主要以暴发性和地方流行性两种形式发生。新疫区呈流行性发生，传播迅速，1 周内可传遍整个猪群。老疫区则呈现地方流行性或间歇性。猪场中曾感染过 TGEV 的母猪具有免疫力，一般不会重复感染。当 TGEV 侵入产仔房，无免疫力的哺乳仔猪和断奶猪都可发生感染。该病的发生具有明显的季节性，以冬春寒冷季节较为严重。

病猪和带毒猪是主要传染源。它们通过粪便、乳汁、鼻液、呕吐物或呼出的气体排出病毒，污染饲料、饮水、空气及用具等，再由消化道和呼吸道侵入易感猪体内。特别是密闭猪舍、湿度大、猪只集中的猪场，更易传播。带毒的犬、猫和鸟类也可能传播此病。

（2）症状　潜伏期很短，一般为15～18小时，有的长达2～3天。本病传播迅速，数日内可蔓延全群。仔猪突然发病，首先呕吐，继而发生频繁水样腹泻，粪便黄色、绿色或白色，常夹有未消化的凝乳块。病猪极度口渴，明显脱水，体重迅速减轻。日龄越小，病程越短，病死率越高。10日龄以内的仔猪多在2～7天内死亡，如母猪发病或泌乳量减少，小猪得不到足够的乳汁，营养严重失调，会导致病情加剧，病死率增加。随着日龄的增长，病死率逐渐降低。病愈仔猪生长发育不良。

幼猪、育肥猪和母猪的症状轻重不一，通常只有1至数天出现食欲不振或废绝。个别猪发生呕吐，出现灰色、褐色水样腹泻，呈喷射状，5～8天腹泻停止而康复，极少死亡。某些哺乳母猪与仔猪密切接触，反复感染，临床症状较重，体温升高，泌乳停止，呕吐和腹泻。但也有一些哺乳母猪与病仔猪接触，而本身并无任何症状。

（3）病理变化　尸体脱水明显，主要病理变化在胃和小肠。哺乳仔猪的胃常胀满，滞留有未消化的凝乳块。3日龄小猪中，约50％在胃横膈膜憩室部黏膜下有出血斑，胃底部黏膜充血或不同程度的出血，小肠内充满白色或黄绿色液体，含有泡沫和未消化的小乳块，肠壁变薄而无弹性，肠管扩张呈半透明状。肠上皮细胞脱落最早发生于腹泻后2小时，另外，可见肠系膜充血，肠系膜淋巴结轻度或严重充血肿大。将空肠纵向剪开，用生理盐水将肠内容物冲掉，在玻璃平皿内铺平，加入少量生理盐水，在低倍显微镜下观察，可见到空肠绒毛显著缩短。组织学检查，黏膜上皮细胞变性、脱落。肠上皮细胞变性后呈扁平或方形的未成熟细胞。

（4）实验室诊断

① 病毒分离和鉴定　取病猪的肛拭子、粪、肠内容物，或空肠、回肠段为病料，经口感染5日龄仔猪或将病料处理后接种猪肾细胞培养，盲传2代以上，分离病毒，并接种于仔猪，根据产生TGE典型临床症状、病理变化，在细胞培养上见产生细胞病理变化，并用标准阳性血清做中和试验进行鉴定；也可以应用免疫电镜检查病毒。

② 荧光抗体检查病毒抗原　取腹泻早期病猪空肠和回肠的刮削物作涂片或以这段肠管冰冻切片，进行直接或间接荧光染色，然后用缓冲甘油封裱，在荧光显微镜下检查，见上皮细胞及沿着绒毛的胞浆性膜上呈现荧光者为阳性。此法快速，可在2～3小时内报告结果。

③ 血清学诊断　取急性期和康复期双份血清样品，经56℃灭活30分钟，进行

2 倍法稀释，每个稀释度均与等量的本病毒悬液（滴度约为 $200TCID_{50}/0.1$ 毫升）混合，置 37℃ 60 分钟，然后取混合液 0.1 毫升接种 PK15 细胞单层，经培养 24～48 小时观察结果，凡能中和 50％以上试管内病毒生长的最高血清稀释度，即为该血清的中和抗体滴度。康复期血清滴度超过急性期 4 倍以上者即为阳性。

④ 鉴别诊断　由于本病病毒和猪流行性腹泻病毒（PEDV）、猪轮状病毒（RV）是引起猪病毒性腹泻最主要的 3 种病毒，临床症状都是以腹泻为主，很难区分。鉴别诊断时，用电镜可以很容易区分冠状病毒和轮状病毒，但难以区分 PEDV 和 TGEV；必要时可在有条件的实验室用 cDNA 探针、RT-PCR 等分子生物学技术进行快速鉴别诊断。

3. 防制措施

（1）免疫预防　特别注意不从疫区引种，以免病原传入。应强化猪场卫生管理、定期消毒，免疫预防是防制 TGE 的有效方法。TGE 是典型的局部感染和黏膜免疫，只有通过黏膜免疫产生 IgA 才具有抗感染能力，IgG 的作用很弱。口服、鼻内接种方法可能与刺激分泌性 IgA 免疫系统有关，使黏膜固有层淋巴细胞分泌肠内 SIgA 抗体，除抗体介导免疫外，细胞介导免疫应答在抗 TGE 感染时也起重要作用。另外，关于 TGEV 的免疫大多数是对妊娠母猪于临产前 20～40 天经口、鼻和乳腺接种，使母猪产生抗体。这种抗体在乳中效价较高，持续时间较长。仔猪可从乳中获得母源抗体而得到被动免疫保护，此谓乳源免疫。

国外有多种弱毒疫苗使用，接种的途径也不一样。我国哈尔滨兽医研究所研制的猪传染性胃肠炎与猪流行性腹泻二联灭活苗和弱毒苗，适用于疫情稳定的猪场（特别是种猪场）。怀孕母猪口服活毒苗常产生较高的抗体水平，它不仅对母猪本身产生保护力，而且其母源抗体对哺乳仔猪保护力也较高。已感染 TGEV 的怀孕母猪经非肠道接种 TGEV 弱毒苗后或用 TGEV 自家灭活苗后海穴接种后，其抗体水平可得到很大的提高。

免疫程序：后海穴接种，妊娠母猪于产前 20～30 天注射疫苗 4 毫升，仔猪在断奶后 7 日接种疫苗 1 毫升。

（2）对症治疗及处方　本病尚无特效疗法，对症治疗可促进年龄稍大的病猪加速恢复。

【处方 1】

① 0.1％高锰酸钾溶液　　　　　200 毫升

用法：一次喂服，按每千克体重 4 毫升用药。

② 痢菌净　　　　　　　　　　　1 克

用法：一次肌内注射，按每千克体重 20 毫克用药，每日 2 次；内服剂量加倍。

【处方 2】

① 硫酸庆大小诺霉素注射液　　16 万～32 万单位

　25％葡萄糖注射液　　　　　50～100 毫升

用法：一次静脉注射。

② 山莨菪碱　　　　　　　　10 毫克

　　5％维生素 B₁ 注射液　　　1 毫升

用法：一次两侧后三里穴注射，每日 1 次，连用 3 天。

【处方 3】

氯化钠 3.5 克　　　　　　氯化钾 1.5 克　　　　　　小苏打 2.5 克

葡萄糖粉 20 克

用法：加温开水 1000 毫升溶解，自由饮服。

【处方 4】

黄连 40 克　　　　　　　三棵针 40 克　　　　　　白头翁 40 克

苦参 40 克　　　　　　　胡黄连 40 克　　　　　　白芍 30 克

地榆炭 30 克　　　　　　棕榈炭 30 克　　　　　　乌梅 30 克

诃子 30 克　　　　　　　大黄 30 克　　　　　　　车前子 30 克

甘草 30 克

用法：研末分 6 次灌服，每日 3 次，连用 2 天以上。

【处方 5】

红糖 120 克　　　　　　　生姜 30 克　　　　　　　茶叶 30 克

用法：水煎一次喂服。

六、猪繁殖与呼吸综合征

　　猪繁殖与呼吸综合征（PRRS）是一种由病毒引起的以繁殖障碍和呼吸系统疾病为特征的传染病。母猪表现为厌食、发热，怀孕后期发生流产、死胎和木乃伊胎；幼龄仔猪发生呼吸系统疾病和大量死亡。

1. 诊断要点

　　（1）流行病学　本病只感染猪，各种年龄和品种的猪均易感，但主要侵害繁殖母猪和仔猪，而育成猪发病温和。病猪和带毒猪是本病的主要传染源。感染母猪明显排毒，如鼻分泌物、粪便、尿液均含有病毒。本病传播迅速，主要经呼吸道感染；也可垂直传播。公猪感染后精液中能分离到病毒；PRRS 病毒可持续性感染。

　　（2）症状　母猪病初精神倦怠、厌食、发热，妊娠后期发生早产、流产、死胎、木乃伊胎或产弱仔等，常造成母猪不育或产奶量下降，少数猪耳部发紫，皮下出现一过性血斑。仔猪以 2～28 日龄感染后症状明显，死亡率高达 80％。早产仔猪在出生后当时或几天内死亡，大多数出生仔猪表现呼吸困难、肌肉震颤、后肢麻痹、共济失调、打喷嚏和嗜睡；有的仔猪耳紫和躯体末端皮肤发绀。育成猪双眼肿胀、结膜炎和腹泻，并出现肺炎。公猪感染后表现咳嗽、喷嚏、精神沉郁、食欲不振、呼吸急促和运动障碍，性欲减弱、精液质量下降、射精量少。根据母猪妊娠后期发生流产、新生仔猪死亡率高以及间质性肺炎等临床表现，可作出初步诊断。

由于 PRRS 与猪细小病毒病、猪伪狂犬病、圆环病毒病、日本乙型脑炎、猪瘟等都能引起猪的繁殖障碍，在症状上也很相似，并且存在混合感染、临床表现差异等问题，因此有赖于实验室诊断进行确诊。

（3）**病理变化** 主要表现为弥漫性间质性肺炎，并伴有细胞浸润和卡他性肺炎区。在感染病毒后 48、60 和 72 小时剖检猪，可见腹膜、肾周围脂肪、肠系膜淋巴结、皮下脂肪和肌肉等部位发生水肿，肺水肿；组织学检查可见鼻黏膜上皮细胞变性、纤毛上皮消失。

（4）**实验室诊断** 采集病猪肺、死胎儿肠道和腹水、母猪血液、鼻拭子和粪便等，用于病毒的分离与鉴定。目前已建立多种扩增 PRRSV 基因的 RT-PCR 法，可用于临床检测。

2. 防治措施

PRRS 防治是全球养猪业面临的一大难题，该病流行广，导致猪的免疫抑制、持续感染和继发感染，控制较为困难。

（1）**免疫措施** 国内有商品化的蓝耳病灭活疫苗，母猪配种前进行 2 次免疫，间隔 20 天，每次 4 毫升。灭活疫苗免疫的确可减少感染猪的排毒和持续感染时间。国外有商品化的蓝耳病弱毒活疫苗，有的已在国内注册。一般认为弱毒苗效果较佳，能保护猪不出现临床症状，但不能阻止强毒感染。后备母猪在配种前进行 2 次免疫，首免在配种前 2 个月，间隔 1 个月进行二免。小猪在母源抗体消失前首免，母源抗体消失后进行二免。

使用弱毒疫苗时应注意：疫苗毒在猪体内能持续数周至数月；接种疫苗猪能散毒感染健康猪；疫苗毒能跨越胎盘导致先天感染；有的毒株保护性抗体产生较慢；有的免疫猪不产生抗体；疫苗毒持续在公猪体内可通过精液散毒；成年母猪接种效果较佳。

（2）**处方**

【处方 1】预防

PRRS 灭活疫苗　　　　　　　2～4 毫升

用法：肌内注射，妊娠母猪 4 毫升，20 天后再注射 4 毫升，以后每 6 个月注射 1 次。假定健康猪注射 2 毫升。

【处方 2】试用方

① 蓝耳泰注射液　　　　　　　2.5 毫升

用法：一次肌内注射。每日 1 次，3 次为一疗程。

说明：7 日龄以前仔猪不可注射，可口服。

② 磺胺间甲氧嘧啶　　　　　　30 克

用法：拌入 50 千克饲料中喂饲，连喂 2～3 天；或按 1 千克体重 0.2 克用药，每日 2 次。

③ 白介素-2　　　　　　　　　2.5 毫升

10％维生素 C 注射液　　　5 毫升

用法：分别肌内注射，每日 1 次，连续 2～3 次。

七、猪 流 感

猪流感是除禽流感以外经济意义和公共卫生影响重大的动物流感。发生猪流感时，所分离的病毒最为常见的是 H1N1 和 H3N2 亚型。

1. 诊断要点

(1) 症状　突然发病，常全群几乎同时感染。病猪体温突然升高到 40.3～41.5℃，有时可高达 42℃。食欲减退、甚至废绝，精神极度委顿，肌肉和关节疼痛，常卧地不起或钻卧垫草中，捕捉时则发出惨叫声。呼吸急促、呈腹式呼吸、夹杂阵发性痉挛性咳嗽，粪便干硬。眼和鼻流出黏性分泌物，有时鼻分泌物带有血色。病程较短，如无并发症，多数病猪可于 6～7 天后康复。发病率高（接近 100％），而死亡率低（常不到 1％）。如有继发性感染，则可使病势加重，发生纤维素性出血性肺炎或肠炎而死亡。常见的继发性呼吸道细菌感染有胸膜肺炎放线杆菌、多杀巴氏杆菌、副猪嗜血杆菌和 2 型猪链球菌；常见的继发性呼吸道病毒感染有猪繁殖障碍呼吸综合征病毒（PRRSV）和猪呼吸道冠状病毒（PRCV）等。

(2) 病理变化　无并发症时，病理变化主要表现为病毒性肺炎，以尖叶和心叶最常见；但在严重病例则可见大半个肺受害。一般受害肺组织和正常肺组织之间分界明显，受害区域呈紫色并实变。小叶间水肿明显。在严重病例，可发生纤维素性胸膜炎。鼻、喉、气管和支气管黏膜可能有出血，充满带血的纤维素性渗出物。支气管淋巴结和纵膈淋巴结肿大、充血、水肿，脾常轻度肿大，胃肠有卡他性炎症。在有并发感染尤其是细菌性感染时，病理变化常变得复杂。病理变化的严重程度与引起流行的毒株有很大关系。

2. 防制措施

主要措施为严格的生物安全和疫苗免疫。因为存在种间传播，所以应防止猪与其他种类动物，特别是家禽接触。疫苗免疫也是控制猪流感的有效措施，美国和欧洲都有 H1N1 亚型和 H3N2 亚型的商品疫苗，国内目前尚无商品化猪流感疫苗。

猪场发生猪流感应及时采取隔离措施，及时对猪舍及其污染的环境、用具作严格消毒。对发病猪群提供避风、干燥和干净的环境，提供清洁的饮水。采取一些对症疗法，如解热镇痛，应用抗生素和磺胺类药物来控制继发感染。

八、猪流行性腹泻

猪流行性腹泻是由猪流行性腹泻病毒引起的一种高度接触性肠道传染病，以呕吐、腹泻和食欲下降为基本特征，各种年龄的猪均易感。本病的流行特点、临诊症状和病理变化都与猪传染性胃肠炎十分相似，但哺乳仔猪死亡率较低，在猪群中的传播速度相对缓慢。

1. 病原

猪流行性腹泻病毒（PEDV）为冠状病毒科、冠状病毒属的成员。病毒形态略呈球形，在粪便中的病毒粒子常呈现多形态，平均直径 130 纳米（95～190 纳米）；有囊膜，囊膜上有花瓣状纤突，呈皇冠状。免疫荧光和免疫电镜（IEM）试验表明，猪流行性腹泻病毒与鸡传染性支气管炎病毒（IBV）、猪血凝性脑脊髓炎病毒（HEV）、新生犊牛腹泻冠状病毒（NCDCV）、犬冠状病毒（CCV）、猫传染性腹膜炎冠状病毒（FIPV）之间没有抗原相关性。但更敏感的试验检查表明，其中 PEDV 的 N 蛋白和 FIPV 的 N 蛋白有一定相关性。中和试验和 ELISA 等都证明 PEDV 和 TGEV 在抗原性上不同，无共同抗原。目前尚无迹象表明存在不同的 PED 血清型，所有分离的 PEDV 毒株属于同一个血清型。

本病毒不能凝集人、兔、猪、鼠、犬、马、羊、牛的红细胞。对外界抵抗力弱，对乙醚、氯仿敏感，一般消毒药物都可将其杀灭。病毒在 60℃ 30 分钟可失去感染力，但在 50℃ 条件下相对稳定。病毒在 4℃、pH5.0～9.0 或在 37℃、pH 6.5～7.5 时稳定。

2. 诊断要点

（1）流行病学　猪流行性腹泻病毒可在猪群中持续存在，各种年龄的猪都易感。哺乳仔猪、架子猪和育肥猪的发病率可达 100%，尤其以哺乳仔猪严重。母猪的发病率在 15%～90%。本病冬季多发，夏季也可发生。我国从 12 月份至次年 2 月份为本病的高发期。该病在猪体内可产生短时间（几个月）的免疫记忆，常常有一头猪发病后，同圈或邻圈的猪在 1 周内相继发病，2～3 周后临诊症状可缓解。病猪和带毒猪是主要传染源，病毒多经发病猪的粪便排出，运输车辆、饲养员的鞋子或其他带病毒的动物，都可作为传播媒介；传播途径是消化道。PED 可单一发生或与 TGEV 混合感染，最近有 PEDV 与猪圆环病毒（PCV）混合感染的报道。

（2）症状　新生仔猪经口人工感染的潜伏期为 15～30 小时，育肥猪为 2 天，自然感染潜伏期可能稍长。主要症状为水样腹泻，或伴随呕吐。PED 常以暴发性腹泻的形式发生在非免疫断奶仔猪（Ⅰ型）或各种年龄的猪（Ⅱ型）。病猪表现出呕吐，腹泻和脱水，与 TGE 相似，但程度较轻，传播稍慢。粪稀如水，呈灰黄色或灰色。呕吐多发生于吃食或吮乳后。少数病猪体温升高 1～2℃，精神沉郁，食欲减退或不食，尤其是繁殖种猪。症状的轻重随年龄大小而有差异，年龄越小，症状越重，1 周内新生仔猪常于腹泻后 2～4 天内因脱水而死亡，病死率可达 50%。断奶猪和育肥猪以及母猪常呈现沉郁和厌食症状，持续腹泻 4～7 天，逐渐恢复正常。成年猪仅表现沉郁、厌食、呕吐等症状，如果没有继发其他疾病、护理得当，则很少发生死亡。

（3）病理变化　主要表现为小肠膨胀，充满淡黄色液体，肠壁变薄，个别小肠黏膜有出血点，肠系膜淋巴结水肿，小肠绒毛变短，重症者绒毛萎缩，甚至消失。胃经常是空的，或充满胆汁样的黄色液体；其他实质性器官无明显病理变化。

（4）实验室诊断　方法有免疫电镜、免疫荧光、间接血凝试验、ELISA、RT-PCR、中和试验等，其中免疫荧光和 ELISA 较为常用。

直接免疫荧光法（FAT）检测 PEDV 是可靠的特异性诊断方法，应用最为广泛。ELISA 最大的优点是可从粪便中直接检查 PEDV 抗原，应用也较为广泛，也可用 ELISA 法间接检测 PED 抗体。

3. 防制措施

（1）免疫措施　接种免疫是目前预防猪病毒性腹泻的主要手段。由于该病发病日龄小、发病急、病死率高，依靠自身的主动免疫往往来不及，现行的猪病毒性腹泻疫苗大多通过给母猪预防注射，依靠初乳中的特异性抗体给仔猪提供良好的保护。

① 强毒疫苗　多用本场发病猪的肠内容物和粪便混入饲料内，对母猪尤其是妊娠母猪实施口服感染，通过被动免疫使仔猪得到明显的保护。该法使用粪便强毒容易造成猪场环境污染，强毒的长期存在也易导致该病反复发作，应尽量减少或禁止使用。

② 弱毒活疫苗　由于活病毒诱导抗体产生快、水平高，因此在自动免疫时弱毒疫苗的免疫效果一般要比灭活疫苗好。弱毒疫苗的接种途径可采用点鼻或肌内注射。但因该病流行较广，猪群母源抗体水平普遍较高，因此，弱毒疫苗的主动免疫效果有时也会受到限制。

③ 灭活疫苗　安全性好，母源抗体对免疫效果的影响小。免疫妊娠母猪后产生的母源抗体对仔猪的保护性确实。灭活疫苗可在母猪分娩前 20～30 天肌内或后海穴注射，仔猪通过采食初乳而获得被动免疫保护。

（2）综合措施　猪流行性腹泻用抗生素治疗无效。猪干扰素可以降低体重损失，与单克隆抗体配合使用可保护仔猪。目前无特效药物和疗法，主要是通过隔离消毒、加强饲养管理、减少人员流动、采用全进全出制度等措施进行预防控制。为发病猪群提供足够的清洁饮水。患病母猪常出现乳汁缺乏，应为初生仔猪提供代乳品。

（3）处方

【处方1】

① 丁胺卡那霉素注射液　　　　　60 万～120 万单位

用法：一次肌内注射，每日 2 次，连用 3～5 天。

② 氯化钠 3.5 克　　　　　氯化钾 1.5 克　　　　　碳酸氢钠 2.5 克

葡萄糖 20 克　　　　　温开水 1000 毫升

用法：混合自由饮用。

③ 磺胺脒 4 克　　　　　次硝酸铋 4 克　　　　　小苏打 2 克

用法：混合一次喂服，每日 2 次，连用 2～3 天。

【处方2】　针灸

穴位：后三里、交巢、带脉，配蹄叉、百会等穴。

针法：白针或血针。

九、猪伪狂犬病

本病是由伪狂犬病病毒引起的一种急性传染病。感染猪的临床特征为体温升高，新生仔猪主要表现出神经症状，还可侵害消化系统。成年猪常为隐性感染，妊娠母猪感染后可引起流产、死胎及呼吸系统症状。公猪表现为繁殖障碍和呼吸系统症状。本病可发生于多种家畜和野生动物。

1. 诊断要点

（1）症状　随年龄和感染毒株的毒力不同而有很大差异。2周龄以内哺乳仔猪，病初发热、呕吐、下痢、厌食、精神不振，有的见眼球上翻，视力减退，呼吸困难，呈腹式呼吸，继而出现神经症状，发抖、共济失调、间歇性痉挛、后躯麻痹、作前进或后退转动或倒地四肢划动。常伴有癫痫样发作或昏睡，触摸时肌肉抽搐，最后衰竭死亡，死亡率可达100％。3～4周龄猪的主要症状同前，但病程略长、多便秘，病死率可达40％～60％。部分耐过猪常有后遗症，如偏瘫和发育受阻。2月龄以上的猪症状轻微或隐性感染，表现一过性发热、咳嗽、便秘，有的病猪呕吐，多在3～4天恢复。如出现体温继续升高，病猪表现神经症状，震颤、共济失调、头向上抬、背拱起、倒地后四肢痉挛，间歇性发作，偶尔也可发生死亡。

怀孕母猪表现为咳嗽、发热、精神不振。随之发生流产、木乃伊胎、死胎和弱仔，其中以死胎为主。弱仔猪1～2天内出现呕吐和腹泻、运动失调、痉挛、角弓反张，通常在24～36天内死亡。该病可引起种猪不育，主要表现为母猪屡配不孕，返情率高达90％；公猪表现睾丸肿胀、萎缩，丧失种用能力。

（2）病理变化　无特征性病理变化。可见肾脏针尖状出血点，如有神经症状，则脑膜明显充血、出血和水肿，脑脊髓液增多。扁桃体、肝和脾均有散在白色坏死点。肺水肿，有小叶性间质性肺炎或出血点，胃黏膜有卡他性炎症、胃底黏膜出血。流产胎儿的脑和臀部皮肤有出血点，肾和心肌出血，肝、脾有灰白色坏死灶。

2. 防制措施

（1）免疫措施　免疫接种是预防和控制本病的主要措施，目前已研制成功猪伪狂犬弱毒疫苗、灭活疫苗及基因缺失苗（包括基因缺失的弱毒疫苗和灭活疫苗）。在许多流行地区应用后，都能有效减缓猪感染后的临诊症状，大大降低疾病的发生，减少经济损失。

有母源抗体的仔猪，8～12周龄免疫接种1次；无母源抗体的仔猪，3周龄免疫接种1次。怀孕母猪，产前3～8周免疫接种1次；空怀母猪（后备猪），配种前2周接种1次，以后每胎产前3～8周免疫接种1次，种公猪建议每年免疫1次。

随着伪狂犬病基因缺失疫苗（TK-/gE-）的应用，在临床上已能区分疫苗免疫动物与野毒感染动物。由于缺失疫苗免疫动物后不产生针对缺失蛋白的抗体，而自然感染动物则具有该抗体，因此可将两者区分开来。对感染猪进行抗体普查，对阳性猪采取控制和净化措施。

（2）防鸟灭鼠　除免疫措施外，消灭猪场的鼠类，严格控制鸟类，对预防本病也具有重要的意义。

3. 处方

【处方】

猪伪狂犬病疫苗　　　　　　0.5～2毫升

用法：肌内注射，乳猪第1次注射0.5毫升，断乳后再注射1毫升；3月以上架子猪注射1毫升；成年猪和妊娠母猪注射2毫升。免疫期1年。

说明：仅用于疫区和受威胁区。

十、猪细小病毒病

猪细小病毒可引起猪繁殖障碍性疾病，表现出感染母猪（尤其是初产母猪）产出死胎、畸形胎、木乃伊胎、流产及病弱仔猪，而母猪本身并无明显症状。

1. 病原

猪细小病毒（PPV）属于细小病毒科、细小病毒属。病毒粒子呈圆形或六角形，无囊膜，直径约20纳米，为单股DNA。病毒在猪原代细胞（如猪肾、猪睾丸细胞）及传代细胞（如PK_{15}、ST、$IBRS_2$等细胞）上都能生长繁殖，并出现细胞病理变化，用免疫荧光技术可查出胞浆中的病毒抗原，病毒在细胞中可产生核内包涵体。病毒能凝集人、猴、豚鼠、小鼠及鸡的红细胞。

按照毒力可把PPV分为强毒株和弱毒株，例如NADL-8是强毒株，血清阴性怀孕母猪感染后将导致病毒血症，并通过胎盘垂直感染使胎儿死亡。NADL-2是一种细胞适应后弱毒株，怀孕母猪感染后不能经胎盘感染胎儿，而被用作弱毒疫苗株。NADL-2毒株感染细胞中存在缺陷性干扰颗粒，可干扰或减缓NADL-2的复制，此种干扰作用为宿主机体建立起抵抗PPV的免疫反应提供了足够的时间，从而阻止病毒血症的产生和继发胎盘感染。PPV耐热性强，56℃48小时，80℃5分钟才失去感染力和血凝活性。对乙醚、氯仿不敏感，pH适应范围很广。

2. 诊断要点

（1）流行病学　猪是已知的唯一易感动物，不同年龄、性别的家猪和野猪都可感染。从牛、绵羊、猫、豚鼠、小鼠和大鼠的血清中可测到特异性抗体，来自病猪场鼠类的抗体阳性率高于阴性猪场的鼠类。

病猪和带毒猪是主要传染源。病毒可通过胎盘传给胎儿，感染母猪所产死胎、活胎、仔猪及子宫分泌物中均含有高滴度的病毒。荧光抗体检查证实，病毒主要分布于猪体内一些生长旺盛的组织，如淋巴生发中心、结肠固有层、肾间质、鼻甲骨膜等。子宫内感染的仔猪至少可带毒9周，有些具有免疫耐受性的仔猪可终生带毒与排毒。感染公猪的精细胞、精索、附睾和副性腺均可分离出病毒，配种时易传给易感母猪。本病主要是通过呼吸道和消化道感染。污染的猪舍在病猪移出后空圈四个半月，经常规方法清扫后，再放进易感猪时，仍有可能被感染。

本病常见于初产母猪，一般呈地方流行性或散发。一旦发生本病后，猪场可能连续几年不断地出现母猪繁殖障碍。对胎儿的危害程度与胎龄有一定相关性，母猪怀孕早期感染时，其胚胎、胎儿死亡率可高达 80%～100%。猪感染 1～6 天后可产生病毒血症，1～2 周后随粪便排出病毒，污染环境。7～9 天后可测出血凝抑制抗体，21 天内抗体效价可达 1：15000，且能持续数年。

（2）症状　仔猪和母猪的急性感染通常都为亚临床表现，但体内很多组织器官（尤其是淋巴组织）中可发现病毒。母猪在怀孕 30～50 天感染时，主要造成木乃伊胎；怀孕 50～60 天感染时多出现死产；怀孕 70 天感染的母猪则常出现流产症状。在怀孕中后期母猪受感染后也可发生经胎盘的感染，但此时胎儿常常能在子宫内存活而无明显的症状，但这些仔猪产出后常带有抗体或病毒。此外，该病还可引起母猪产弱仔、发情不正常、屡配不孕，以及早产或预产期推迟等症状。该病对公猪的受精率或性欲没有明显影响。

（3）实验室诊断　实验室检验方法可进行病毒的细胞培养和鉴定，也可以进行血凝试验或荧光抗体染色试验。用荧光抗体检查病毒抗原是一种灵敏、可靠的诊断方法。

血清学诊断时，可用血清中和试验、血凝抑制试验、酶联免疫吸附试验、乳胶协同凝集试验、琼脂扩散试验和补体结合试验等来检测抗体，最常用的是血凝抑制试验。可采取母猪血清，也可用怀孕 70 天以上感染胎儿的心血或组织浸出液。被检血清先经 56℃ 30 分钟灭活，加入 50% 豚鼠红细胞（最终浓度）和等量的高岭土，摇匀后放室温 15 分钟，经 2000 转/分离心 10 分钟取上清液，以除掉血清中的非特异性凝集素和抑制因素。抗原用 4 个血凝单位的标准血凝素，红细胞用 0.5% 豚鼠红细胞悬液。判定标准暂定 1：16 以上为阳性。

应注意本病与猪伪狂犬病、猪乙型脑炎、猪繁殖与呼吸综合征和猪布氏菌病等鉴别诊断。

3. 防制措施

本病尚无特效的治疗方法，主要采取预防措施。控制带毒猪传入猪场。在引进猪时应加强检疫，当 HI 抗体滴度在 1：16 以下或阴性时，方可准许引进。引进猪应隔离饲养 2 周后，再进行一次 HI 抗体测定，证实是阴性者，方可与本场猪合群混饲。

一旦发病，应将发病母猪、仔猪隔离或淘汰。所有猪场环境、用具应严密消毒，并用血清学方法对全群猪进行检查，对阳性猪应采取隔离或淘汰，以防疫情进一步扩大。

免疫接种常用弱毒疫苗或灭活疫苗，对初产母猪在配种前进行两次疫苗接种，每次间隔 2～3 周，可取得良好预防效果。灭活苗免疫期可达 4 个月以上。我国已研制出灭活疫苗，在母猪配种前1～2个月左右免疫一次，便可预防本病发生。仔猪的母源抗体可持续14～24周，在 HI 抗体效价≥1：80 时可抵抗猪细小病毒感染，因此，在断奶时将仔猪从污染猪群转移到没有本病污染的地区饲养，可以培育出血清阴性猪群。

十一、猪圆环病毒 2 型感染

猪圆环病毒 2 型感染是由猪圆环病毒 2 型（PCV2）引起的一系列疾病的统称。其临床表现多种多样，主要特征为体质下降、消瘦、贫血、黄疸、生长发育不良、腹泻、呼吸困难、母猪繁殖障碍、内脏器官及皮肤的广泛病理变化，特别是肾、脾脏及全身淋巴结的高度肿大、出血和坏死。本病可导致猪群严重的免疫抑制，从而容易产生其他继发或并发性传染病。

猪圆环病毒 2 型感染已遍及世界各养猪国家和地区，成为一种新的严重危害养猪业的重要传染病。PCV2 常与猪繁殖与呼吸综合征病毒（PRRSV）、猪细小病毒（PPV）并发感染或继发细菌感染，使患病猪病情加重，死亡率升高。

1. 病原

猪圆环病毒为圆环病毒科、圆环病毒属成员，由 Tischer 于 1974 年首先在 PK-15（ATCC-CCL）细胞中发现。该病毒粒子为 20 面体对称结构，直径约 17 纳米，含有单股负链环状 DNA，分子量 5.8×10^5，无囊膜，不具血凝活性，PCV 有 2 种血清型，即 PCV-1 和 PCV-2，两者的核苷酸序列同源性低于 80%，而同一血清型中各毒株之间的核苷酸同源性在 96% 以上。已知 PCV-1 对猪的致病性较低，但在正常猪群及猪源细胞中的污染率却极高。PCV-2 对猪的危害极大，可引起一系列相关的临床病症，其中包括 PMWS、皮炎肾病综合征（PDNS）、母猪繁殖障碍等。此外，还可能与增生性肠炎、坏死性间质性肺炎（PNP）、猪呼吸道综合征（PRDC）、仔猪先天性震颤、增生性坏死性肠炎等有关。PCV 在猪源细胞如 PK-15 细胞中能完全复制，但不引起明显的细胞病理变化。该病毒对外界环境的抵抗力极强，可耐受 pH3.0 的酸性环境。一般消毒剂很难将其杀灭。

2. 诊断要点

（1）流行病学 猪是 PCV 的主要宿主，对 PCV 有较强易感性。各种年龄的猪均可感染，但仔猪感染后发病严重。胚胎期或产后早期感染的猪，往往到断奶后才发病，一般集中在 5～18 周龄，以 6～12 周龄最多见。怀孕母猪感染 PCV 后，可经胎盘垂直传染给仔猪，并导致繁殖障碍。感染猪可自鼻液、粪便等废物中排出毒，经消化道、呼吸道引起传播。血清学调查发现，国外猪群 PCV 阳性率达 20%～80%，国内阳性率也达 52.8%～100%。

（2）临床症状与病理变化 猪圆环病毒感染后潜伏期均较长，多在断奶后才陆续出现症状。PCV-2 感染可以引起以下多种病症。①猪断奶后多系统衰弱综合征（PMWS）。已证实 PCV-2 是 PMWS 的重要病原，繁殖与呼吸综合征病毒、细小病毒、伪狂犬病病毒等病原混合感染和免疫刺激可以加重该病的危害程度。患猪精神欠佳，食欲不振，体温略偏高，肌肉衰弱无力，下痢，呼吸困难，眼睑水肿，黄疸，贫血，消瘦，生长发育不良，与同龄猪体重相差甚大，皮肤湿疹，全身性的淋巴结病，尤其是腹股沟、肠系膜、支气管以及纵隔淋巴结肿胀明显，发病率为5%～30%，死亡率为5%～40%不等。剖检可见淋巴结肿大、肝硬变、多灶性黏液脓性支气管炎。肺脏衰竭或萎缩，外观灰色至褐色呈斑驳状，质地似橡皮。脾肿大、坏死、色暗。肾苍白、肿大、有坏死灶。心包炎，胸腔积水并有纤维素性渗出。胃、肠、回盲瓣黏膜有出血、坏死。组织学上可见肉芽肿性间质性肺炎，气管上皮坏死或脱落并演发为细支气管炎。淋巴组织多灶性凝固性坏死。肝、肾、胰脏实质细胞变性、坏死，并伴有不同程度的淋巴细胞浸润。常可见嗜碱性胞浆包涵体。②猪皮炎和肾病综合征（PDNS）。常发生于8～18周龄的猪，除与PCV-2有关外，还与PRRSV、多杀性巴氏杆菌、霉菌毒素等的参与有关。发病率为0.15%～2%，有时候可高达7%。以会阴部和四肢皮肤出现红紫色隆起的不规则斑块为主要临诊特征。患猪表现皮下水肿，食欲丧失，有时体温上升。通常在3天内死亡，有时可以维持2～3周。剖检可见肾肿大、苍白、有出血点或坏死点。病理组织学变化为出血性坏死性皮炎和动脉炎以及渗出性肾小球性肾炎和间质性肾炎，这种损伤是由免疫复合物在血管壁的沉积而引起，是Ⅲ型过敏反应的结果，并因而出现胸水和心包积液。③繁殖障碍。PCV-2感染均造成繁殖障碍，导致母猪返情率增加、产木乃伊胎、流产以及死产和产弱仔等。

（3）实验室诊断　方法包括抗体和抗原检测。

①检测抗体　检测抗体的方法有间接免疫荧光、酶联免疫吸附试验和单克隆抗体法等。近年来，国外学者报道了利用PCV-2 ORF2基因表达产物建立的ELISA诊断方法。该方法能鉴别诊断PCV-2和PCV-1感染，可以用于流行病学调查。

②检测抗原　检测抗原的方法主要有病毒分离鉴定、电镜检查、原位杂交、免疫组织化学法和PCR等。在临诊上应注意与猪瘟的鉴别诊断。

3. 防制措施

（1）综合防治　目前无有效商品化疫苗和药物用于PCV-2感染的预防。切实做好卫生消毒和预防免疫等综合防制措施，特别是猪瘟、猪伪狂犬病、细小病毒病、猪繁殖呼吸综合征、猪气喘病、传染性胸膜肺炎等的免疫，减少应激，防止链球菌病、巴氏杆菌病、肺炎支原体病的发生，可减少本病的发生。在养猪各生产阶段实行全进全出，避免将不同日龄的猪混群饲养，从而减少猪群之间PCV2接触感染的机会。

（2）处方

【处方】

① 注射用长效土霉素　　　　　0.5毫升

用法：一次肌内注射。哺乳仔猪分别在 3、7、21 日龄按 1 千克体重 0.5 毫升各注射 1 次。

② 强力霉素或土霉素　　　　　适量

　　泰妙菌素　　　　　　　　适量

用法：拌入饲料中喂服。按 1 千克体重断奶前后仔猪用强力霉素 150 毫克、泰牧菌素 50 毫克，母猪产前、产后 1 周内用土霉素 300 毫克、泰妙菌素 100 毫克。

第二节　常见细菌性传染病

一、猪大肠杆菌病

猪大肠杆菌病是由致病性大肠埃希菌的某些血清型引起的猪多种不同疾病的统称，以新生和幼年的动物为主的肠道传染病为特征。随着集约化养猪业的发展，病原性大肠杆菌所致的仔猪黄痢、仔猪白痢和水肿病，是常发病，对养猪业造成较大的经济损失。

1. 病原

大肠埃希菌为革兰染色阴性的无芽孢直杆菌，主要有菌体抗原（O）、荚膜抗原（K）和鞭毛抗原（H）3 种大肠杆菌抗原，已鉴定的 O 抗原有 173 种，K 抗原有 80 种，H 抗原有 56 种。通常用 O：K：H 排列表示大肠杆菌的血清型，如 O8：K23：H19。致人和幼畜腹泻的产肠毒素大肠杆菌（ETEC），除含酸性多糖 K 抗原外，还可含有蛋白质性黏附素抗原（F），ETEC 中常见的 K_{88}、K_{99}、987P 黏附素又分别称为 F_4、F_5、F_6 黏附素抗原。

大肠杆菌在人和动物的肠道内，大多数于正常条件下是不致病的共栖菌，在特定条件下（如侵入肠外组织或器官）可致病。但少数大肠杆菌与人和动物的大肠杆菌病密切相关，它们是病原性大肠杆菌，正常情况下极少存在于健康机体。与动物疾病有关的病原性大肠杆菌可分为 5 类：产肠毒素大肠杆菌（ETEC），产类志贺毒素大肠杆菌（SLTEC），肠致病性大肠杆菌（EPEC），败血性大肠杆菌（SEPEC）及尿道致病性大肠杆菌（UPEC）。

ETEC 是致人和幼畜腹泻最常见的病原性大肠杆菌，其致病力主要由黏附素性菌毛和肠毒素 2 类毒力因子构成。初生幼畜被 ETEC 感染后常因剧烈水样腹泻和迅速脱水而死亡，如仔猪黄痢。产类志贺毒素大肠杆菌（SLTEC），又称产 Vero 毒素大肠杆菌（VTEC），可引起猪水肿病，通常具有黏附性菌毛 F_{18}（F_{18ab}）及致水肿病 2 型类志贺毒素（SLT-2e 或 SLT-2v）两类毒力因子。

2. 仔猪黄痢

仔猪黄痢常发于生后 1 周以内，以 1～3 日龄者居多。主要症状是拉黄色稀粪和急性死亡、发病快、病程短，发病率和死亡率高。引起发病的大肠杆菌多数具有K88、产肠毒素、有黏附素性菌毛。

（1）诊断要点　黄痢严重程度与母猪胎次有一定的关系，往往第一胎母猪产生仔猪发病率最高，死亡率也高。带菌母猪是传染源，通过粪便污染环境，仔猪通过母猪的乳头和皮肤感染发病。该病潜伏期短，生后 12 小时以内即可发病，长的也仅 1～3 天。仔猪发生黄痢时，常波及一窝仔猪的 90％ 以上，病死率很高，有的可达 100％。一窝仔猪出生时体况正常，短期内突然有 1～2 头表现全身衰弱，迅速死亡，以后其他仔猪相继发病，排出黄色浆状稀粪，内含小凝乳片，很快消瘦，昏迷而死。

剖检尸体脱水严重，皮下常有水肿，肠道膨胀，有多量黄色液状内容物和气体，肠黏膜呈急性卡他性炎症变化，以十二指肠最严重，肠系膜淋巴结有弥漫性小点出血，肝、肾有凝固性小坏死灶。大肠杆菌病的实验室诊断，有时需通过致病性试验确定分离株的致病性，只有证明分离株具有致病性，才有诊断意义。

（2）防制措施　该病的预防首先要做到不从有黄痢病的猪场引进母猪；平时做好圈舍及猪场产房环境的清洁和消毒工作；仔猪吃奶前用 0.1％ 的高锰酸钾溶液擦洗乳房和乳头，挤奶少许后再喂奶；尽量让每一头初生仔猪都吃上初乳；此外，还要母猪的免疫预防，妊娠母猪在产仔前 40 日和 15 日各肌注大肠埃希菌 K88、K99和 987P 三价灭活苗 1 次，每次 5 毫升。治疗上可采用以下方法。

【处方1】

① 丁胺卡那霉素注射液　　　　20 万单位

用法：一次肌内注射或灌服，每日 2～3 次，连用 3 天。

② 磺胺嘧啶　　　　　　　　　0.2～0.8 克

　　三甲氧苄氨嘧啶　　　　　　0.4～0.16 克

　　活性炭　　　　　　　　　　0.5 克

用法：混匀分 2 次喂服，每日 2 次至愈。

③ 土霉素　　　　　　　　　　0.2～0.3 克

用法：口服，每日 3 次，连用 3 天。

④ 磺胺甲基嘧啶与增效剂　　　0.1～0.2 克

用法：口服，每日 1 次，连用 3 天。

⑤ 0.5％的恩诺沙星液　　　　　2 毫升

用法：口服，每日 1 次，连用 3 天。药物治疗的同时进行补液。口服补盐液的配方：在 1000 毫升温水中加入葡萄糖 20 克、氯化钠 3.5 克、碳酸氢钠 2.5 克、氯化钾 1.5 克，混合溶解后让猪自由饮用；也可腹腔注射 5％ 葡萄糖生理盐水。

【处方2】

白头翁 2 克　　　　　　　　　龙胆末 1 克

用法：研末一次喂服，每日 3 次，连用 3 天。

【处方 3】

大蒜 100 克	95％乙醇 100 毫升	甘草 1 克

用法：大蒜用乙醇浸泡 15 天后取汁 1 毫升，加甘草末 1 克，调糊一次喂服，每日 2 次至愈。

说明：【处方 2】～【处方 3】配合【处方 1】应用效果更佳。

【处方 4】

黄连 5 克	黄柏 20 克	黄芩 20 克
金银花 20 克	诃子 20 克	乌梅 20 克
草豆蔻 20 克	泽泻 15 克	茯苓 15 克
神曲 10 克	山楂 10 克	甘草 5 克

用法：研末分 2 次喂母猪，早晚各 1 次，连用 2 剂。

【处方 5】

0.1％亚硒酸钠注射液　　　　5 毫升

用法：母猪产前两日一次肌内注射，每日 1 次，连注 2 天。

说明：本方用于缺硒地区有良效。

【处方 6】

调痢生（8501）活菌制剂　　　适量

用法：按 50 毫克/千克体重口服，每天 1 次，连用 3 天。

说明：【处方 6】不能与抗生素同时应用。

3. 仔猪白痢

仔猪白痢多发于生后 10～30 天，以 10～20 日龄者居多。临床上以下痢、排出灰白色糊状粪便为特征，剖检特征为卡他性胃肠炎变化。该病一般是由大肠杆菌引起的，但一些非细菌性原因，如应激因素造成的消化机能紊乱，也能引起仔猪白痢。气候突然变化时，容易发生。

（1）诊断要点　病猪突然发生腹泻，排出乳白色或灰白色的浆状、糊状粪便，味腥臭，性黏腻。腹泻次数不等。病程 2～3 天，长的 1 周左右，能自行康复，死亡的很少。剖检尸体外表苍白、消瘦、肠黏膜有卡他性炎症变化，肠系膜淋巴结轻度肿胀。发生白痢时，一窝仔猪发病率可达 30％～80％。

（2）防制措施　发生仔猪白痢时应及时给予治疗，改善饲养管理。一般使用抑菌、收敛及促消化的药物。

① 根据仔猪发生下痢的规律，采取综合性措施，包括改善饲养管理和卫生条件，合理调配饲料，使母猪保持泌乳量的平衡，防止乳汁过浓或过稀。

② 母猪的免疫预防，妊娠母猪在产仔前 40 日和 15 日各肌注大肠埃希菌 K88、K99 和 987P 三价灭活苗 1 次，每次 5 毫升。

③ 处方

【处方 1】

① 硫酸庆大小诺霉素注射液　　8 万～16 万单位

　5％维生素 B$_1$ 注射液　　　　2～4 毫升

用法：肌内或后海穴一次注射，也可喂服。每日 2 次，连用 2～3 天。

② 黄连素片　　　　　　　　　　1～2 克

　矽炭银　　　　　　　　　　　1～2 克

用法：一次喂服，每日 2 次，连用 1～2 天。

【处方 2】

① 大蒜 500 克　　　　　　　　甘草 120 克

用法：切碎后加白酒 500 毫升，浸泡 5～7 天。取原液 1 毫升加水 4 毫升灌服，每日 2 次，连服 2～3 天。

② 调痢生（8501）活菌制剂　　50 毫克/千克体重

用法：口服，每天 1 次，连用 3 天。

③ 磺胺脒 0.5 克　　　　　　　苏打 0.5 克　　　　　　　乳酸钙 0.5 克

用法：加淀粉和水适量，调匀，一次口服。

④ 土霉素或金霉素糖粉　　　　0.2～0.4 克

用法：口服，每日 3 次，连用 3 天。

⑤ 0.2％亚硒酸钠溶液　　　　适量

用法：体重 2.5 千克以下用 1 毫升，2.5～5 千克用 1.5 毫升，7.5 千克以上用 2 毫升肌内注射，对缺硒地区的发病仔猪有一定效果。

【处方 3】

白头翁 50 克　　　　　　黄连 50 克　　　　　　生地 50 克

黄柏 50 克　　　　　　　青皮 25 克　　　　　　地榆炭 25 克

青木香 10 克　　　　　　山楂 25 克　　　　　　当归 25 克

赤芍 20 克

用法：水煎喂服 10 只小猪，每日 1 剂，连用 1～2 剂。

4. 猪水肿病

猪水肿病是断奶前后小猪的一种急性散发性肠毒血症，主要表现为突然发病、运动共济失调、眼睑和颜面的头部皮下水肿，剖检变化为胃壁及大肠系膜的水肿。该病发病率虽然不高，但病死率高。主要发于断乳仔猪，但小至数日龄、大至 4 月龄猪也偶有发生。体况健壮、生长快的仔猪易于发病。该病似乎与饲料和饲养方法的改变、气候变化等有关，初生时发生过黄痢的仔猪一般不发本病。

（1）诊断要点　病猪突然发病，精神沉郁，食欲减少或口流白沫。体温无明显变化，心跳疾速，呼吸初快而浅，后慢而深。常便秘，但发病前 1～2 天常有轻度腹泻。病猪静卧一隅，肌肉震颤，不时抽搐，四肢泳动，触动时表现敏感，发呻吟声或作嘶哑的叫鸣。站立时背部拱起、发抖；四肢如发生麻痹，则站立不稳，行走时四肢无力、共济失调、步态摇摆不稳、盲目前进或作圆圈运动。水肿是本病的特殊症状，常见于脸部、眼睑、结膜、齿龈，有时波及颈部和腹部的皮下。病程短的仅数小时，一般为 1～2 天，也有长达 7 天以上的。发生水肿病平均发病率为 30%～40%，病死率在 50%～90%，严重时甚至超过 90%。

剖检时，主要病理变化为水肿。胃壁水肿，常见于大弯部和贲门部，也可波及胃底部和食道部；黏膜层和肌层之间有一层胶冻样水肿，严重的厚达 2～3 厘米，范围约数厘米；胃底有弥漫性出血变化；胆囊和喉头也常有水肿。大肠系膜的水肿也很常见，有些病猪直肠周围也有水肿。小肠黏膜有弥漫性出血变化；淋巴结可出现水肿、充血和出血。心包和胸、腹腔有较多积液，暴露于空气后则凝成胶冻状；肺水肿，大脑有水肿变化。有些病例肾包膜增厚、水肿，积有红色液体，接触空气则凝成胶冻样，皮质纵切面贫血，髓质充血或出血；膀胱黏膜也轻度出血。有些病例没有水肿的变化，但有内脏出血性变化，以出血性肠炎尤为常见。

根据临床症状和病理变化可做出初步诊断。确诊需进行细菌学检查。菌检的取材部位为肠系膜淋巴结，需通过致病性试验确定分离株的致病性。

（2）防制措施　控制本病重在预防，用针对本地流行的优势血清型的大肠杆菌制备的灭活苗接种妊娠动物，可使仔畜获得被动免疫。国内用重组 DNA 技术研制成功的仔猪大肠杆菌病 K 88、K 99 双价基因工程苗，以及 K 88、K 99、987P 三价基因工程苗，均具有一定的预防效果。

在营养措施上，限制饲料摄入量、高纤维日粮或自由采食粗纤维，可减少仔猪水肿病和断奶后大肠杆菌性腹泻的发生。在管理上，应尽量减少断奶猪的环境或其他形式应激，如没有必要的仔猪混群、转群、寒冷、运输等。

缺硒地区用 0.1% 亚硒酸钠溶液，按每 5 千克体重颈部肌内注射 1 毫升，有一定的预防效果。饲料中添加药物预防，氨基糖苷类和多黏菌素 E，具有稳定、低毒、不易产生耐药性的优点。氧化锌可以替代抗生素使用。饲料中锌的含量在 0.24%～0.3% 时，可降低腹泻和死亡，并促进生长。

该病缺乏特异疗法，不少治疗方法的疗效并不高。对患病仔猪进行治疗，挑选能到达小肠腔的药物，如阿莫西林/克拉维酸、氟喹诺酮、先锋霉素。如果是群体问题，应做药敏试验。对断奶后大肠杆菌性腹泻可采用支持疗法，包括抗脱水和抗酸中毒。

【处方 1】

① 50% 葡萄糖注射液　　　　　20 毫升

　地塞米松注射液　　　　　　1 毫克

　25% 维生素 C 注射液　　　　2 毫升

用法：一次静脉推注，连用 1～2 次。

② 安钠咖注射液　　　　　　　1～2 毫升

用法：一次皮下注射，视情况可在次日再注射 1 次。

③ 呋喃苯胺酸注射液　　　　　1～2 毫升

用法：一次肌内注射，可于第二日酌情再注射 1 次。

④ 大蒜泥　　　　　　　　　　10 克

用法：分两次喂服，每日 2 次，连用 3 天。

⑤ 丁胺卡那霉素注射液　　　　20 万～40 万单位

用法：一次后海穴注射，每日 2 次，连用 2～3 次。

⑥ 硫酸镁 15～30 克　　　双氢克脲噻 20～40 毫克　　维生素 B₁ 100 毫克

用法：加水一次投喂。

⑦ 链霉素 0.5 克　　　　　　维生素 B₁₂ 200 毫克

用法：肌内注射，连用 2 天。

⑧ 20％甘露醇 30～50 毫升或 25％山梨醇 30～50 毫升

用法：一次静脉注射。

【处方 2】

① 仔猪水肿病抗血清　　　　　5～10 毫升

　 硫酸庆大霉素注射液　　　　8 万～16 万单位

用法：一次肌内注射，视情况可于第二日再注射 1 次。

② 20％磺胺嘧啶钠注射液　　　20～40 毫升

　 50％葡萄糖注射液　　　　　40～60 毫升

用法：一次静脉，每日 1 次，连用 2～3 天。

③ 10％葡萄糖酸钙注射液　　　5～10 毫升

　 40％乌洛托品注射液　　　　10 毫升

用法：一次静脉注射，每日 1 次，连用 2～3 天。

④ 维生素 B₁ 注射液　　　　　2～4 毫升

用法：一次脾俞穴注射，每日 1 次，连用 2～3 天。

【处方 3】

白术 9 克　　　　　　　木通 6 克　　　　　　　茯苓 9 克

陈皮 6 克　　　　　　　石斛 6 克　　　　　　　冬瓜皮 9 克

猪苓 6 克　　　　　　　泽泻 6 克

用法：水煎分 2 次喂服，每日 1 剂，连用 2 剂。

二、副猪嗜血杆菌病或猪多发性浆膜炎与关节炎

副猪嗜血杆菌病是由副猪嗜血杆菌引起的一种以纤维素性浆膜炎、多发性关节炎、胸膜炎和脑膜炎为特征的猪呼吸道传染病。主要发生在仔猪断奶和保育阶段，常见于 5～8 周龄的猪，病死率可达到 50％。德国学者 Glasser 于 1910 年发现了副猪嗜血杆菌与猪多发性浆膜炎和关节炎之间的联系。

1. 病原

副猪嗜血杆菌（HPS）血清型很多，按 Kieletein-Rapp-Gabriedson（KRG）血

清分型方法，至少可将该菌分为 15 个血清型，其中 1、5、10、12、13 血清型和 14 型为高毒力致病株；2、4、15 血清型为中等毒力致病株；血清型 8 为弱毒力致病株；3、6、7、9 型和 11 型不致病。

2. 诊断要点

（1）流行病学　HPS 病主要通过空气、猪与猪之间的接触或排泄物传播，病猪和带菌猪是本病的主要传染源。猪发生呼吸道疾病（如支原体肺炎、猪繁殖与呼吸综合征、猪流感等）时，HPS 的存在可加剧临床症状。根据澳大利亚、德国、美国、加拿大等国家所作的流行病学调查，以血清型 4、5、13 型最为常见，占到 70％以上。

（2）临床症状　急性发病的猪体温高达 40～41℃，精神沉郁、食欲减退、气喘咳嗽、呼吸困难、鼻孔有黏液性及浆液性分泌物，关节肿胀、跛行、步态僵硬，同时出现身体颤抖、共济失调、可视黏膜发绀，3 天左右死亡。慢性病猪消瘦虚弱、被毛粗乱、皮肤发白、咳嗽、呈腹式呼吸、生长不良、关节肿大，严重时皮肤发红、耳朵发绀，少数病猪耳根发凉随即死亡。

（3）病理变化　尸体剖检时，可发现胸腔内有大量淡红色液体及纤维素性渗出物凝块；肺表面覆盖有大量的纤维素性渗出物并与胸壁粘连，多数为间质性肺炎，部分有对称性肉样变化；肺水肿，腹膜炎，常表现为化脓性或纤维性腹膜炎，腹腔积液或内脏器官粘连；心包炎、心包积液，心包内常有干酪样甚至豆腐渣样渗出物，使外膜与心脏粘连在一起，形成"绒毛心"，心肌有出血点；全身淋巴结肿大，呈暗红色，切面呈大理石样花纹；脾脏肿大，有出血性梗死；关节肿大，关节腔有浆液性渗出性炎症。

（4）实验室诊断　副猪嗜血杆菌病主要通过细菌分离鉴定、琼脂扩散试验、补体结合试验和 PCR 等方法进行诊断。

3. 防制措施

（1）综合防制　接种疫苗是控制 HPS 病的有效方法之一。由于不同血清型的 HPS 菌株缺乏交叉保护，接种疫苗的菌株血清型应与导致猪群发病的 HPS 菌株的血清型相同。研制流行株的多价苗是今后 HPS 商品化疫苗的发展方向。

在肺炎中，副猪嗜血杆菌被假定为一种次要病原，与其他病毒或细菌协同时才引发疾病。如感染伪狂犬病毒的猪再感染副猪嗜血杆菌，协同效果明显。因此，控制方案包括疫苗接种、抗菌处理和减少、消除其他呼吸道病原。本病原对氨苄青霉素和泰乐菌素高度敏感，可采用抗生素治疗。一旦怀疑猪发生 HPS 病，可使用庆大霉素、头孢菌素、壮观霉素及硫化酰胺等治疗。

（2）处方

【处方 1】

注射用青霉素钠　　　　　　　　200 万单位

注射用水　　　　　　　　　　　5 毫升

用法：一次肌内注射，每日 2 次，连用 3～5 天。

【处方 2】

① 三甲氧苄氨嘧啶 　　　　　　0.5 克

用法：按每千克体重 10 毫克喂服，每日 2 次，连用 3～5 天。

② 磺胺嘧啶 　　　　　　5 克

用法：按每千克体重 0.1 克（首次 0.2 克）喂服，每日 2 次，连用 3～5 天。

三、仔猪副伤寒或猪沙门菌病

仔猪副伤寒是由沙门菌引起的 1～4 月龄仔猪的传染病，急性病例为败血症变化，慢性病例为大肠坏死性炎症和肺炎。该病在饲养环境、卫生条件差的猪场经常发生；既造成生产损失，又严重威胁食品安全。

1. 病原

各国所分离的沙门菌血清型相当复杂，引起猪临床发病的主要是猪霍乱沙门菌和鼠伤寒沙门菌。猪霍乱沙门菌常常导致猪的败血症，鼠伤寒沙门菌主要引发小肠结肠炎。

2. 诊断要点

（1）流行病学　潜伏期一般从 2 天到数周不等；临床上分为急性、亚急性和慢性。

（2）症状　急性（败血型）发病时，体温突然升高（41～42℃），精神不振、不食。后期间有下痢，呼吸困难，耳根、胸前和腹下皮肤有紫红色斑点。有的病例在出现症状后 24 小时内死亡，但多数病程为 2～4 天；病死率很高。亚急性和慢性病例最多见，与肠型猪瘟的临床表现相似。病猪体温升高（40.5～41.5℃）、精神不振、寒颤，喜钻垫草，堆叠在一起，眼部有黏性或脓性分泌物，上下眼睑常被黏着。少数发生角膜浑浊，严重者发展成溃疡，甚至眼球被腐蚀。病猪食欲不振，初便秘后下痢，粪便淡黄色或灰绿色、恶臭，很快消瘦。部分病猪、后期皮肤出现弥漫性湿疹，特别在腹部皮肤，有时可见绿豆大、干涸的浆性覆盖物，揭开见浅表溃疡。病情 2～3 周或更长，最后极度消瘦，衰竭死亡。有的病猪临床症状逐渐减轻，状似恢复，但此后生长发育不良或经短期好转又行复发。有的猪群发生所谓潜伏性副伤寒，小猪生长发育不良，被毛粗乱、污秽，体质较弱，偶尔下痢。体温和食欲变化不大，一部分患猪发展到一定时期突显临床症状进而恶化、死亡。

（3）诊断　猪副伤寒除少数呈急性败血性经过外，多数表现为亚急性和慢性，与亚急性和慢性猪瘟的临床症状相似，应注意区别。本病也可继发于其他疾病，特别是猪瘟，必要时应做实验室鉴别诊断。确诊需要进行微生物学和组织学检验。在活猪中取样，大样本粪便（10 克）或咽扁桃体刮取物比肛门拭子更好，细菌分离可选用连四硫酸钠增菌。

3. 防治措施

【处方 1】预防

① 仔猪副伤寒弱毒冻干苗　　　1 头份

用法：断奶前后 1 次喂服或肌内注射。

② 金霉素　　　　　　　　　　100 克

用法：混饲，加入 1000 千克饲料中。

【处方 2】

① 丁胺卡那霉素注射液　　　　20 万～40 万单位

用法：一次肌内注射，每日 2～3 次至愈。

② 大蒜　　　　　　　　　　　20 克

用法：捣汁后一次灌服，每日 1 次，连用 2～3 次。

【处方 3】

① 磺胺嘧啶　　　　　　　　　0.2～0.8 克

　 三甲氧苄氨嘧啶　　　　　　0.4～0.16 克

用法：混合分两次喂服，按 1 千克体重磺胺嘧啶 20～40 毫克、三甲氧苄氨嘧啶 4～8 毫克用药，连用 1 周。

② 10% 磺胺嘧啶钠注射液　　　25 毫升

　 25% 葡萄糖注射液　　　　　40～60 毫升

用法：一次静脉注射，磺胺嘧啶钠按 10 千克体重 5 毫升用药。

【处方 4】

① 1% 盐酸强力霉素注射液　　　3～10 毫升

用法：一次肌内注射，按 1 千克体重 0.3～0.5 毫升用药。每日 1 次，连用 3～5 天。

② 盐酸土霉素　　　　　　　　0.6～2 克

用法：分 2～3 次喂服，按 1 千克体重 60～100 毫克用药。

【处方 5】

青木香 10 克	苍术 6 克	黄连 10 克
地榆炭 15 克	炒白芍 15 克	白头翁 10 克
车前子 10 克	烧大枣 5 枚（为引）	

用法：研末一次喂服，每日 1 剂，连用 2～3 剂。

【处方 6】

黄连 15 克	木香 15 克	白芍 20 克
槟榔 10 克	茯苓 20 克	滑石 25 克
甘草 10 克		

用法：水煎分 3 次服完，每日 2 次，连用 2～3 剂。

【处方 7】

| 黄芩 6 克 | 陈皮 6 克 | 莱菔子 9 克 |

| 神曲9克 | 柴胡9克 | 连翘6克 |
| 金银花9克 | 槐木炭6克 | 苦参9克 |

用法：水煎分两次喂服，每日1剂，连用2～3剂。

【处方8】针灸

穴位：后三里、后海、脾俞、尾尖，配百会、苏气、血印等穴。

针法：白针或血针。

四、猪传染性萎缩性鼻炎

猪传染性萎缩性鼻炎是由支气管败血波氏杆菌和产毒素多杀性巴氏杆菌引起的、猪的一种慢性接触性呼吸道传染病。它以鼻炎、鼻中隔扭曲、鼻甲骨萎缩和病猪生长迟缓为特征，临床表现为打喷嚏、鼻塞、流鼻涕、鼻出血、颜面部变形或歪斜，常见于2～5月龄猪。

1. 病原

主要病原为产毒素多杀性巴氏杆菌，次要的温和型病原为支气管败血波氏杆菌。产毒素多杀性巴氏杆菌分为A、B、C、D四个血清型，绝大多数属于D型，其毒力强；少数属于A型。不同型毒株的毒素具有抗原交叉性。支气管败血波氏杆菌为球杆菌或小杆菌，呈两极染色，革兰染色呈阴性。

2. 诊断要点

(1) 流行病学　仔猪易感性最高，1周龄仔猪感染后可引起原发性肺炎，并可导致全窝仔猪死亡，发病率一般随年龄增长而下降。1月龄以内的感染，常在数周后发生鼻炎，并引起鼻甲骨萎缩。断奶后感染，一般只产生轻微病理变化，但也有病例甚至发生严重病理变化。品种不同的猪，易感性也有差异，国内土种猪较少发病。

病猪和带菌猪是主要传染源。传染方式主要是飞沫传播，传播途径主要是呼吸道。猪传染性萎缩性鼻炎在猪群内传播比较缓慢，多为散发或地方流行性。各种应激因素可使发病率增加。

(2) 症状　早期临床症状多见于6～8周龄仔猪，表现鼻炎，打喷嚏、流涕和吸气困难。流涕为浆液、黏液脓性渗出物，个别猪因强烈喷嚏而发生鼻衄。病猪常因鼻炎刺激黏膜而表现不安，如摇头、拱地、搔抓或摩擦鼻部直至摩擦出血。吸气时鼻孔开张，发出鼾声，严重的张口呼吸。由于鼻泪管阻塞，泪液增多，在眼内眦下皮肤上形成弯月形的湿润区，被尘土沾污后黏结成黑色痕迹，称为"泪斑"。

继鼻炎后常出现鼻甲骨萎缩，致使鼻梁和面部变形，此为该病特征性症状。病猪体温、精神、食欲及粪便等一般正常，但生长停滞，有的成为僵猪。鼻甲骨萎缩与猪感染时的周龄、是否发生重复感染及某些应激因素有着十分密切的关系。周龄愈小，感染后出现鼻甲骨萎缩的可能性就愈大、愈严重。有的鼻炎延及筛骨板，则感染可经此而扩散至大脑，发生脑炎。此外，病猪常有肺炎发生，可能是因鼻甲骨结构和功能遭到损坏，异物或继发性细菌侵入肺部造成，也可能是主要病原（Bb或Pm）直接引发肺炎的结果。

（3）**诊断**　依据频繁喷嚏、吸气困难，鼻黏膜发炎、鼻出血、生长停滞和鼻面部变形易作出现场诊断。有条件时，可用X射线作早期诊断；鼻腔镜检查也是一种辅助诊断方法。微生物学检查和血清学检查有助于确诊。

3. 防治措施

【处方】

① 注射用链霉素　　　　　　　200万单位

　　注射用水　　　　　　　　　2毫升

用法：一次肌内注射，每日2次，连用3天。

② 磺胺二甲嘧啶　　　　　　　100克

　　金霉素　　　　　　　　　　100克

用法：拌料1000千克喂服，连用4～5周。

五、猪传染性胸膜肺炎

猪接触传染性胸膜肺炎，又称坏死性胸膜肺炎，是由胸膜肺炎放线杆菌引起的一种急性呼吸道传染病，以急性出血性纤维素性肺炎和慢性纤维素性坏死性胸膜炎为主要特征，急性者病死率高，慢性者常能耐过。

1. 病原

胸膜肺炎放线杆菌属巴氏杆菌科、放线杆菌属，是一种革兰阴性小球杆菌，有荚膜和菌毛，不形成芽孢，能产生毒素，新鲜病料中呈两极染色，人工培养24～96小时可见到丝状菌。本菌为兼性厌氧，在10% CO_2 条件下，可长成黏液状菌落。初次分离时将病料接种于含有50%的小牛血液琼脂上，用葡萄球菌与病料交叉划线，在10% CO_2 条件下培养24小时，可见在葡萄球菌生长线周围有 β 溶血小菌落。

2. 诊断要点

（1）**流行病学**　各种年龄猪只均可感染，通常以2～5月龄、体重在30～60千克的猪多发。胸膜肺炎放线杆菌是对猪有高度宿主特异性的呼吸道寄生菌，急性感染不仅可在肺部病理变化和血液中见到，而且在鼻液中也有大量细菌存在。猪群规模越大，发病危险亦越大。本病有明显的季节性，多在4～5月份和9～11月份发生。病猪和带菌猪是本病的主要传染源，无临床症状有病理变化猪，或无临床症状无病理变化隐性带菌猪较常见。

传播途径主要是呼吸道，也可通过猪只之间接触（如公猪配种等）传播此病。猪场与猪场之间的传播，主要是由带菌猪的流动而引起的。另外，卫生条件差、通风不良、气候突变、饲养密度大、长途运输、维生素E缺乏等，均能促进本病发生，使发病率和死亡率升高。老疫区的发病率和死亡率相对较低。我国北方地区分离的胸膜肺炎放线杆菌以血清 5 型和 7 型居多，南方地区有血清 2 型存在。

（2）症状　自然感染潜伏期为 1~2 天，人工感染为 1~7 天，这主要与猪体的免疫状态、应激程度、环境状况和病原的毒力及感染量等有关。根据临床症状和病程长短可将其分为最急性型、急性型和慢性型。

最急性型发病突然、病程短、死亡快。一般有 1 头或几头猪突然发病，体温升高至 41.5℃，表情漠然、食欲废绝，有短期的下痢和呕吐，病死猪的腹部、双耳、四肢发绀，口、鼻流出带血的红色泡沫。初生猪则为败血症致死，偶有猪突然倒地死亡。

急性型发病较急，体温升高至 40~41.5℃，精神沉郁，食欲减退或废绝，呼吸极度困难、咳嗽，常站立或犬坐而不愿卧地，张口伸舌，鼻盘和耳尖、四肢皮肤发绀。如不及时治疗，常于 1~2 天内窒息死亡。若病初临床症状比较缓和，能耐过 4 天以上者，临床症状逐渐减轻，常能自行康复或转为慢性。

慢性型的临床症状较轻，一般表现为体温升高、食欲减少、精神沉郁、不愿走动、喜卧地。呈间歇性咳嗽、消瘦、生长缓慢，若混合感染巴氏杆菌或支原体时，则病程恶化，病死率明显增加。

（3）剖检变化　急性死亡病例，仅见肺炎变化，表现为两侧肺呈紫红色。一些肺叶切面似肝，肺间质充斥血色胶冻样液体。病程稍长者，见胸腔内有纤维素性渗出物。肝脏淤血、暗红色。腹股沟浅淋巴结和肠系膜淋巴结肿大、充血、呈紫红色。慢性病例可见肺组织充满黄色结节或脓肿结节，外裹结缔组织。肺表面有一层黄色纤维素性渗出物与胸膜粘连。腹股沟淋巴结和肺门淋巴结也见肿大，并有轻度出血。

（4）诊断　根据流行病学和特征性临床症状，可作出初步诊断。确诊需进行细菌学检查和血清学试验，主要包括细菌的分离鉴定、涂片镜检、溶血试验、卫星试验、生化试验、动物接种、血清抗体检测等。并注意该病与猪肺疫、喘气病、副猪嗜血杆菌、猪圆环病毒感染的鉴别诊断。

3. 防治措施

（1）免疫措施　由于应用抗生素易产生耐药性，并导致严重的药物残留，影响食品安全，因此，免疫预防是控制该病最有效的措施之一。预防本病的疫苗主要分为灭活疫苗和亚单位疫苗两种类型，按血清型不同有多达 15 种，但不同血清型菌株间的交叉免疫性不强，所以灭活疫苗应根据当地分离的菌株来制备。对母猪和 2~3 月龄猪进行免疫接种，能有效控制该病的发生。各种亚单位疫苗的成分不尽相同，一般是以胸膜肺炎放线杆菌外毒素为主要成分，附以外膜蛋白或转铁蛋白等各种毒力因子，保护效果不一。另外，市场上还有胸膜肺炎放线杆菌灭活菌苗加入毒素成分制成的类毒素菌苗，也有较好的保护效果。对无病场应防止引进带菌猪，在引进前应用血清学试验进行检疫。对感染猪场采用"全进全出"饲养方式，出猪后栏舍彻底清洁消毒，空栏 1 周后再重新使用。

（2）治疗措施　在治疗上，早期用抗生素治疗有效，可减少死亡。病菌对青霉素、氨苄青霉素、磺胺类药物、头孢噻呋、替米考星、氟甲砜霉素、先锋霉素、沙星类药物、阿莫西林、丁胺卡那、庆大霉素、卡那霉素、复方新诺明（SMZ＋TMP）等都有一定的敏感性，但容易产生耐药性；可根据药敏试验结果选择抗菌药物。受威胁的未发病猪可在饲料中添加土霉素（每吨添加 600 克），作预防性给药。

【处方】

① 丁胺卡那霉素注射液　　　　　60 万～120 万单位

　　10％葡萄糖注射液　　　　　　20 毫升

用法：一次静脉注射，每日 3 次，连用 2～3 天。

② 20％磺胺嘧啶钠注射液　　　　5～15 毫升

用法：一次肌内注射，每日 2 次，连用 2～3 天。

六、猪　丹　毒

猪丹毒是由红斑丹毒丝菌引起的一种急性、热性传染病。临床表现为急性败血型、亚急性疹块型和慢性心内膜炎型。

1. 病原

猪丹毒杆菌血清型较多，已确认的血清型有 25 个型（即 1a、1b、2～23 及 N型），其中 1、2 两型相当于迭氏（Dedtie，1949）A、B 型。从急性败血性猪丹毒病例中分离的猪丹毒杆菌约 90％为 1a 型。我国主要为 1a 和 2 两型，即迭氏 A、B型。A 型菌株毒力较强，可作为攻毒菌种；B 型菌株常见于关节炎病猪，毒力弱些，而免疫原性较好，可作为制苗的菌种。

猪丹毒杆菌的抵抗力很强，在盐腌或熏制的肉内能存活 3～4 个月，在土壤内能存活 35 天，肝、脾在 4℃能存活 159 天，仍有毒力；露天放置 77 天的肝脏、深埋 1.5 米 231 天的尸体仍有活菌。该菌在消毒剂如 2％福尔马林、1％漂白粉、1％氢氧化钠或 5％石灰乳中会很快死亡，但对石炭酸的抵抗力较强（在 0.5％石炭酸中可存活 99 天）。对热和直射光较敏感，70℃经 5～15 分钟可完全杀死。

2. 诊断要点

（1）流行病学　该病主要发生于猪，不同年龄的猪均易感，但以架子猪发病为多。病猪和带菌猪是本病的主要的传染源。35％～50％健康猪的扁桃体和其他淋巴组织中存在此菌。富含腐殖质、沙质和石灰质的土壤适宜于本菌的生存，本菌在弱碱性土壤中可生存 90 天，最长可达 14 个月。因此，土壤污染在本病的流行病学上有极重要的意义。该病主要经消化道传播，也可经破损的皮肤和黏膜感染宿主（如人的职业感染），此外还可借助吸血昆虫、鼠类和鸟类来传播。猪丹毒常呈暴发流行，特别是架子猪（3～6 月龄）多发。母猪在妊娠期间感染极易造成流产。一年四季都有发生。

（2）症状　急性败血型病例，猪体温突然升至42℃以上，稽留、虚弱，常躺卧地上，不愿走动，一旦唤起，行走时步态僵硬或跛行，似有疼痛，站立时背腰拱起。饮水和摄食量明显降低，有时呕吐。结膜充血，眼睛清亮有神。粪便前期干硬呈栗状，附有黏液，有的后期发生腹泻。在不同时间可观察到耳朵和腿之较低部位产生肿胀，肿胀的鼻子可能引起喘息声。严重者脉搏纤细增快，呼吸困难，黏膜发绀，很快死亡。也有部分猪患病不久，在耳后、颈部、胸腹侧等部位皮肤上出现各种形状红斑，逐渐变为暗紫色，用手指按压褪色，停止按压时则又恢复，治愈后这些部位的皮肤坏死、脱落。哺乳仔猪和刚断奶小猪发生猪丹毒时，一般突然发病，表现神经症状，抽搐、倒地而死，病程多不超过1天，其他猪感染猪丹毒，病程一般3～4天，病死率80％左右，不死者多转为疹块型或慢性型。

亚急性疹块型病例，猪体出现俗称"打火印"或"鬼打印"，通常取良性经过。病初食欲减退，口渴，便秘，有时呕吐，精神不振，不愿走动，体温升高至41℃以上，败血症症状轻微，其特征是皮肤表面出现疹块。通常于发病后1～3天，在胸、腹、背、肩及四肢外侧等部位的皮肤出现大小不等的疹块，先呈淡红，后变为紫红，以至黑紫色，形状为方形、菱形或圆形，坚实，稍突起于皮肤表面，少则几个，多则数十个，这些斑块在深色皮肤的猪只上比较难看到。初期疹块充血，指压褪色；后期淤血，呈紫蓝色，压之不褪。疹块发生后，体温开始下降，病情也开始减轻，疹块颜色逐渐消退，经数日后病猪可自行康复。也有不少病猪在发病过程中，临诊症状恶化转变为败血型而死亡。病程约1～2周。

慢性型病例多由急性或亚急性转化而来，也有原发性的，常见有下列三种临诊症状：浆液性纤维素性关节炎、疣状心内膜炎和皮肤坏死。皮肤坏死一般单独发生，而浆液性纤维素性关节炎和疣状心内膜炎往往在一头病猪身上同时存在。

（3）病理变化　急性型病死猪表现败血症的全身变化，肾、脾肿大及体表皮肤出现红斑。弥漫性皮肤发红，尤其是鼻、耳、胸、腹部。全身淋巴结发红肿大，切面多汁，或有出血，呈浆液性出血性炎症。肾脏淤血肿大，呈花斑状，被膜易剥离，发生急性出血性肾小球肾炎的变化，呈弥漫性暗红色，有大红肾之称，纵切面皮质部有出血点，这是肾小囊积聚多量出血性渗出物造成的。脾脏充血呈樱红色，质地松软，显著肿大，切面外翻隆起，脆软的髓质易于刮下，有"白髓周围红晕"现象，呈典型的败血脾。胃、十二指肠、回肠，整个肠道都有不同程度的卡他性或出血性炎症，肝充血，心内外膜小点状出血，肺充血、水肿。

亚急性型以皮肤（主颈、背、腹侧部）疹块为特征。疹块内血管扩张，皮肤和皮下结缔组织水肿浸润，有时有小出血点，亚急性型猪丹毒内脏的变化比急性型轻缓。

慢性型的猪丹毒的一个特征是疣状心内膜炎，常见一个或数个瓣膜上有灰白色增生物，呈菜花状，它是由肉芽组织和纤维素性凝块组成的。慢性型关节炎为另一个特征，它是一种多发性增生性关节炎，关节肿胀，有多量浆液性纤维素性渗出液，黏稠或带红色。后期滑膜绒毛增生肥厚。

（4）诊断 根据流行病学、临床症状及尸体剖检等可做出诊断，特别是当病猪皮肤呈典型红斑病理变化时现场诊断猪丹毒很容易，必要时需进行血清学检测和病原学检测。

3. 防治措施

预防接种是防制该病最有效的办法。每年春秋或冬夏两季定期进行预防注射，仔猪免疫因可能受到母源抗体干扰，应于断奶后进行，以后每隔6个月免疫1次。

【处方1】

① 抗血清　　　　　　　　　　50毫升

用法：一次静脉或皮下注射。

② 注射用青霉素钠　　　　　　80万～160万单位

用法：一次肌内注射，每日2～3次，连注3～4天。

说明：对于亚急性型猪丹毒，在发病后24～36小时内使用效果较好。也可用链霉素、庆大霉素、洁霉素等肌内注射。

【处方2】

穿心莲注射液　　　　　　　　10～20毫升

用法：一次肌内注射，每日2～3次，连用2～3天。

说明：对亚急性型猪丹毒有良效。

【处方3】

寒水石5克	连翘10克	葛根15克
桔梗10克	升麻15克	白芍10克
花粉10克	雄黄5克	二花5克

用法：研末一次喂服，每日2剂，连用2天。

【处方4】

地龙30克	石膏30克	大黄30克
玄参16克	知母16克	连翘16克

用法：水煎分2次喂服，每日1剂，连用3～5天。

【处方5】

柴胡15克	陈皮15克	木通9克
山楂30克	神曲30克	大黄30克
芒硝60克	苍术15克	白术15克
麦芽20克	甘草9克	

用法：水煎喂服，每日1剂，连服2～3剂。

说明：用于猪丹毒后期，体温正常，便干、不食者。

【处方6】针灸

穴位：血印、天门、断血、尾尖等穴，配玉堂、山根等穴。

针法：白针或血针。

七、猪 肺 疫

猪肺疫又称猪巴氏杆菌病，它是由多杀性巴氏杆菌引起的急性流行性或散发性和继发性传染病，急性病例为出血性败血病、咽喉炎和肺炎的症状，慢性病例主要表现慢性肺炎症状、呈散发性。

1. 病原

多杀性巴氏杆菌呈短杆状或球杆状，常单个存在，较少成对或短链状存在，革兰染色阴性，在血液和组织中的病原菌，用瑞氏或美蓝染色后镜检，菌体两端着色深，中央着色浅，呈明显的两极着色特点。

2. 诊断要点

（1）流行病学 病畜经排泄物、分泌物不断排出有毒力的病菌，污染饲料、饮水、用具和外界环境，经消化道而传染给健康家畜；或由咳嗽、喷嚏排出病菌，通过飞沫经呼吸道传播本病；吸血昆虫也可作为媒介传播本病；也可经皮肤、黏膜的伤口发生感染。一般认为动物在发病前已经带菌，多杀性巴氏杆菌可大量寄生在动物的上呼吸道和消化道黏膜上，各种诱因使畜禽机体抵抗力降低时，病原菌即可乘虚侵入体内，经淋巴液而入血液循环，发生内源性感染。

（2）症状 潜伏期1～5天，临诊上一般分为最急性型、急性型和慢性型。

最急性型俗称"锁喉风"，突然发病，迅速死亡。病程稍长、临床症状明显的病例可表现出体温升高（41～42℃）、食欲废绝、全身衰弱、卧地不起、焦躁不安、呼吸困难、心跳加快等症状；病猪颈下咽喉部发热、红肿、坚硬，严重者向上延至耳根，向后可达胸前。病猪呼吸极度困难，常作犬坐姿势，伸长头颈呼吸，有时发出喘鸣声，口鼻流出泡沫，可视黏膜发绀，腹侧、耳根和四肢内侧皮肤出现红斑；病猪一出现呼吸症状后，病情即迅速恶化，很快死亡；病程1～2天，病死率100%，未见自然康复的病例。

急性型是本病主要和常见的病型，除具有败血症的一般症状外，还表现急性胸膜肺炎。体温升高（40～41℃），病初发生痉挛性干咳、呼吸困难，鼻流黏稠液体，有时混有血液；后变为湿咳，咳时感痛，触诊胸部有剧烈的疼痛，听诊有啰音和摩擦音。随病情发展，呼吸更加困难，张口吐舌，作犬坐姿势，可视黏膜蓝紫，常有黏脓性结膜炎；初便秘、后腹泻，末期心脏衰竭，心跳加快，皮肤淤血，有小出血点。病猪消瘦无力，卧地不起，多因窒息而死；病程5～8天，不死者转为慢性。

慢性型主要表现为慢性肺炎和慢性胃炎症状。有时有持续性咳嗽与呼吸困难，鼻流少许黏脓性分泌物，有时出现痂样湿疹。关节肿胀，食欲不振，进行性营养不良，常有泻痢现象，极度消瘦；如不及时治疗，多经过2周以上衰竭而死，病死率达60%～70%。

（3）病理变化 最急性型全身黏膜、浆膜和皮下组织有大量出血点，尤以咽喉部及其周围结缔组织的出血性浆液浸润最为特征。切开颈部皮肤时，可见大量胶冻样蛋黄或灰青色纤维素性黏液，水肿可自颈部蔓延至前肢。全身淋巴结出血，切面红色；心外膜和心包膜有小出血点，肺急性水肿；脾有出血，但不肿大；胃肠黏膜有出血性炎症变化，皮肤有红斑。

急性型除了全身黏膜、浆膜、实质器官和淋巴结出血性病理变化外，特征性的病理变化为纤维素性肺炎。肺有不同程度的肝变区，周围常伴有水肿和气肿，病程长的肝变区内还有坏死灶，肺小叶间浆液浸润，切面呈大理石样纹理；胸膜常有纤维素性附着物，严重的胸膜与病肺粘连。胸腔及心包积液，胸腔淋巴结肿胀，切面发红，多汁；支气管、气管内含有多量泡沫状黏液，黏膜发炎。

慢性型表现极度消瘦、贫血；肺肝变区扩大并有黄色或灰色坏死灶，外面有结缔组织包裹，内含干酪样物质，有的形成空洞并与支气管相通。心包与胸腔积液，胸腔有纤维素性沉着，胸膜肥厚，常与病肺粘连；有时在肋间肌、支气管周围淋巴结、纵膈淋巴结以及扁桃体、关节和皮下组织见有坏死灶。

（4）诊断　根据病理变化、临床症状和流行病学资料，结合对病猪的治疗效果，可对本病做出初步诊断，确诊有赖于细菌学检查。败血症病例可从心、肝、脾或体腔渗出物等部位取材，其他病型主要从病理变化部位、渗出物、脓汁等部位取材，如涂片镜检见到两极染色的卵圆形杆菌，接种培养基分离并鉴定该菌则可确诊该病。必要时可用小鼠进行实验感染，通常是将少量（0.2毫升）病料悬液皮下或肌内接种小白鼠，小鼠一般在接种后24～36小时死亡，通过小鼠对微生物的筛选和增菌作用，鼠血液的涂片中可见到纯的多杀性巴氏杆菌。由于健康动物呼吸道内常常带菌，微生物学检查结果应参照患病动物的临床症状、病理变化综合做出最后诊断。

3. 防治措施

（1）综合防制　根据其传播特点，首先应注意饲养管理，消除可能降低机体抵抗力的各种应激因素，其次应尽可能避免病原侵入，并对圈舍、围栏、饲槽、饮水器具进行定期消毒，同时应定期进行预防接种，增强机体对该病的特异性免疫力。由于多杀性巴氏杆菌有多种血清型，各血清型之间多数无交叉免疫原性，所以应选用与当地常见的血清型相同的血清型菌株制成的疫苗进行预防接种。

猪肺疫的预防可用猪肺疫氢氧化铝灭活苗、猪肺疫口服弱毒苗、猪丹毒-猪肺疫氢氧化铝二联灭活疫苗、猪瘟-猪丹毒-猪肺疫三联活疫苗，这四种疫苗免疫期均在半年以上。种猪春、秋两季用猪肺疫菌苗各疫1次；仔猪断奶后接种1次，70日龄再免疫1次。

（2）治疗处方

【处方1】

① 猪丹毒抗血清　　　　　　25毫升

用法：一次皮下注射，按1千克体重0.5毫升用药；次日再注射1次。

② 丁胺卡那霉素注射液　　　60万～120万单位

用法：一次肌内注射，每日2～3次至愈。

说明：也可用链霉素或青霉素、杆菌肽、磺胺嘧啶钠注射液等治疗。

【处方2】

① 1％盐酸强力霉素注射液　　15～25毫升

用法：一次肌内注射，按1千克体重0.3～0.5毫升用药，每日1次，连用2～3天。

② 氟哌酸粉　　　　　　　　4克

用法：一次喂服，按1千克体重80毫克用药，每日2次，连用3天以上。

【处方3】

白药子9克	黄芩9克	大青叶9克
知母6克	连翘6克	桔梗6克
炒牵牛子9克	炒葶苈子9克	炙枇杷叶9克

用法：水煎，加鸡蛋清两个为引，一次喂服，每日2剂，连用3天。

【处方4】

金银花30克	连翘24克	丹皮15克
紫草30克	射干12克	山豆根20克
黄芩9克	麦冬15克	大黄20克
元明粉15克		

用法：水煎分两次喂服，每日1剂，连用2天。

【处方4】针灸

穴位：苏气、肺俞、大椎，并配尾尖、山根等穴。

针法：白针或血针。

八、猪链球菌病

1. 病原

猪链球菌病是链球菌属中马链球菌兽疫亚种、马链球菌类马亚种 Lancefield 分群中 D、E、L 群链球菌以及猪链球菌引致猪疫病的总称。其中，猪链球菌是世界范围内猪链球菌病最主要的病原，该菌可引起猪脑膜炎以及败血症等疫病，人通过特定的传播途径亦可感染该菌。临床上主要以淋巴结脓肿、脑膜炎、关节炎以及败血症为主要特征。

2. 诊断要点

（1）流行病学　现代集约化密集型养猪，更易流行猪链球菌病。病猪和病愈带菌猪是造成自然流行的主要传染源，多经呼吸道和消化道感染。各种年龄猪都有易感性，30～50千克架子猪多发，但败血症型和脑膜脑炎型多见于仔猪，化脓性淋巴结炎型多发于中猪。一年四季均可发生，春、秋季多发，呈地方流行性。

（2）症状 因感染猪日龄、链球菌血清型不同，发病猪群呈现的临床症状各异。超急性病例，病猪不表现任何症状即突然死亡。急性病例的临床症状主要是发热、抑郁、厌食，随后表现以下一种或几种症状，如共济失调、震颤发抖、角弓反张、失明、听觉丧失、麻痹、呼吸困难、惊厥、关节炎、跛行、流产、心内膜炎、阴道炎等。在北美洲，猪链球菌常引起心内膜炎，感染猪常表现呼吸困难或突然死亡。

（3）病理变化 超急性和急性感染猪链球菌而引起死亡的猪通常没有肉眼可见的病变，部分表现为脑膜炎的病猪可见脑脊膜、淋巴结及肺发生充血。脑膜炎最典型的病理学特征是噬中性白细胞的弥漫性浸润，其他的组织病理学特征包括脑脊膜和脉络丛的纤维蛋白渗出、水肿和细胞浸润。脉络丛的刷状缘可能被破坏，脑室内可见纤维蛋白和炎性细胞。脉络丛上皮细胞、脑室浸润细胞以及外周血单核细胞中可发现细菌。

在关节炎的病例中，最早见到的变化是滑膜血管的扩张和充血，关节表面可能出现纤维蛋白性多发性浆膜炎。受影响的关节、囊壁可能增厚，滑膜形成红斑，滑液量增加，并含有炎性细胞。

心脏损害包括纤维蛋白性化脓性心包炎、机械性心瓣膜心内膜炎、出血性心肌炎。组织病理学变化为心肌发生点状或片状弥漫性出血或坏死，纤维蛋白化脓性液化。心包液中常含有噬酸性粒细胞、少量噬中性粒细胞及单核细胞，具有大量纤维蛋白。

猪链球菌感染普遍引起肺脏实质性病变，包括纤维素出血性和间质纤维素性肺炎、纤维素性或化脓性支气管肺炎，部分病例有血管外周、支气管外周及细支气管外周的淋巴细胞套，支气管、细支气管炎，肺泡出血，小叶间肺气肿以及纤维素化脓性脑膜炎。因从猪链球菌感染的病猪肺内常分离出多杀性巴氏杆菌、胸膜肺炎放线杆菌等。故部分学者认为，病猪肺部的病变可能与以上细菌的继发感染有关。另外，猪链球菌还可以引起猪的败血症，全身脏器往往会出现充血或出血现象。

（4）诊断 根据临床症状和病理变化，再结合流行病学特点可作出初步诊断，确诊需进行实验室检查。

① 细菌学检查 取发病或病死动物的脓汁、关节液、鼻咽内容物、乳汁（牛乳房炎）、肝、脾、肾组织或心血等，任选2～3种，制成涂片或触片，干燥、固定、染色、镜检。镜检可见革兰染色阳性、球形或椭圆形、呈短链状排列的链球菌。

② 培养检查 选取上述病料，接种于含血液琼脂培养基，置37℃培养24小时，应长出灰白色、透明、湿润黏稠、露珠状菌落。菌落周围出现β型或α型溶血环（猪、羊、兔链球菌为β型，牛为α型）。

③ 动物接种 取上述病料，接种于马丁肉汤培养基，经24小时培养，取培养物注射实验动物或同种动物，小鼠皮下注射0.1～0.2毫升、家兔皮下或腹腔注射

0.1～1 毫升，应于 2～3 天内死于败血症，并可从实质脏器中分离出链球菌。但牛乳房炎培养物以 2 毫升经腹腔注射小鼠，观察半个月不发生死亡。羊病料培养物 1 毫升经皮下或静脉注射绵羊，于 24～48 小时内死亡，并可从心血和脏器组织中分离出有荚膜的链球菌。鸡病料培养物以 0.3～0.5 毫升，经皮下注射雏鸡应于第 2 天死亡。

3. 防治措施

我国已研制出用于预防猪、羊链球菌病的灭活苗和弱毒活苗。不论福氏佐剂甲醛灭活苗或氢氧化铝甲醛灭活苗，猪均皮下注射 3～5 毫升，保护率能达到 75％～100％，免疫期在 6 个月以上。

【处方 1】

注射用青霉素钠	240 万单位
地塞米松注射液	4 毫克

用法：青霉素按每千克体重 4 万单位 1 次肌内注射，每日 2 次至愈。

说明：用于急性败血型。

【处方 2】

① 注射用青霉素钠　　　　　　240 万单位

用法：同【处方 1】。

② 0.2％高锰酸钾溶液　　　　　适量

　 5％碘酊　　　　　　　　　 适量

用法：局部脓肿切开后以高锰酸钾溶液冲洗干净并涂擦碘酊。

说明：用于淋巴结脓肿型。

【处方 3】

10％磺胺嘧啶钠注射液　　　　20～40 毫升

用法：一次肌注，每日 2 次，连用 3～5 天。

说明：用于脑膜脑炎型。

【处方 4】

蒲公英 30 克　　　　　　　　紫花地丁 30 克

用法：煎水拌料饲喂，每日 2 次，连服 3 天。

九、猪增生性肠炎

猪增生性肠炎，又称猪增生性肠病，是由专性胞内劳森菌引起的猪接触性传染病，以回肠和结肠隐窝内未成熟的肠细胞发生根瘤样增生为特征。该病的其他名称还有：增生性出血性肠炎、猪小肠腺瘤病、猪回肠炎、末端肠炎、坏死性肠炎和局部性肠炎等。该病在世界各主要养猪国家均有报道，猪场感染率为 20％～40％。我国最早在 1999 年报道该病，但尚缺乏其在我国发生的系统的流行病学资料。

1. 病原

病原为专性细胞内寄生的胞内劳森菌，其分类地位尚未确定，但 Gebhart 等认为属于解硫弧菌属。细菌多呈弯曲形、逗点形、S 形或直的杆菌，具有波状的三层膜外壁，无鞭毛、无菌毛、革兰染色阴性、抗酸染色阳性，能被银染法着色，改良 Ziehl-Neelsen 染色法将该菌染成红色。

细菌微嗜氧，需 5% CO_2。体内细菌经肠隐窝腔进入肠黏膜细胞内增殖，主要分布在刷状缘下方的细胞胞浆顶部，不聚集成团或形成包涵体。体外可在小鼠、猪或人的肠细胞系（如 Henle 407、IEC-18、IPEC-J2 等）上生长，感染单层细胞一般不出现细胞病理变化，不能在无细胞培养基上生长。细菌在 5～15℃环境中至少能存活 1～2 周，细菌培养物对季铵消毒剂和含碘消毒剂敏感。在感染动物中，细菌主要存在于肠上皮细胞的胞质内，也可见于粪便中。

2. 诊断要点

（1）流行病学　呈全球性散发或流行，主要侵害猪，在仓鼠、雪貂、狐狸、大鼠、马鹿、鸵鸟、兔等动物也有感染的报道。猪以白色品种猪（特别是长白、大白品种猪）及白色品种猪杂交的商品猪易感性较强。虽然断乳猪至成年猪均可发病，但以 6～16 周龄生长育肥猪最易感，发病率为 5%～25%，偶尔高达 40%，病死率一般为 1%～10%，有时达 40%～50%。

感染 7 天后可从粪便中检出病菌。感染猪排菌时间不定，但至少为 10 周。感染猪的粪便带有坏死脱落的肠壁细胞，其中含有大量细菌，为猪场的主要传染源。主要经口感染，也可经污染的器具、场地传播。某些应激因素（如天气突变、长途运输、饲养密度过大等）可促进该病的发生。鸟类、鼠类在该病的传播中也起着重要的作用。

此外，该病常可并发或继发猪痢疾、沙门菌病、结肠螺旋体病、鞭虫病等，从而加剧病情。

（2）症状　人工感染潜伏期为 8～10 天，攻毒后 21 天达到发病高峰。自然感染潜伏期为 2～3 周，按病程可分为急性型、慢性型和亚临床型。

急性型发病年龄多为 4～12 周龄，严重腹泻，出现沥青样黑色粪便，后期粪便转为黄色稀粪，或血样粪便并发生突然死亡；也有突然死亡而无粪便异常的病例。慢性型多发于 6～12 周龄的生长猪，10%～15% 的猪只出现临床症状，病猪食欲减退或废绝，精神沉郁，出现间歇性下痢，粪便变软、变稀而呈糊状或水样，颜色较深，有时混有血液或坏死组织屑片。病猪生长发育受阻、消瘦、背毛粗乱、弓背弯腰，有的站立不稳。病程长者可出现皮肤苍白，有的母猪表现发情延迟。如无继发感染，该病死亡率不超过 5%～10%，但可能发展为僵猪而被淘汰。亚临床型感染猪虽有病原体存在，却无明显的临床症状；有时发生轻微下痢但常不易引起注意，生长速度和饲料利用率明显下降。

（3）病理变化　可见回肠、结肠与盲肠的肠管涨满、外径变粗，切开肠腔可见肠黏膜增厚。回肠腔内充血或出血并充满黏液和胆汁，有时可见血凝块。肠系膜水肿，肠系膜淋巴结肿大、颜色变浅、切面多汁。急性病例可见黏膜表面的上皮细胞坏死并发生溃疡，肠黏膜部分或全部脱落，伴有纤维素渗出及大量的坏死性细胞、巨噬细胞及浆细胞渗出。

（4）诊断　通过流行病学、临床症状、病理变化可对该病作出初步诊断。但由于该菌在人工培养基中不易生长，不适合采用常规的细菌学检查方法。因该病与其他肠道疾病的临床症状、病理组织学变化十分相似，以上检查的特异性较差，特别是对镜检未见黏膜增生性变化的病例。因此，需要依靠更加灵敏、特异的病原检测方法，如免疫组化法、免疫荧光法、核酸探针杂交法及 PCR 法等来进行确诊。

应特别注意本病与猪沙门菌病、猪痢疾等肠道传染病的鉴别诊断。

3. 防治措施

应从饲养管理、生物安全及抗生素治疗等方面进行综合防制。

（1）加强饲养管理　实行全进全出制，有条件的猪场可考虑实行多地饲养，早期隔离断奶（SEW）等现代饲养技术。

（2）加强兽医卫生　严格消毒，加强灭鼠，搞好粪便管理。在哺乳期间尤其应减少仔猪接触母猪粪便的机会。

（3）减少应激　尽量减少应激反应，转栏、换料前给予适当的药物可较好地预防该病。

（4）药物防制　文献报道多种药物对于预防和治疗猪增生性肠炎有效。目前常用的药物有红霉素、青霉素、硫黏菌素、威里霉素、盐酸万尼菌素、泰妙菌素、泰农（Tylan）等。各猪场可根据实际发病情况，采用间歇给药方法。另外，也可采用添加剂的方法防制本病，如选用泰农（或泰妙菌素）按 110 克/吨饲料的剂量添加，连用 21 天。水溶性可肥素按 5～10 毫克/千克的浓度添加到饮水中，连用 10天。赐肥金在饲料中按 44～123 毫克/千克添加，连用 3 周；林可霉素在饲料中添加 21 毫克/千克，壮观霉素添加 42 毫克/千克，连用 7～14 天，都可有效防制本病。

据报道，国外已研制出猪增生性肠炎疫苗，能有效控制该病。

十、仔猪梭菌性肠炎

仔猪梭菌性肠炎又称仔猪传染性坏死性肠炎，俗称仔猪红痢，是由 C 型和/或 A 型产气荚膜梭菌引起的 1 周龄仔猪高度致死性肠毒血症，以血性下痢、病程短、病死率高、小肠后段的弥漫性出血或坏死性变化为特性。

1. 病原

产气荚膜梭菌，亦称魏氏梭菌，根据产毒素能力分为 A、B、C、D 和 E 五个血清型。一般认为，C 型菌株是致 2 周龄内仔猪肠毒血症与坏死性肠炎的主要病原，而 A 型菌株则与哺乳及育肥猪肠道疾病有关，导致轻度的坏死性肠炎与绒毛退化；越来越多的证据表明，A型菌株也是仔猪梭菌性肠炎的主要病原。

产气荚膜梭菌为革兰阳性、有荚膜、不运动的厌氧大杆菌，芽孢呈卵圆形，位于菌体中央或近端，在人工培养基中不容易形成。细菌形成芽孢后，对外界抵抗力强，80℃下15～30分钟，100℃下5分钟才可被杀死。冻干保存至少10年内其毒力和抗原性不发生变化。

2. 诊断要点

（1）流行病学 本病主要侵害1～3日龄仔猪，1周龄以上仔猪很少发病。在同一猪群各窝仔猪的发病率不同，最高可达100%，病死率约为20%～70%。该菌常存在于一部分母猪肠道中，随粪便排出，污染哺乳母猪的乳头及垫料。当初生仔猪吮奶或吞入污染物时，细菌进入空肠繁殖，侵入绒毛上皮组织，沿基膜繁殖扩张，产生毒素，使受害组织充血、出血和坏死。本菌在自然界分布很广，存在于人畜肠道、土壤、下水道和尘埃中，猪场一旦发生本病，不易清除，这给根除本病带来一定的困难。

（2）症状 按病程经过分为最急性型、急性型、亚急性型和慢性型。

最急性型发病时，仔猪出生后1天内就可发病，临床症状多不明显，只见仔猪后躯沾满血样稀粪，病猪虚弱，很快进入濒死状态。少数病猪尚无血痢便昏倒和死亡。急性型最常见，病猪排出含有灰色组织碎片的红褐色液状稀粪。病猪日见消瘦和虚弱，病程常维持2天，一般在第3天死亡。亚急性型表现持续性腹泻，病初排出黄色软粪，以后变成液状，内含坏死组织碎片。病猪极度消瘦、脱水，一般5～7天死亡。慢性型的病程在1周以上，间隙性或持续性腹泻、粪便呈黄灰色糊状。病猪逐渐消瘦、生长停滞，于数周后死亡或被淘汰。

（3）病理变化 眼观病理变化常见于空肠，有的可扩展到回肠。浆膜下和肠系膜中有数量不等的小气泡，空肠呈暗红色，肠腔充满含血液体，空肠部绒毛坏死，肠系膜淋巴结呈鲜红色。病程长的以坏死性炎症为主，黏膜呈黄色或灰色坏死性假膜，容易剥离，肠腔内有坏死组织碎片。脾边缘有小点状出血，肾呈灰白色，肾皮质部小点状出血。腹水增多呈血性，有的病例出现胸水。组织学观察可见肠黏膜下层和肌层有炎性细胞浸润。

（4）诊断 根据流行病学、临床症状和病理变化特点可作初步诊断。确诊时需进行实验室检查。查明病猪肠道是否存在A型或C型产气荚膜梭菌毒素，对本病诊断有重要的意义。取病猪肠内容物，加等量灭菌生理盐水，以3000转/分钟离心沉淀30～60分钟，上清液经细菌滤器过滤，取滤液按0.2～0.5毫升/只静脉注射1组小鼠，并取滤液与A型和/或C型产气荚膜梭菌抗毒素血清混合，作用40分钟后注射另1组小鼠。如单注射滤液的小鼠死亡，而另1组小鼠健活，即可确诊。

3. 防治措施

搞好猪舍和周围环境特别是产房的卫生消毒工作尤为重要。接产前用0.1%高锰酸钾清洗和消毒母猪乳头，可以减少本病发生和传播。

【处方】预防

① C 型魏氏梭菌灭活菌苗　10 毫升

用法：母猪产前 1 月和半月分别肌内注射 1 次。

② 磺胺嘧啶　　　　　　　0.2~0.8 克

三甲氧苄氨嘧啶　　　　0.4~0.16 克

活性炭　　　　　　　　0.5~1 克

用法：混匀一次喂服，每日 2~3 次。

③ 链霉素粉　　　　　　　1 克

胃蛋白酶　　　　　　　3 克

用法：混匀喂服 5 头仔猪，每日 1~2 次，连用 2~3 天。

第三节　其他传染病

一、钩端螺旋体病

钩端螺旋体病是由钩端螺旋体引起的一种重要而复杂的人畜共患病和自然疫源性传染病。临床表现形式多样，如发热、黄疸、血红蛋白尿、出血性素质、流产、皮肤和黏膜坏死、水肿等。

1. 病原

病原为钩端螺旋体科细螺旋体属的似问号钩端螺旋体。我国已分离到的致病性钩端螺旋体共有 19 个血清群、75 个血清型。

2. 诊断要点

（1）流行病学　钩端螺旋体一般可在水田、池塘、沼泽里及淤泥中生存数月或更长，这在本病的传播上具有重要意义。钩端螺旋体的动物宿主非常广泛，几乎所有温血动物都可感染，其中啮齿目的鼠类是最重要的贮存宿主。钩端螺旋体侵入动物机体后，进入血液循环，最后定居于肾小管生长繁殖，间歇地或连续地从尿中排出，污染周围环境如水源、土壤、饲料、圈栏和用具等，使家畜和人感染。

本病主要通过皮肤、黏膜或经消化道食入而传染，也可通过交配、人工授精及菌血症期间经吸血昆虫等途径传播。可发生于各种年龄的家畜，但以幼畜发病较多。本病通过直接或间接方式传播，有明显的流行季节，每年 7~10 月为流行高峰期，其他月份常呈个别散发。

（2）症状　猪钩端螺旋体病主要表现为急性、亚急性、慢性以及流产等发病症状。这几种类型可在一个猪场同时出现，但多数不同时出现。

急性黄疸型多发生于大猪和中猪，呈散发性，偶见暴发。病猪体温升高、厌食、皮肤干燥，有时见病猪用力在栅栏或墙壁上摩擦至出血，1~2 天内全身皮肤和黏膜泛黄，浓茶样尿或血尿。有时几天，有时数小时内突然惊厥而死，病死率很高。亚急性型和慢性型多发生于断奶前后至 30 千克以下的小猪，呈地方流行性或暴发，常导致严重损失。病初有不同程度的体温升高、眼结膜潮红，有时有浆性鼻漏、食欲减退、精神不振。几天后，眼结膜有的潮红浮肿、有的泛黄，有的在上下颌、头部、颈部甚至全身水肿，指压凹陷，俗称"大头瘟"。尿液变黄，茶尿，血红蛋白尿，甚至血尿，一进猪圈即可闻到腥臭味。有时粪便干硬，有时腹泻，病猪逐渐消瘦、无力。病程由十几天至 1 个多月，病死率 50%～90%。恢复的猪往往生长迟缓，有的成为"僵猪"。

怀孕母猪感染钩端螺旋体可能发生流产，流产率 20%～70%。母猪在流产前后有时兼有其他临床症状，甚至流产后发生急性死亡。流产胎儿有死胎、木乃伊胎，也有弱仔，常于产后不久死亡。

(3) 病理变化 可见皮肤、皮下组织、浆膜和黏膜有不同程度的黄疸，胸腔和心包有黄色积液。心内膜、肠系膜、肠、膀胱黏膜等出血。肝肿大呈棕黄色，胆囊肿大、淤血，慢性者有散在的灰白色病灶（间质性肾炎）。水肿型病例则在上下颌、头颈、背、胃壁等部位出现水肿。

(4) 诊断 生前早期检查用血液，中、后期用脊髓液和尿液。死后检查在 1 小时内进行，最迟不得超过 3 小时，否则组织中的菌体大多数发生溶解。一般采取肝、肾、脾、脑等组织。

3. 防治措施

防治措施应包括 3 部分，即消除带菌排菌的各种动物（传染源）；消除和清理被污染的水源、污水、淤泥、牧地、饲料、场舍、用具等，以防止传染和散播；实行预防接种和加强饲养管理，提高家畜的特异性和非特异性抵抗力。

【处方 1】

① 注射用青霉素钠　　　　　240 万单位
　 注射用链霉素　　　　　　200 万单位

用法：一次肌内注射，每日 2 次，连用 3 天。

② 10% 葡萄糖注射液　　　　100 毫升
　 25% 维生素 C 注射液　　　4 毫升
　 肌苷注射液　　　　　　　4 毫升
　 10% 安钠咖注射液　　　　2 毫升

用法：一次静脉注射，每日 1 次，连用 1～2 次。

③ 安乃近注射液　　　　　　5～10 毫升

用法：一次肌内注射，每日 2 次，连用 3 天。

【处方 2】

金银花 12 克	连翘 12 克	黄芩 12 克
生薏仁 12 克	赤芍 16 克	玄参 9 克
蒲公英 16 克	茵陈 19 克	黄柏 9 克

用法：研末一次喂服，每日 1 剂，连用 2～3 剂。

【处方 3】

茵陈 19 克	黄连 6 克	大黄 6 克
黄芩 6 克	黄柏 9 克	栀子 9 克

用法：研末一次喂服，每日 1 剂，连用 3 剂以上。

二、猪附红细胞体病

附红细胞体病是由附红细胞体引起的一种人畜共患传染病，以贫血、黄疸和发热为特征。

1. 病原

附红体是一种多形态微生物，多数为环形、球形和卵圆形，少数呈顿号形和杆状。附红体多在红细胞表面单个或成团寄生，呈链状或鳞片状，也有在血浆中呈游离状态。附红体对苯胺色素易于着染，革兰染色阴性，姬姆萨染色呈紫红色，瑞氏染色为淡蓝色。在红细胞上以二分裂方式进行增殖。

2. 诊断要点

（1）流行病学　各种品种、性别、年龄的猪对猪附红细胞体均易感，但以仔猪和母猪多见，哺乳仔猪的发病率和死亡率较高，阉割仔猪尤其易感发病。病猪和带菌猪是主要传染源，通过接触、血液、交配、昆虫叮咬等多种途径传播。

（2）症状　动物感染附红体后，多数呈隐性经过，少数情况下受应激因素刺激可出现临床症状。发病后的主要症状是发热、食欲不振、精神委顿、黏膜黄染、贫血、背腰及四肢末梢淤血、淋巴结肿大等，还可出现心悸及呼吸加快、腹泻、生殖力下降、毛质下降等。

死亡动物或实验感染动物的病理变化可见黏膜浆膜黄染，弥漫性血管炎症，有浆细胞、淋巴细胞和单核细胞等聚集于血管周围，肝脾肿大，肝有脂肪变性、胆汁浓稠，肝有实质性炎性变化和坏死，脾被膜有结节、结构模糊，肺、心、肾等都有不同程度的炎性变化。

（3）诊断　采用直接镜检诊断人畜附红体病仍是当前的主要手段，包括鲜血压片和涂片染色。用吖啶黄染色可提高检出率。在血浆中及红细胞上观察到不同形态的附红体为阳性。

3. 防治措施

采取综合性措施预防本病，尤其要注意驱虫，做好针头、注射器的消毒，消除应激因素。应防治内、外寄生虫，当涉及与血液传递有关的操作时应加强卫生管理。

【处方 1】

① 血虫净	200～400 毫克
注射用水	5 毫升

用法：按 1 千克体重 4～8 毫克配成 5％溶液一次肌内注射，每日 1 次，连续 2 次。

② 九一四（新砷凡纳明）　500～750 毫克

用法：一次肌内注射，48 小时后重复 1 次。或按 1 千克体重 30 毫克以 5％葡萄糖注射液配成 10％溶液缓慢静脉滴注。

【处方 2】

① 三氮脒（贝尼尔）　200～400 毫克

用法：按 1 千克体重 4～8 毫克一次肌内注射，每日 1 次，连续 2 次。间隔 2 天再重复用药 1 次。

② 阿散酸　30 克

用法：混入 100 千克饲料中，连续饲喂 1 周以上。

【处方 3】清瘟败毒饮加减

金银花 15 克　　连翘 15 克　　大青叶 20 克　　生地 20 克
黄连 10 克　　　丹皮 15 克　　石膏 40 克　　　竹叶 10 克
玄参 15 克　　　枳壳 15 克　　常山 15 克　　　槟榔 10 克
柴胡 10 克　　　大黄 10 克　　黄芩 10 克

用法：煎水饮服，每日 1 剂，连用 2～3 剂。

【处方 4】

石榴皮 45 克

用法：水煎成 450 毫升，清晨空腹灌服。

说明：注意毒性，可先服一半，无副反应再追加。

三、猪　痢　疾

猪痢疾曾称作血痢、黏液出血性下痢或弧菌性痢疾，是由致病性猪痢疾短螺旋体引起的一种肠道传染病。其特征为黏液性或黏液出血性下痢，大肠黏膜发生卡他性出血性炎症，有的发展为纤维素性坏死性炎症。

1. 病原

猪痢疾短螺旋体对外界环境的抵抗力较强，在粪便中 5℃条件下存活 61 天、25℃存活 7 天，在土壤中 4℃条件下能存活 102 天，-80℃存活 10 年以上。对消毒剂抵抗力不强，普通浓度的过氧乙酸、来苏尔和氢氧化钠均能迅速将其杀灭。

2. 诊断要点

（1）流行病学　各种年龄和不同品种的猪均易感，以 7～12 周龄猪多发。病猪或带菌猪是主要传染源，康复猪带菌可长达数月，经常从粪便中排出大量菌体，污染周围环境、饲料、饮水或经饲养员、用具、运输工具由消化道传播该病。

（2）症状　病初精神稍差，食欲减少，粪便变软、表面附有条状黏液。以后表现下痢、粪便黄色柔软或水样。重病例在 1～2 天间粪便充满血液和黏液，病猪渴欲增加，粪便恶臭带有血液、黏液和坏死上皮组织碎片。病猪迅速消瘦，弓腰缩腹，起立无力。在出现下痢的同时，体温稍高，维持数天，以后下降至常温，死前体温降至常温以下。

（3）病理变化 局限于大肠、回盲结合处。大肠黏膜肿胀，并覆盖着黏液和带血块的纤维素。大肠内容物软至稀薄，并混有黏液、血液和组织碎片。病情若进一步发展，黏膜表面坏死，形成假膜；有时黏膜上只有散在、成片、薄而密集的纤维素样物质；剥去假膜露出浅表糜烂面。由于大肠病理变化导致黏膜吸收机能障碍，使体液和电解质平衡失调，发生进行性脱水、酸中毒和高血钾，这可能是发生死亡的原因。其他脏器无明显病理变化。

（4）诊断 急性病例一般取猪粪便和肠黏膜制成涂片染色，用暗视野显微镜检查，每视野见有 3～5 条短螺旋体，可作定性诊断依据。但确诊还需从结肠黏膜和粪便中分离和鉴定致病性猪痢疾短螺旋体。

3. 防治措施

严禁从带菌猪场购入种猪，引种时需隔离观察和检疫。对猪痢疾的治疗药物较多，如痢菌净、新霉素、林可霉素、泰乐菌素、泰妙菌素等，对病猪及时用药常有一定效果；但要指出的是，该病用药治疗后，症状消失后还易复发，需要坚持按疗程治疗，改善饲养管理。

【处方 1】

丁胺卡那霉素　　　　　　　60 万～120 万单位

用法：一次喂服，每日 2～3 次，连用 3 天以上。

【处方 2】

0.5％痢菌净注射液　　　　　25 毫升

用法：按 1 千克体重 0.5 毫升一次肌内注射，每日 2 次，连用 2～3 天。

【处方 3】

黄柏 15 克　　　　　　　黄连 10 克　　　　　　　黄芩 10 克

白头翁 20 克

用法：水煎候温一次灌服。

四、猪支原体肺炎

猪支原体肺炎，又称猪地方流行性肺炎，俗称猪气喘病，是由猪肺炎支原体引起的一种慢性呼吸道传染病。主要临床症状为咳嗽和气喘，病理变化特征是肺的尖叶、心叶、中间叶和膈叶前缘呈肉样或虾肉样实变。

1. 病原

猪肺炎支原体是支原体科、支原体属成员。猪肺炎支原体又称猪肺炎霉形体，因无细胞壁，故呈多形态，有环状、球状、点状、杆状和两极状；革兰染色阴性，但着色不佳；姬姆萨或瑞氏染色良好。

猪肺炎支原体能在无细胞人工培养基上生长，生长条件要求较严格。液体培养基由含有水解乳蛋白的组织缓冲液、酵母浸液和猪血清组成；江苏Ⅱ号培养基可提高猪肺炎支原体的分离率。在液体培养基生长时，首先观察到是 pH 改变，但产酸的快慢与接种量、培养基新鲜度及不同菌株有关，而产酸程度又与菌体毒力和数量有关。在固体培养基上生长较慢，接种后经 7～10 天长成肉眼可见的针尖或露珠状菌落，低倍显微镜下菌落呈煎荷包蛋状。

猪肺炎支原体对自然环境抵抗力不强，圈舍、用具上的支原体，一般在 2～3 天即可失活，病料悬液中的支原体在 15～20℃放置 36 小时即丧失致病力。对青霉素、链霉素、红霉素和磺胺类药物不敏感，对放线菌素 D、丝裂菌素 C 最敏感，对壮观霉素、土霉素、卡那霉素、泰乐菌素、林可霉素、螺旋霉素敏感。常用的化学消毒剂均能达到消毒目的。

2. 诊断要点

（1）**流行病学**　自然病例仅见于猪，不同年龄、性别和品种的猪均能感染，但哺乳和断乳仔猪最易感性，发病率和死亡率较高，其次是怀孕后期和哺乳期的母猪。育肥猪较少发病，病情也轻。母猪和成年猪多呈慢性和隐性。

病猪和带菌猪是本病的传染源。很多地区和猪场由于从外地引进猪只时，未经严格检疫购入带菌猪，引起本病的暴发。仔猪从患病的母猪感染。病猪在临床症状消失后，在相当长时间内不断排菌，感染健康猪。本病一旦传入后，如不采取严密措施，很难彻底扑灭。病猪与健康猪直接接触，或通过飞沫经呼吸道感染。给健康猪皮下、静脉、肌内注射或投胃管带入病原体都不能致病。

本病一年四季均可发生，但在寒冷、多雨、潮湿或气候骤变时较为多见。饲养管理和卫生条件是影响本病发病率和死亡率的重要因素，尤以饲料质量、猪舍潮湿和拥挤、通风不良等影响较大。如继发或并发其他疾病，常引起临床症状加剧、死亡率升高。

（2）**症状**　潜伏期一般为 11～16 天，以 X 光检查发现肺炎病灶为标准，最短的潜伏期为 3～5 天，最长可达 1 个月以上。主要症状为咳嗽和气喘，根据发病经过，大致可分为急性、慢性和隐性 3 个类型。

急性型常见于新疫区和新感染猪群，病初精神不振，头下垂，站立一隅或趴伏在地，呼吸次数剧增，每分钟达 60～120 次。病猪呼吸困难，严重者张口喘气，发出哮鸣声，似拉风箱，有明显腹式呼吸。咳嗽次数少而低沉，有时也会发生痉挛性阵咳。体温一般正常，如有继发感染则可升到 40℃以上。病程一般为 1～2 周，病死率较高。

慢性型多由急性转变而来，也有部分病猪开始时就取慢性经过，常见于老疫区架子猪、育肥猪和后备母猪。主要症状为咳嗽，清晨和傍晚气温低时或赶猪喂食和剧烈运动时，咳嗽最明显。咳嗽时四肢叉开、站立不动、拱背、颈伸直、头下垂，用力咳嗽多次，声音粗厉、深沉、洪亮，严重时呈连续的痉挛性咳嗽。常出现不同程度的呼吸困难，呼吸次数增加和腹式呼吸（喘气）。上述症状时而明显，时而缓和。食欲变化不大，但病势严重时食欲减少或废绝。病期较长的小猪，身体消瘦而衰弱，生长发育停滞。病程可拖延 2～3 个月，甚至长达半年以上。病程和预后视饲养管理和卫生条件的好坏而相差很大。条件好则病程较短、症状较轻、病死率低；条件差则抵抗力弱、病程长、并发症多、病死率升高。

隐性型可由急性或慢性转变而来。有的猪只在较好的饲养管理条件下，感染后不表现临床症状，但 X 光检查或剖解时可发现肺炎病理变化，该型在老疫区猪只中占相当大比例。如加强饲养管理，则肺炎病理变化可逐步吸收消退而康复。反之饲养管理恶劣，病情恶化而出现急性或慢性临床症状，甚至引起死亡。

（3）病理变化　主要见于肺、肺门淋巴结和纵隔淋巴结。急性死亡可见肺部有不同程度的水肿和气肿。在心叶、尖叶、中间叶及部分病例的膈叶前缘出现融合性支气管肺炎，以心叶最为显著，尖叶和中间叶次之，然后波及到膈叶。早期病理变化发生在心叶，如粟粒大至绿豆大，逐渐扩展而融合成多叶病理变化，成为融合性支气管肺炎。两侧病理变化大致对称，病理变化部的颜色多为淡红色或灰红色，半透明状，病理变化部界限明显，状似鲜嫩肌肉，俗称"肉变"。随着病程延长或病情加重，病理变化部颜色转为浅红色、灰白色或灰红，半透明状态的程度减轻，俗称"胰变"或"虾肉样变"。肺门和膈淋巴结显著肿大，有时边缘轻度充血。继发感染细菌时，引起肺和胸膜的纤维素性、化脓性和坏死性病理变化，还可见其他脏器的病理变化。组织学变化，早期以间质性肺炎为主，以后演变为支气管性肺炎，支气管和细支气管上皮细胞纤毛数量减少，小支气管周围的肺泡扩大，泡腔充满多量炎性渗出物，肺泡间组织有淋巴样细胞增生。

（4）诊断　根据流行病学、临床症状和病理变化的特征可作出初步诊断，必要时可作实验室检验以确诊。诊断本病时应以一个猪场整个猪群为单位，只要发现一头病猪，就可以认为该猪群是病猪群。

3. 防治措施

自然和人工感染的康复猪能产生免疫力，说明人工免疫是可能的，但免疫保护力与血清 IgG 抗体水平相关性不大，母源抗体保护率低，起主要作用的是局部免疫。目前有 2 类疫苗可用于预防，一类是弱毒疫苗，由中国兽药监察所研制的猪气喘病乳兔化弱毒冻干苗，对猪安全，保护率 80%，免疫期 8 个月；江苏省农科院畜牧兽医研究所研制的 168 株弱毒菌苗，保护率可达 80%～96%。另一类为进口灭活苗，由辉瑞、博林格、富道、英特威、苏威和仙灵葆雅公司生产。

总的来说，弱毒苗和灭活苗的免疫保护力均有限，要预防、消灭猪气喘病主要在于坚持采取综合性防制措施。在规模化猪场，猪支原体是引起猪呼吸道疾病综合征（PRDC）常见的病原体之一。PRDC 是一种多因子病，除猪支原体外，还包括猪胸膜肺炎放线杆菌、伪狂犬病病毒、副猪嗜血杆菌、猪多杀性巴氏杆菌、萎缩性鼻炎败血波氏杆菌、猪流感病毒、猪链球菌、猪瘟病毒、PRRS、猪 2 型圆环病毒感染等。因此，应全面考虑疫苗预防、生物安全与药物控制等综合措施。

在疫区，以康复母猪培育无病后代，建立健康猪群为主。主要措施是自然分娩或剖腹取胎，以人工哺乳或健康母猪带仔法培育健康仔猪，配合消毒切断传播途径并消灭传染因素。仔猪按窝隔离，防止窜栏。育肥猪、架子猪和断奶小猪分舍饲养，并利用各种检疫方法及早清除病猪和可疑病猪，逐步扩大健康猪群。

在未发病地区和猪场，要坚持自繁自养，尽量不从外地引进猪只，必须引进时，要严格隔离和检疫；加强饲养管理，搞好兽医卫生工作，推广人工授精，避免母猪与种公猪直接接触，保护健康母猪群；科学饲养，采取全进全出与早期隔离断奶技术（SEW），从系统管理上提高生物安全标准。

健康猪群的鉴定标准是观察3个月以上，未发现气喘症状的猪群，放入2头易感小猪同群饲养，也不被感染者；1年内整个猪群未发现气喘病临诊症状，所宰杀的肥猪、死亡猪只肺部检查均无气喘病病理变化者；母猪连续生产两窝仔猪，在哺乳期、断奶后到架子猪，经观察无气喘病症状，1年内经X射线检查全部仔猪和架子猪，间隔1个月再行复查，均全部无气喘病病理变化者。

【处方1】

灭菌花生油或茶油　　　100毫升　　　　土霉素碱　　25克

用法：混合均匀，按每千克体重40～50毫克，在颈、背两侧行深部肌内分点轮流注射，小猪1～2毫升，中猪3～5毫升，大猪5～8毫升，每隔3天1次，5次为一疗程。

说明：重症猪可进行2～3个疗程，配合卡那霉素注射，效果更好。

【处方2】

兽用卡那霉素　　　　　每千克体重3万～4万单位

用法：肌内注射，每天1次，连续5天为一疗程，必要时进行2～3个疗程；但停药后往往复发。

【处方3】

① 林可霉素按每吨饲料加入200克，连喂3周，或按每千克体重50毫克肌内注射，5天为一疗程也有一定效果。

② 泰乐菌素按每千克体重4～9毫克，进行肌内注射，3天为一疗程。

③ 泰妙灵按每千克体重20毫克，掺入饲料饲喂。

④ 治百炎（壮观霉素）按每千克体重40毫克，每日肌内注射1次，5天为一疗程，有一定疗效。

第三章　猪寄生虫病用药与处方

第一节　猪寄生虫病的诊断和防治

一、寄生虫病的诊断

1. 临床症状观察

多数寄生虫病的临床表现为消瘦、贫血、水肿、营养不良、发育受阻和消化障碍等慢性、消耗性疾病的症状，可作为早期疾病诊断的参考。

2. 流行病学调查

根据发病情况，调查分析流行因素，为作出准确诊断提供依据。

3. 实验室检查

实验室检查对确诊某些寄生虫病具有决定性作用。

（1）粪便检查　是多种寄生虫病的常用检查方法，主要有以下几种方法。

直接涂片法　先滴数滴常水或50％甘油于载破片上，再用牙签或火柴杆挑取少量被检粪便加入其中，充分搅匀并除去较大粪渣，盖上盖片镜检。

漂浮法　常用饱和盐水漂浮法，取粪便3～5克，放于一小烧杯中，再加入10～20倍的饱和盐水溶液，充分搅匀，然后用两层纱布或40～60目铜网筛过滤到另一玻璃杯内，静置半小时，用直径5～10毫米铁丝圈与液面平行蘸取液膜并抖落于载玻片上，加盖片后镜检。

沉淀法　用于检查较大的虫卵，取粪便3～5克，置玻璃杯内，加100～200毫升清水，搅匀，用纱布或40～60目铜网筛过滤到另一玻璃杯中，静置20～40分钟，倾去上清液，保留沉淀，反复多次，直至上清液透明，倾去水后，用胶皮吸管吸取沉渣镜检。

幼虫检查法　适用于随粪便排出的幼虫或各器官组织及土壤、饲料中的幼虫检查。将装有被检物的网筛放在漏斗内，漏斗下接胶皮管和小试管，然后将漏斗置漏斗架上，往漏斗内加入40℃温水，浸没被检物。静置1小时后，用夹子夹住胶皮管，取下小试管，倾去上清液，吸取沉渣进行镜检。

（2）血液检查　耳尖采血，做成血涂片或压滴标本进行检查。

（3）免疫学诊断　如ELISA法、ABC-ELISA法、免疫酶染色试验、斑点酶免疫试验等免疫学诊断技术。

4. 尸体剖检

对病畜进行死后剖检，观察病理变化，查找病原体，分析致病和死亡原因，有助于正确诊断。

二、寄生虫病的综合防制

寄生虫病的控制一般采取综合性防治措施。根据寄生虫病的种类和流行情况不同，防治措施的侧重点也有所不同。主要是以流行病学的研究为基础，贯彻"预防为主，防重于治"的原则，采取综合性防治措施。

1. 驱虫

驱虫是用药物将寄生于畜禽体内外的寄生虫杀灭或驱除。其主要目的一是在宿主体内或体表杀灭或驱除寄生虫，从而使畜主康复；其次是减少病原体向自然界的散布，对未感染家畜进行预防。

（1）驱虫药物的选择　选择高效、低毒、广谱、价廉、使用方便的驱虫药物。避免连续几年使用同一种药物对同一种寄生虫进行驱虫，以免产生耐药性。

（2）驱虫时间的确定　依据当地寄生虫病季节动态来确定。一般在虫体成熟前驱虫，防止性成熟的成虫排出虫卵或幼虫对外界环境造成污染。或采取秋冬季驱虫，此时驱虫有利于保护畜禽安全过冬，且此时不利于大多数虫卵或幼虫的存活发育，可减轻对环境的污染。

2. 环境卫生

搞好环境卫生是减少或预防寄生虫感染的重要环节。主要包括尽可能减少宿主与感染源接触的机会、设法杀灭外界环境中的病原体。

（1）粪便管理　绝大多数寄生虫病是通过动物粪便散播病原的，因此，加强粪便管理是杜绝寄生虫病传播的有效方法。应管好人、猪、犬的粪便，防止粪便污染水源及放牧场所。要注重清洁卫生，采用勤扫勤垫的做法，将扫起来的粪便和垃圾及时运到堆肥场进行无害化处理。

（2）消灭中间畜主或传播媒介　多数寄生虫病的传播需要中间宿主，因此，消灭中间宿主可有效切断相关寄生虫病的传播。主要采取物理或化学的方法消灭中间宿主（如淡水螺等）或传播媒介（如昆虫、蜱等）。

3. 加强饲养管理

做到全价营养，保持健壮体质，以增强机体抵抗寄生虫病的能力。要有专门的产仔间，并进行严格消毒；怀孕母猪要驱虫，临产前要彻底洗净全身；小猪要有专用猪舍。

4. 建立各项规章制度

规章制度的健全对控制某些寄生虫病的传播和流行起着决定性作用。主要包括肉品检验制度，肉品管理制度和建立猪场管理制度，做好寄生虫病的预防。

第二节 常见的猪寄生虫病

一、猪囊尾蚴病

猪囊尾蚴病又称猪囊虫病，是由有钩绦虫的幼虫——猪囊虫引起的、猪与人之间循环感染的一种人畜共患病。

1. 病原

猪囊尾蚴俗称猪囊虫。成熟的囊尾蚴外形椭圆，约黄豆大，为半透明的包囊，囊内充满液体，囊壁是一层薄膜，壁上有一圆形的乳白色小结，其内有一个内翻的头节，头节上有 4 个圆形的吸盘，最前端的顶突上有许多角质小钩，分两圈排列。

2. 诊断要点

（1）流行病学 本病呈全球性分布，多见于温带和热带地区，我国多数省份均可发生，有吃生肉习惯的地区多发。本病一年四季均可发生，多为散发。猪的感染主要因吃了被人粪便污染的饲料。

（2）症状 猪囊虫对猪的危害一般不明显。严重感染时，可导致营养不良、贫血、水肿及衰竭。大量寄生于脑部时可引起神经系统机能的障碍，如鼻部触痛、强制运动、癫痫、视觉扰乱和急性脑炎，有时可发生突然死亡。大量寄生于肌肉组织的初期时，可出现肌肉疼痛、前肢僵硬、跛行和食欲不振等。

（3）诊断 根据病史和临床症状等作出初诊，另可检查眼睑和舌部，查看有无因猪囊虫引起的豆状肿块，触摸到舌根和舌的腹面有无稍硬的豆状疙瘩。

3. 防治措施

该病主要的防治措施是驱杀虫体，具体处方如下。

【处方 1】

丙硫咪唑　　　　　　　　　1～2.5 克

用法：一次喂服，按 1 千克体重 20～50 毫克用药。

【处方 2】

吡喹酮　　　　　　　　　　2.5～4 克

用法：喂服或溶入消毒的液体石蜡中配成 20% 悬液，1 次颈部肌内注射，按 1千克体重 50～80 毫克用药。隔 2 天再用药 1 次。

【处方 3】

槟榔 50～100 克，南瓜子仁粉 200 克，硫酸镁 30 克。

用法：将新鲜槟榔切片，用 400～500 毫升开水浸泡数小时，再煎至 200～500毫升，先喂南瓜子，半小时后再服煎剂，再隔 2 小时喂泻剂（30 克硫酸镁溶于 200毫升水内）。

二、猪棘球蚴病

猪棘球蚴病是由细粒棘球绦虫的幼虫——棘球蚴引起的。成虫寄生在犬、狼、狐的小肠，幼虫寄生于人及牛、羊、猪的肺、肝等脏器内。

1. 病原

棘球绦虫虫体小，由1个头节和3～4个节片组成。头节有4个圆形吸盘和1个顶突。吸盘后为一个短的未成熟节片，再后为一成熟节片，最后一节是孕卵节片。虫卵近圆形，外被辐射状胚膜，内含六钩蚴。

2. 诊断要点

（1）流行病学　本病呈世界性分布，我国很多地区均可发生。猪主要通过吞食狗、猫粪便中的细粒棘球绦虫卵而感染。

（2）症状　初期一般不显症状。寄生于肺脏时，表现为呼吸困难，咳嗽、气喘，肺浊音区逐渐扩大。寄生于肝脏时，叩诊浊音区扩大，触诊病畜浊音区表现疼痛，当肝脏容积增大时，腹右侧膨大，由于肝脏受害，患畜营养失调，表现消瘦，营养不良。

（3）诊断　根据病史、临床症状可作出初诊。生前诊断可用皮内反应。取包囊内的液体，用滤纸过滤，装入瓶内，加入0.5%氯仿，放在冰箱中保存备用。对可疑患畜皮内注射0.1～0.2毫升。注射5～10分钟后，局部出现直径0.5～2厘米炎症反应者即为阳性，其准确率可达90%以上。

3. 防治措施

该病主要的防治措施是驱杀虫体，具体处方如下。

【处方1】

吡喹酮　　　　　　　　　　2.5～4克

用法：同猪囊虫【处方2】。

【处方2】

氢溴酸槟榔碱　　　　　　　2毫克/千克体重

用法：一次喂服。

三、猪细颈囊尾蚴病

猪细颈囊尾蚴病是由寄生于狗、狼、狐狸等肉食兽小肠的带科带属泡状带绦虫的幼虫——细颈囊尾蚴，寄生于猪、牛、羊等动物肝脏（严重感染）、浆膜、网膜及肠系膜部位，而引起的一种绦虫蚴病。

1. 病原

泡状带绦虫是一种大型虫体，由250～500个节片组成，体长1.5～2.0米，有的长达5米，宽8～10毫米，黄白色；主要侵害幼猪。成虫寄生在犬的小肠，幼虫寄生在猪、牛、羊等家畜的肠系膜、网膜和肝脏等处。成虫在犬小肠中寄生。孕卵节片随粪便排出，猪吞食虫卵后，释放出六钩蚴，六钩蚴随血流到达肠系膜和网膜、肝脏等处，发育为细颈囊尾蚴。细颈囊尾蚴呈囊泡状，内含透明液体，黄豆大到鸡蛋大不等，俗称"水铃铛"。

2. 诊断要点

（1）流行病学　本病呈世界性分布。发生和流行的主要原因与饲养有关，凡有犬的地方，家畜均有可能感染细颈囊尾蚴，其中以猪最易感，且主要侵害仔猪。

（2）症状　病畜表现不安、流涎、腹泻和腹痛等症状，可能造成仔猪死亡。慢性疾病多发生在幼虫自肝脏移行出来之后，一般不显临床症状，有时患畜出现精神不振、食欲减退。寄生于猪的肠系膜、网膜和肝脏等处，形成鸡蛋大小的囊泡，大量感染时引起消瘦、衰弱和腹膜炎等。

（3）诊断　该病生前临床诊断较难，剖检可在肝脏、肠系膜、网膜等处发现细颈囊尾蚴，肝脏体积增大、表面粗糙并有散在出血点，即可确诊。

3. 防治措施

该病主要的防治措施是驱杀虫体，具体处方如下。

【处方1】

吡喹酮　　　　　　　　　　2.5～5克

用法：一次喂服，按1千克体重50～100毫克用药，每日1次，连用2次。

【处方2】

氯硝柳胺　　　　　　　　　100～150毫克/千克体重。

用法：一次喂服。

【处方3】

槟榔6～12克，加水煎汁，1次灌服。

【处方4】

贯众50克

用法：粉碎为末加水冲服。每日1次，连续3～4天。

四、猪姜片吸虫病

猪姜片吸虫病是由片形科、片形属的布氏姜片吸虫引起的一种人畜共患的吸虫病。姜片吸虫病主要感染猪和人，偶尔发生于狗和野兔，虫体寄生于小肠内，以十二指肠为最多。

1. 病原

姜片吸虫新鲜虫体呈肉红色，宽大而肥厚，形似斜切的姜片。体表有小刺，口吸盘位于虫体前端，腹吸盘发达与口吸盘相距很近，咽小、食道短。虫卵呈长椭圆形或卵圆形、淡黄色、有卵盖，靠近卵盖一端常有1个卵细胞，卵细胞分布均匀。

2. 诊断要点

（1）流行病学　本病呈地方性流行，主要发生在亚洲温带和亚热带地区，在我国主要发生在南部和中部。中间宿主扁卷螺类广泛分布于池塘、沼泽、沟渠及水田，常栖息于植物叶下。绝大多数水生植物都可以作为姜片吸虫囊蚴附着的媒介。常用于青饲料的一些水生植物是猪感染的重要传播媒介。

（2）症状　主要表现为贫血、消瘦、营养不良、生长缓慢、精神不振、食欲减退等，当多量寄生时，由于肠黏膜出血、溃疡和坏死，病猪表现腹痛、腹泻、下痢和浮肿等。病后期体温升高，最后可因虚脱或由于肠阻塞、肠套叠或肠破裂而死亡。

（3）诊断　根据流行病学和临床症状可做出初诊。确诊可用直接涂片法或沉淀法检查虫卵或结合尸体剖检。

3. 防治措施

驱杀虫体是主要的防治措施。

【处方1】

吡喹酮　　　　　　　　　2.5克

用法：一次喂服，按1千克体重50毫克用药。

【处方2】

硝硫氰胺　　　　　　　　150～300毫克

用法：一次喂服，按1千克体重3～6毫克用药。

【处方3】

敌百虫　　　　　　　　　100毫克/千克体重。

用法：一次喂服，总重量不超过7克，隔日1次，2次为1个疗程。

【处方4】

辛硫磷　　　　　　　　　1.2毫克/千克体重。

用法：混饲喂给。

【处方5】

硫双二氯酚　　　　　　　60～100毫克/千克体重。

用法：一次喂服，体重在50～100千克以下的猪用100～150毫克/千克体重，体重超过100千克的则用50～60毫克/千克体重。

【处方6】

槟榔15～30克　　　　　　木香3克

用法：水煎早晨空腹一次喂服，连用2～3次。

【处方7】

槟榔50～100克

用法：切碎加冷水煎汁，空腹给猪灌服。

【处方8】

槟榔25克　雷丸25克　贯众25克　甘草25克

用法：水煎去渣，空腹灌服。

【处方 9】

使君子 15 克　石榴皮 15 克　贯众 10 克　槟榔 10 克

用法：煎水内服（适宜于 25 千克体重猪用量），有较好的疗效。

五、华枝睾吸虫病

华枝睾吸虫病是由后睾科、枝睾属的中华枝睾吸虫寄生于人、猪、狗、猫等动物的肝脏、胆管和胆囊中而引起的一种重要的人畜共患吸虫病。

1. 病原

虫体背腹扁平呈柳叶形，薄而透明，前端稍尖，后端稍钝圆，体表光滑。大小为 10～25 毫米，宽 3～5 毫米。虫卵黄褐色，形似灯泡，顶端有盖，后端有一突起，内含毛蚴。

2. 诊断要点

（1）流行病学　本病的流行与地理环境、自然条件和流行地区第一、第二中间宿主的分布和养殖，及当地居民的生活习惯有密切关系。有适宜中间宿主淡水螺、淡水鱼、虾生存的水环境和中间宿主的广泛存在易引发本病。

（2）症状　多呈慢性经过，主要表现为消化不良、下痢、食欲减少、腹胀、腹痛、乏力、贫血、消瘦及轻度黄疸等。严重感染者病程较长，可并发其他疾病而死亡。

（3）诊断　根据流行病学和临床症状可做出初步诊断。确诊可用直接涂片法、漂浮法或离心浮卵法检查虫卵。

3. 防治措施

该病主要的防治措施是驱杀虫体，具体处方如下。

【处方 1】

吡喹酮　　　　　　　　　　　2～5 毫克/千克体重

用法：1 次喂服。

【处方 2】

丙硫咪唑　　　　　　　　　　30 毫克/千克体重

用法：一次喂服，每日 1 次，连用数日。

【处方 3】

六氯酚　　　　　　　　　　　20 毫克/千克体重

用法：一次喂服，每日 1 次，连服 3 天。

【处方 4】

六氯对二甲苯　　　　　　　　50 毫克/千克体重

用法：一次喂服，每日 1 次，连用 10 天。

【处方 5】

海涛林　　　　　　　　　　　50～60 毫克/千克体重

用法：混入饲料喂服，每日 1 次，5 天为 1 疗程。

【处方 6】

硫双二氯酚（别丁）　　　　80～100 毫克/千克体重

用法：灌服或混料喂服。

六、猪蛔虫病

猪蛔虫病是由蛔虫目、蛔科、蛔属的猪蛔虫寄生于猪的小肠所引起的一种线虫病。

1. 病原

猪蛔虫是一种大型线虫，新鲜虫体呈粉红稍带黄白色，死后呈苍白色。虫体中间稍粗，两端较细，近似圆柱形。虫卵呈黄褐色，表面有一层蜂窝状蛋白质膜，内含 1 个圆形卵细胞，卵细胞与卵壳间的两端形成新月形空隙。虫卵随粪便排出后，在适宜的温度和湿度条件下发育、成熟，成为具有感染性的虫卵。感染性虫卵被猪吞食后，在小肠中孵出幼虫，钻入肠血管，随血液循环经门静脉到肝脏，再由腔静脉进入右心房、右心室和肺动脉到肺毛细血管，再钻过血管壁和肺泡壁进入肺泡，经细支气管、支气管、气管，随黏液一起到达咽，进入口腔，并随黏液再被吞咽，经食道、胃返回小肠，进行最后一次退化，逐渐长大发育为成虫。从感染性虫卵被猪吞食到发育为成虫需经 2～2.5 个月。

2. 诊断要点

（1）流行病学　本病分布广泛，感染普遍，特别在卫生条件差的猪场和营养不良的猪群中，感染率可高达 50％以上，以 3～6 个月龄的猪最易感染，患病也较严重，且常常发生死亡。

（2）症状　3～6 月龄猪感染比较严重，幼虫移行期间肺炎症状明显，主要表现为咳嗽、体温升高、食欲减退，严重感染可出现呼吸困难、心跳加快、呕吐流涎、精神沉郁、多喜躺卧、不愿走动，可能经 1～2 周好转或逐渐虚弱，导致死亡。成虫大量寄生时，表现营养不良、贫血、消瘦、被毛粗乱、食欲减退或时好时坏，或异嗜。生长极为缓慢，增重明显降低、甚至停滞成为僵猪。当虫体机械性刺激肠黏膜时，可出现肠炎症状，病猪出现拉稀、体温升高。如肠道被阻塞，可引起阵发性痉挛性疝痛症状，甚至由于发生肠破裂而死亡。如虫体钻进胆管，病猪开始表现下痢、体温升高、食欲废绝、剧烈疼痛、烦躁不安，之后体温下降、卧地不起、四肢乱蹬、最后爬地不动而死亡。

（3）诊断　根据临床症状可做出初诊。确诊需做粪便虫卵检查或死后尸体剖检。近年有采用皮内变态反应进行生前诊断的，即用蛔虫制成抗原，以抗原稀释液注射于猪的耳部皮内，若为阳性时，经过 5 分钟皮肤上出现红至深红色丘疹或晕环而作出诊断。

3. 防治措施

宜驱杀虫体。

【处方1】

甲苯咪唑　　　　　　　　10～20毫克/千克体重

用法：混在饲料中喂服。

【处方2】

氟苯咪唑　　　　　　　　30毫克/千克体重

用法：混在饲料中喂服。

【处方3】

丙硫咪唑　　　　　　　　10～20毫克/千克体重

用法：混在饲料中喂服。

【处方4】

伊维菌素　　　　　　　　0.3毫克/千克体重

用法：皮下注射或口服。

【处方5】

海乐松　　　　　　　　　50毫克/千克体重

用法：用水灌服或混入饲料喂服。

【处方6】

使君子 200 克	槟榔 200 克	当归 200 克
麦芽 200 克	百部 100 克	苍术 100 克
甘草 100 克	大黄 50 克	

用法：各药混合，研为细末，过 100 目筛 2 次，分装备用。按 0.5 克/千克体重/次喂服，每日 3 次，连用 2 天。

【处方7】

甘松 500 克	大黄 250 克
槟榔 90 克	贯众 250 克

用法：各药混合，粉碎为细末，小猪 5～6 克，大猪 20～30 克加水灌服，每日 1 次，连服 3 天。

【处方8】

百部 10 克	苦楝皮 10 克

用法：煎汤，供体重约 50 千克的猪服用，一次灌服。

七、类圆线虫病

猪类圆线虫病是由兰氏类圆线虫和粪圆线虫寄生于仔猪的小肠内而引起的一种线虫病。

1. 病原

兰氏类圆线虫和粪圆线虫属杆形目、杆形科、类圆属，寄生于仔猪消化道的类圆线虫只有孤雌生殖的雌虫。虫体细小、乳白色、口腔小、有两片唇、食道简单，阴门位于后 1/3 和中 1/3 交界处。兰氏类圆线虫寄生于猪的小肠,主要是十二指肠黏膜内。虫卵卵壳薄而透明,内含有幼虫。粪类圆线虫寄生于猪的大小肠黏膜内,在新鲜粪便中检出的常为逸出卵壳的杆虫型幼虫。

2. 诊断要点

(1) 流行病学 本病呈世界性分布,尤其在温带地区多发。在夏季和雨季,当畜舍卫生状况不良、潮湿时,本病流行普遍。幼猪主要通过皮肤感染传播,仔猪可通过初乳感染。

(2) 症状 当幼虫经皮肤感染时,可引起仔猪皮肤湿疹。当虫体移行到肺时,可引起支气管炎、肺炎和胸膜炎,仔猪表现咳嗽、体温升高、呼吸困难。如寄生于肠道的成虫数量多时,可引起仔猪营养障碍,肠黏膜充血、出血和溃疡,仔猪表现消瘦、贫血、呕吐和腹痛,最后可因极度衰弱而死亡。

(3) 诊断 根据流行病学和临床症状可作出初诊。确诊需做虫卵检查或死后尸体剖检。

3. 防治措施

该病主要的防治措施是驱杀虫体,具体处方如下。

【处方 1】

甲苯咪唑　　　　　　　　　　30 毫克/千克体重

用法:一次口服。

【处方 2】

噻苯唑　　　　　　　　　　　30~50 毫克/千克体重

用法:一次口服。

【处方 3】

龙胆紫

用法:25 千克体重以下仔猪每天 0.6 克,分早、中、晚 3 次,与牛奶混服,连用 2 天

【处方 4】

左噻咪唑　　　　　　　　　　10 毫克/千克体重

用法:溶水灌服,混料喂服或温水饮服。

八、猪后圆线虫病

猪后圆线虫病是由圆形目、后圆科、后圆属的线虫寄生于猪的支气管和细支气管而引起的一种线虫病。由于后圆线虫寄生于猪的肺脏,虫体呈丝状,故又称猪肺线虫病或猪肺丝虫病。

1. 病原

虫体呈丝状,乳白色或灰白色,口囊很小,口缘有一对三叶侧唇。虫卵呈椭圆形,外膜略显粗糙不平,产出的虫卵内含有一卷曲的幼虫。

2. 诊断要点

（1）流行病学　本病的发生与蚯蚓的活动期及饲养管理方式有关，在温暖潮湿季节多发，放牧猪群比舍饲多发。患病猪和带虫猪是感染来源。

（2）症状　轻度感染无明显症状，严重感染时，病猪主要表现消瘦、发育不良和强烈的阵发性咳嗽，特别是早晚、运动或采食后或遇冷空气时更为强烈。病初还有食欲，之后食欲减退甚至废绝，精神沉郁，极度消瘦，呼吸困难急促，最后极度衰弱而死亡。即使病愈，生长仍受影响，表现生长缓慢。

（3）诊断　根据流行病学和临床症状可作出初诊。确诊需作粪便虫卵检查或尸体剖检。

3. 防治措施

该病主要的防治措施是驱杀虫体，具体处方如下。

【处方1】

丙硫咪唑　　　　　　　　　　10～20毫克/千克体重

用法：混入饲料喂服。

【处方2】

阿维菌素或伊维菌素　　　　　0.3毫克/千克体重

用法：皮下注射或喂服。

【处方3】

氰乙酰肼　　　　　　　　　　15毫克/千克体重

用法：皮下或肌内注射，严重者连续用药3天。

【处方4】

左旋咪唑　　　　　　　　　　15毫克/千克体重

用法：一次肌注，间隔4小时重用1次或10毫克/千克体重，混于饲料1次喂服。

【处方5】

海群生　　　　　　　　　　　100毫克/千克体重

用法：溶于10毫升蒸馏水中，皮下注射，每天1次，连用3天。

【处方6】

四咪唑（驱虫净）　　　　　　1克

用法：一次喂服，按1千克体重20毫克用药；或按10～15毫克/千克体重，肌注。

【处方7】

伊维菌素　　　　　　　　　　0.3毫克/千克体重

用法：一次皮下注射。

【处方8】

碘片　　　　　　　　　　　　1克

| 碘化钾 | 2克 |
| 蒸馏水 | 1500毫升 |

用法：混匀灭菌后气管内注射，按1千克体重0.5毫升用药，间隔2～3天后重复使用1次，连用3次。

【处方9】

| 百部 | 24～60克 |

用法：煎汁一次灌服，每日1剂，连用2～3剂。

九、猪毛首线虫病

猪毛首线虫病是由毛首目、毛首科、毛首线虫属的猪毛线虫寄生于猪大肠内所引起的一种线虫病。

1. 病原

虫体前部呈毛发状，故称毛首线虫。整个外形又像鞭子，前部细，似鞭梢，后部粗，似鞭杆，故又称鞭虫。虫卵新鲜时呈棕黄色，腰鼓形，卵壳厚，两端有栓塞。

2. 诊断要点

(1) 流行病学　本病主要感染幼猪。1个半月的猪即可在粪便中检出虫卵；4个月龄的猪，虫卵数和感染率急剧增高，以后逐渐减少；14个月龄的猪极少感染。不卫生的猪舍内，一年四季均可感染，但夏季感染率最高。

(2) 症状　轻度感染有间歇性腹泻，轻度贫血，可影响猪的生长发育。严重感染时表现食欲减退、贫血、消瘦和腹泻，便中带有黏液和血液。幼猪发育障碍，甚至死亡。

(3) 诊断　根据流行病学和临床症状可作出初诊。确诊需做粪便虫卵检查和尸体剖检。

3. 防治措施

该病主要的防治措施是驱杀虫体，具体处方如下。

【处方1】

| 羟嘧啶 | 2毫克/千克体重 |

用法：混入饲料喂服。

【处方2】

| 左咪唑 | 8毫克/千克体重 |

用法：混饲或混饮。

十、猪旋毛虫病

猪旋毛虫病是由毛尾目、毛形科、毛形属的旋毛形线虫成虫寄生于肠管，幼虫寄生于横纹肌而引起的一种线虫病。

1. 病原

成虫虫体细小，肉眼几乎难以辨认。前端较细，后端较粗，肠管和生殖器管均在虫体较粗的后端。

2. 诊断要点

（1）流行病学　本病呈世界性分布。据报道包括人在内已超过100多种动物可感染旋毛虫。猪主要由于吞食生的或未煮熟的带有旋毛虫包囊的肉屑而感染，或食入带有旋毛虫包囊的动物尸体而感染。

（2）症状　轻度感染症状不明显，严重感染3～7天后出现体温升高、腹泻，便中带有血液，有时呕吐，病猪迅速消瘦，常在12～15天死亡。感染2～3周后，当大量幼虫侵入横纹肌时，病猪表现体痒，时常靠在墙壁、饲槽和栏杆上蹭痒，肌肉疼痛，咀嚼、吞咽和行走困难，喜躺卧。精神不振，食欲减退，声音嘶哑，眼睑和四肢呈现水肿，但极少死亡，多于4～6周后症状消失。

（3）诊断　本病生前很难诊断，如怀疑肌肉有旋毛虫寄生时，可剪一小块舌肌进行压片检查，还可采用皮内反应或玻片沉淀反应试验、对流免疫电泳法及ELISA等方法诊断。死后诊断可采用肌肉压片法进行诊断。

3. 防治措施

宜驱杀虫体。

【处方1】

丙硫咪唑　　　　　　　　750毫克

用法：按1千克体重15毫克喂服，每日1次，连喂3周。

【处方2】

阿维菌素或伊维菌素　　　0.3毫克/千克体重

用法：皮下注射或喂服。

十一、猪食道口线虫病

猪食道口线虫病是由圆形目、毛线科、食道口属的多种食道口线虫寄生于猪的结肠和盲肠而引起的一种线虫病。

1. 病原

常见种类有齿食道口线虫和长尾食道口线虫。有齿食道口线虫虫体寄生于结肠，呈乳白色，口囊浅，头泡膨大。长尾食道口线虫寄生于盲肠和结肠，虫体呈暗灰色，口颈膨大，口囊壁的下部向外倾斜。

2. 诊断要点

（1）流行病学　本病在我国分布广泛，一年四季均可发生。感染性幼虫具有较强的耐低温的能力，虫卵在60℃高温下迅速死亡。成年猪被寄生的数量多，是主要的传染源。在通风不良和卫生条件较差的猪舍中，感染较多。

（2）症状　一般无明显临床症状，只有在严重感染时，大肠才出现大量结节，发生结节性肠炎。粪便中带有脱落的黏膜，腹泻或下痢，高度消瘦，发育障碍。继发细菌感染时，则发生化脓性结节性大肠炎。严重者可造成死亡。

（3）诊断　根据流行病学和临床症状可作出初诊。确诊需做粪便虫卵检查或尸体剖检。

3. 防治措施

宜驱杀虫体。

【处方1】

敌百虫　　　　　　　　　　0.1克/千克体重

用法：拌入饲料中喂服。

【处方2】

丙硫咪唑　　　　　　　　　10毫克/千克体重

用法：拌入饲料中喂服。

【处方3】

左咪唑　　　　　　　　　　8毫克/千克体重

用法：拌入饲料中喂服。

【处方4】

噻嘧啶　　　　　　　　　　30～40毫克/千克体重

用法：拌入饲料中喂服。

【处方5】

氟苯咪唑　　　　　　　　　5毫克/千克体重

用法：拌入饲料中喂服，或以每吨饲料30克混饲，连用5天。

【处方6】

阿维菌素或伊维菌素或多拉菌素　0.3毫克/千克体重

用法：皮下注射或喂服。

十二、猪胃线虫病

猪胃线虫病是由旋尾目、吸吮科、似蛔属的圆形似蛔线虫和有齿似蛔线虫，泡首属的六翼泡首线虫，西蒙属的奇异西蒙线虫，鄂口科鄂口属的刚棘颚口线虫和陶氏鄂口线虫寄生在猪胃内引起的一种线虫病。

1. 病原

圆形似蛔线虫的虫体淡红色，咽壁为螺旋形嵴状角质增厚。虫卵深黄色，卵壳厚，外有一层不平整的薄膜，内含幼虫。有齿似蛔线虫虫体较大，雄虫长25毫米，雌虫长55毫米。口腔前侧有一对齿。六翼泡首线虫虫体前部角皮略膨大，其后每侧各有3个颈翼膜，颈乳突排列不对称，咽壁中部呈圆环状增厚，前后部为单线的螺旋形增厚。虫卵卵壳厚，内含幼虫。奇异西蒙线虫的咽有螺旋形增厚的环纹，有一对颈翼，口腔内有一个背齿和一个腹齿。虫卵呈圆形或椭圆形。刚刺鄂口线虫的新鲜虫体淡红色，表皮菲薄，可透见体内白色生殖器官，头端膨大呈球状，其上有 9～12 环小钩，头球顶端有二片大侧唇，每唇背面各有一对双乳突，虫体全身长有小棘。虫卵呈椭圆形，黄褐色，一端有帽状构造。陶氏鄂口线虫的虫体较小，头球上有 8～10 列小钩，全身生有小棘。

2. 诊断要点

（1）流行病学　本病呈世界性分布。我国各省均有发生，以南方散养猪多发。各种年龄的猪均可感染。潮湿环境易激发感染。

（2）症状　感染猪食欲减退或消失，腹痛呕吐，渴欲增加，胃黏膜发炎、增厚、溃疡，消瘦贫血，发育受阻，甚至死亡。

（3）诊断　根据流行病学和临床症状可作出初诊。确诊需做粪便虫卵检查和尸体剖检。

3. 防治措施

宜驱杀虫体。

【处方1】

左咪唑　　　　　　　　　　　7.5 毫克/千克体重

用法：内服或肌内注射。

【处方2】

酒石酸噻嘧啶　　　　　　　　22 毫克/千克体重

用法：混入饲料喂服。

【处方3】

芬苯达唑　　　　　　　　　　5～7.5 毫克/千克

用法：混入饲料喂服，驱虫率达 100％。

【处方4】

阿维菌素或伊维菌素或多拉菌素　　0.3 毫克/千克体重

用法：皮下注射或喂服。

【处方5】

丙硫咪唑　　　　　　　　　　250 毫克

用法：空腹一次喂服，按 1 千克体重 5 毫克用药。

【处方6】

噻苯唑　　　　　　　　　　　2.5～5 克

用法：一次喂服，按 1 千克体重 50～100 毫克用药。

十三、猪棘头虫病

猪棘头虫病是由大棘吻目、少棘科、巨吻属的蛭形巨吻棘头虫寄生于猪小肠内引起的一种寄生虫病。

1. 病原

虫体较大呈长圆柱形，前部较粗，后部较细，乳白色或淡红色。吻突较小呈球形，吻突上长有 5～6 排、每排 6 个向后弯曲的小钩。体表有明显的环形皱纹。虫卵椭圆形，深褐色，卵壳由四层膜构成，卵壳上布满不规则的沟纹，并有许多点窝，卵内含有四列小棘的棘头蚴。

2. 诊断要点

（1）流行病学　本病呈地方性流行，8～10 个月龄的猪感染率最高。该病的感染和中间宿主甲虫的存在和活动有关，主要在春夏季节易感染。散养和放牧的猪易感染该病。

（2）症状　轻度感染无明显临床症状。严重感染时在感染后第 3 天即可表现食欲减退、贫血、消瘦、发育不良，下痢、粪便带血和腹痛。当虫体固着部位化脓和穿孔时，症状加剧，体温升高到 41℃，病猪表现不食、卧地、剧烈腹痛，多死亡。

（3）诊断　根据流行病学和临床症状可作出初诊。确诊需用直接涂片法或沉淀法检查粪便中虫卵。

3. 防治措施

宜驱杀虫体。

【处方 1】

左旋咪唑　　　　　　　　　　200～400 毫克

用法：一次肌内注射，按 1 千克体重 4～8 毫克用药。

【处方 2】

噻咪唑（驱虫净）　　　　　　1 克

用法：一次喂服，按 1 千克体重 20 毫克用药。

【处方 3】

丙硫咪唑　　　　　　　　　　250 毫克

用法：一次口服，按 1 千克体重 5 毫克用药。

【处方 4】

雷丸 5 克　　　　　　　槟榔 5 克　　　　　　　鹤虱 5 克

用法：共研末，一次喂服。

十四、猪冠尾线虫病

猪冠尾线虫病又称猪肾虫病，是由圆形目、冠尾科、冠尾属的有齿冠尾线虫成虫寄生于猪肾脏及周围脂肪、输尿管等处引起的一种线虫病。

1. 病原

虫体粗壮，形似火柴杆。新鲜时呈灰褐色，体壁较透明，隐约可见内部器官。口囊杯状，囊壁肥厚，口缘有一圈细小的叶冠和六个角质隆起，口囊底有 6～10 个小齿。虫卵呈长椭圆形、灰白色、两端钝圆、卵壳薄，卵内含 32～64 个深灰色的胚细胞。

2. 诊断要点

（1）流行病学　本病主要分布于热带和亚热带地区。我国南方各省分布较广，且流行严重。危害较大，患病公猪性欲减退，甚至失去配种能力，母猪不孕或流产，严重者造成死亡。本病的感染源主要为患病猪和带虫猪，其粪便中的虫卵污染猪场或是无肾虫病感染的猪场引进病猪和带虫猪而引起感染和流行。本病病原繁殖能力强，感染性幼虫多分布于猪舍的墙根和猪排尿的地方，其次是运动场潮湿处，可经口和皮肤感染。

（2）症状　病猪皮肤出现炎症，有丘疹和红色小结节，体表淋巴结肿大。精神沉郁，食欲不振，贫血消瘦，被毛粗乱，行动迟缓。随病情的发展，则出现后肢无力，走路时后躯左右摇摆或跛行，喜躺卧。尿液中带有白色黏稠的絮状物或脓液。有时继发后躯麻痹或后肢僵硬，不能站立，拖地爬行，食欲废绝。仔猪发育停滞，公猪性欲减退或失去交配能力，母猪不孕或流产，严重的病猪，多因极度衰弱而死亡。

（3）诊断　根据临床症状和流行病学可作出初诊。确诊需作虫卵检查。

3. 防治措施

宜驱杀虫体。

【处方1】

丙硫咪唑　　　　　　　　　1克

用法：拌料一次喂服，按1千克体重20毫克用药。

【处方2】

噻咪唑（驱虫净）　　　　　1克

用法：一次喂服，按1千克体重20毫克用药。

【处方3】

敌百虫　　　　　　　　　100毫克/千克体重

用法：配成10%～20%溶液肌内注射，每天1次，连注3次。

【处方4】

海群生　　　　　　　　　30毫克/千克体重

用法：一次喂服。

【处方5】

槟榔9克　　　　　　　贯众9克　　　　　　蛇床子9克

鹤虱9克　　　　　　　苦楝皮9克　　　　　甘草6克

用法：水煎，10～20千克幼猪1次灌服。

十五、弓形虫病

弓形虫病是由龚地弓形虫在猫的肠上皮细胞内行有性繁殖过程，在猪、马、牛、羊、犬、猫等多种动物和人的有核细胞内行无性繁殖过程而引起的一种人畜共患原虫病。

1. 病原

弓形虫属于孢子虫纲、球虫亚纲、真球虫目、肉孢子科、弓形虫亚科、弓形虫属。虫体呈弓形或新月形。弓形虫在整个发育过程中分5种类型，即滋养体、包囊、裂殖体、配子体和卵囊。其中滋养体和包囊是在中间宿主（人、猪、犬、猫等）体内形成的，裂殖体、配子体和卵囊是终末宿主体内形成的。

2. 诊断要点

（1）流行病学　本病流行广泛，易感动物多，包括人、畜、禽及许多野生动物。感染源主要为患病和带虫动物。患病和带虫动物的唾液、痰、粪便、尿、乳汁、蛋、腹腔液、眼分泌物、流产胎儿、胎盘等均可能含有滋养体成为传染源。此外，被病猫和带虫猫排出的卵囊污染的土壤、饲料、饲草和饮水等也可成为传染源。滋养体可经口腔、鼻腔、呼吸道黏膜、眼结膜和皮肤感染，也可垂直感染。

（2）症状　病初体温升高到40.5～42℃，呈稽留热，精神委顿，食欲减退，最后废绝。呼吸困难，常呈腹式呼吸或犬坐式呼吸，每分钟60～85次。大便干燥，也有下痢。一些病猪咳嗽，呕吐，流水样或黏液样鼻汁。病后期，呼吸极度困难，后躯摇晃或卧地不起，体温急剧下降而死亡。孕猪易发生流产。一些病猪耐过后，体内产生抗体，症状逐渐减轻，但往往遗留咳嗽，呼吸困难以及后躯麻痹、运动障碍、癫痫样痉挛等神经症状。有的病猪呈视网膜炎，甚至失明。

（3）诊断　根据流行病学和临床症状可作出初诊。确诊需做实验室诊断和特异性抗体检测。

3. 防治措施

宜驱虫虫体。

【处方1】

磺胺-5-甲氧嘧啶　　　　　　3～4克

用法：一次肌内注射，按1千克体重60～80毫克用药，首次倍量，连用3～5天以上。

【处方2】

磺胺嘧啶　　　　　　　　　3.5克

二甲氧苄氨嘧啶　　　　　　0.7克

用法：混匀一次喂服，磺胺嘧啶按1千克体重70毫克用药，二甲氧苄氨嘧啶按1千克体重14毫克用药。每日2次，连用3天以上。

【处方3】

增效磺胺-5-甲氧嘧啶注射液（内含10％磺胺-5-甲氧嘧啶和2％甲氧苄氨嘧啶）

用法：每10千克体重不超过2毫升，每日1次，连续3～5天。

【处方 4】

鸭跖草、地锦草、败酱草、旱莲草、翻白草各等份。

用法：水煎灌服，按每次每头猪 50～100 克，每日 1 次，连用 3～5 天。

十六、球 虫 病

球虫病是由猪球虫寄生于猪的肠道上皮细胞内而引起的一种原虫病，多发于仔猪，多呈良性经过。

1. 病原

寄生于猪体的球虫有 10 余种，其中以平滑艾美耳球虫和豚艾美耳球虫的致病力最强，最为常见。平滑艾美耳球虫卵囊呈圆形或近圆形，淡黄色，无卵膜孔。豚艾美耳球虫卵囊呈卵圆形、褐色、有卵膜孔。

2. 诊断要点

（1）流行病学 本病一年四季均可发生，以 8～10 月份多发。在饲养密度高的条件下易发，病死率不高，但康复猪易成为僵猪。成年猪一般不呈现临床症状而成为带虫者。

（2）症状 病初食欲不佳，精神沉郁，被毛松乱，身体消瘦，体温略高或正常，下痢与便秘交替发作。一般能自行耐过，逐渐恢复；但下痢严重时可引起死亡。

（3）诊断 根据流行病学和临床症状可作出初诊。确诊可进行粪便虫卵检查和直肠刮取物涂片虫卵检查。

3. 防治措施

宜驱杀虫体。

【处方 1】

百球清   20～30 毫克/千克体重

用法：一次喂服。

【处方 2】

磺胺二甲嘧啶   100 毫克/千克体重

用法：一次喂服，每天 1 次，连用 3～7 天。

【处方 3】

氨丙啉   15～40 毫克/千克体重

用法：一次喂服，每天 1 次，连用 5～6 天。

【处方 4】

鸭跖草、地锦草、败酱草、旱莲草、翻白草各等份。

用法：水煎灌服，按每次每头猪 50～100 克，每日 1 次，连用 3～5 天。

十七、小袋纤毛虫病

小袋纤毛虫病是由毛口目、小袋虫科、小袋虫属的结肠小袋纤毛虫寄生于猪大肠内所引起的一种原虫病，主要见于仔猪。

1. 病原

结肠小袋纤毛虫的滋养体能运动，一般呈椭圆形或卵圆形，无色透明或淡灰略带绿色，虫体表膜上有许多斜纵形的纤毛，活的滋养体可借助纤毛的摆动作快速旋转式运动。滋养体在猪的大肠中可形成大量包囊，包囊呈圆形或卵圆形，淡黄或淡绿色，囊壁厚而透明，有2层囊膜，囊内包藏着1个虫体。

2. 诊断要点

（1）流行病学　本病呈世界性分布，主要流行于热带和亚热带地区。我国猪的感染率较高。滋养体的抵抗力弱不是主要的传播时期，包囊的抵抗力较强是主要的传播时期。

（2）症状　病猪食欲不振，渴欲增加，消瘦，下痢，粪稀如水，贫血，脱水等。

3. 防治措施

宜驱杀虫体。

【处方1】

盐酸土霉素　　　　　　　　　1.5～2.5克

用法：按每日1千克体重30～50毫克用药，分2～3次喂服。

【处方2】

牛乳　　　　　　　　　　　　1000毫升

碘片　　　　　　　　　　　　5克

碘化钾　　　　　　　　　　　10克

水　　　　　　　　　　　　　100毫升

用法：混匀让其自饮。

【处方3】

二甲硝咪唑　　　　　　　　　2克

用法：一次喂服，按1千克体重40毫克用药，肌内注射减半。

【处方4】

青蒿片（每片含原生药2.4克，200毫克/千克体重）

次硝酸铋　　　　　5克　　　　　酵母片　　　　　5克

用法：一次喂服，每日2次，连续2次。

十八、猪疥螨病

猪疥螨病是由疥螨科、疥螨属的猪疥螨寄生于猪的表皮内而引起的一种接触性感染的慢性皮肤寄生虫病。

1. 病原

疥螨成虫呈圆形、浅黄色或灰白色，背面隆起，腹面扁平，有4对短粗的圆锥形肢，虫体前端有一顿圆形的咀嚼型口器。疥螨多寄生在猪的耳、眼睑、背和体侧的皮肤内，摄取上皮细胞和淋巴液为营养，破坏上皮细胞并排出排泄物。

2. 诊断要点

（1）流行病学　本病分布广泛，各地都有发生。饲养管理和环境条件差，特别是阴暗、潮湿和拥挤的猪舍最易流行，一般感染影响猪只生长和发育，严重感染形成僵猪甚至造成死亡。

（2）症状　瘙痒不安、痂皮脱落，皮肤增厚，粗糙变硬，形成皱褶或龟裂，生长发育不良，消瘦，甚至成为僵猪。

（3）诊断　根据流行病学和临床症状可作出初诊。确诊可刮取皮屑病料用直接涂片法、沉淀法或漂浮法进行检查。

3. 防治措施

宜驱杀虫体。

【处方1】

0.5％～1％敌百虫溶液　　　适量

用法：喷洒或擦洗猪体。用敌百虫治疗时，不可用碱性水洗刷，否则会引起中毒。隔1周重复治疗1次。

【处方2】

蝇毒磷乳剂　　　　　　　　适量

用法：用0.025％～0.05％药液喷洒或药浴。

【处方3】

阿维菌素或伊维菌素　　　0.3毫克/千克体重

用法：皮下注射或用浇泼剂在皮肤上浇注。拌入饲料，每天0.1毫克/千克体重，连用7天。

【处方4】

双甲脒

用法：0.025％～0.05％涂擦或泼洒患部，7～10天后再重复1次。

【处方5】

多拉菌素　　　　　　　　0.3毫克/千克体重

用法：皮下或肌内注射。

【处方6】

狼毒、白矾、白芷、硫黄各45克

花椒60克

大枫子、铜绿各30克

用法：研细为末，棉籽油调匀，涂擦患部。如全身患病，每次只涂四分之一，以防中毒。

【处方7】

川椒、石灰、硫磺各50克

用法：共研细末加桐油涂搽，每日 1 次。

【处方 8】

烟叶梗子、黄花菜根、大麻子仁各 200 克，苦楝根皮 250 克，硫黄 100 克

用法：加水 2 千克。煎至红赤色，去渣涂擦患处。

【处方 9】

蛇床子 15 克　白藓皮 15 克　当归 15 克　百部 15 克　地肤子 12 克　紫草 12 克　荆芥 12 克　狼毒 12 克

用法：各药混合，共研为细末，另用硫黄 20 克、冰片 12 克、棉籽油或猪油 500 毫升，将前 8 味药放入油内炸 3 分钟，待温后再将硫黄、冰片加入，拌匀即可。用时先用温肥皂水洗净患处，待干后将药物分次涂擦，每次面积不可过大，以免中毒。

说明：本法用于治疗仔猪疥螨病。

十九、猪蠕形螨病

猪蠕形螨病是由蠕形螨科的叶形蠕形螨寄生于猪的毛囊和皮脂腺中而引起的一种外寄生虫病。

1. 病原

猪蠕形螨体长如蠕虫状，呈半透明，乳白色。虫体头部呈不规则的四边形，由一对细针状的螯肢，一对分 3 节的须肢及一个延伸为膜状构造的口下板组成，为短喙状的口器。胸部有 4 对短粗的足，各足基节与躯体腹壁愈合成扁平的基节片，不能活动。跗节上有一对锚状叉形爪。腹部长，表面具有明显的环形皮纹。虫卵淡灰色，呈纺锤形。

2. 诊断要点

（1）流行病学　本病分布广泛，各地都有发生。阴暗、潮湿和拥挤的猪舍最易流行，一般感染影响猪只生长和发育，严重感染形成僵猪甚至造成死亡。

（2）症状　瘙痒轻微，甚至无瘙痒，仅在病变部出现针尖、米粒甚至桃核大小的白色的囊。

（3）诊断　根据临床症状和流行病学可做出初诊。确诊需作显微镜检查。

防治措施　宜驱杀虫体。

【处方 1】

0.5%～1% 敌百虫溶液　　适量

用法：喷洒或擦洗猪体。用敌百虫治疗时，不可用碱性水洗刷，否则会引起中毒。隔 1 周重复治疗 1 次。

【处方 2】

蝇毒磷乳剂

用法：用0.025％～0.05％药液喷洒或药浴。

【处方3】

阿维菌素或伊维菌素　　　0.3毫克/千克体重

用法：皮下注射或用浇泼剂在皮肤上浇注。拌入饲料，每天0.1毫克/千克体重，连用7天。

【处方4】

双甲脒

用法：用0.025％～0.05％涂擦或泼洒患部，7～10天后再重复1次。

【处方5】

多拉菌素　　　　　　　0.3毫克/千克体重

用法：皮下或肌内注射。

【处方6】

狼毒、白矾、白芷、硫黄各45克

花椒60克

大枫子、铜绿各30克

用法：研细为末，棉籽油调匀，涂擦患部。如全身患病，每次只涂四分之一，以防中毒。

【处方7】

川椒、石灰、硫黄各50克

用法：共研细末加桐油涂搽，每日1次。

【处方8】

烟叶梗子、黄花菜根、大麻子仁各200克，苦楝根皮250克，硫黄100克

用法：加水2千克。煎至红赤色，去渣涂擦患处。

【处方9】

蛇床子15克　白藓皮15克　当归15克　百部15克　地肤子12克　紫草12克　荆芥12克　狼毒12克

用法：各药混合，共研为细末，另用硫黄20克、冰片12克、棉籽油或猪脂500毫升，将前8味药放入油内炸3分钟，待温后再将硫黄、冰片加入，拌匀即可。用时先用温肥皂水洗净患处，待干后将药物分次涂擦，每次面积不可过大，以免中毒。

说明：本法适用于仔猪的治疗。

二十、猪 虱 病

猪虱病是由虱目、虱亚目、血虱科、血虱属的猪血虱寄生于猪体表而引起的一种昆虫病，猪血虱是猪最常见、永久性寄生的、对猪危害较大的一种体外寄生虫病。

1. 病原

猪血虱背腹扁平，椭圆形，表皮呈革状，呈灰白色或灰黑色，体长可达5毫

米，头部较胸部窄，呈圆锥形；触角短，通常有 5 节组成；口器为刺吸式。胸部三节融合具三对足，每足末端有爪。腹部比胸部宽。卵呈长椭圆形，黄白色，有卵盖，上有颗粒状小突起。

2. 诊断要点

（1）流行病学　猪血虱可通过吸血传播，或通过健康猪和带虱病猪接触直接感染及通过垫草和用具等间接感染。猪血虱繁殖快，又善爬行，一旦有猪感染，可迅速波及全群。

（2）症状　可见体痒、摩擦、被毛脱落、皮肤损伤、猪体消瘦、发育不良。

（3）诊断　根据流行病学和临床症状可作出初诊。在寄生部位发现血虱和虱卵可确诊。

3. 防治措施

宜驱杀虫体。

【处方 1】

敌百虫

用法：0.5%～1%的水溶液喷洒或药浴 1～2 次。

【处方 2】

溴氰菊酯或敌虫菊酯乳剂

用法：喷洒猪体。

【处方 3】

双甲脒

用法：0.025%～0.05%涂擦或泼洒患部，7～10 天后重复一次。

【处方 4】

阿维菌素或伊维菌素　　0.3 毫克/千克体重

用法：皮下注射或用浇泼剂在皮肤上浇注。拌入饲料，每天 0.1 毫克/千克体重，连用 7 天。

【处方 5】

百部 60 克，烧酒 1 千克。

用法：百部浸酒内 24 小时后，滤出百部渣，用滤液涂擦患部。

【处方 6】

侧柏叶 500 克。

用法：研末煮沸，候冷洗涤猪身 1～3 次。

【处方 7】

百部 250 克　苍术 125 克　雄黄 60 克，精油 250 毫升

用法：百部加水 2000 毫升，煮沸 1 小时，过滤，加入粉碎为细末的苍术、雄黄，再加清油调匀，每次用适量涂搽患部。

第四章　猪内科病用药与处方

第一节　普通内科病

一、咽　炎

咽炎指咽黏膜、黏膜下组织、软腭、扁桃体、肌肉及咽后淋巴结、咽淋巴滤泡及其深层组织的炎症。寒冷季节多发，临床上以咽下困难或无法吞咽为主要特征。

1. 病因

原发性病因主要是机械性、温热性和化学性刺激所致。多由于细菌侵入扁桃体而引起。饲料粗硬、过冷、过热、腐败变质或用药不当、投药技术不熟练而损伤咽黏膜，及长途运输、过度疲劳，致使猪体的抵抗力下降等因素，均可导致咽炎的发生。继发性咽炎常继发于口炎、食管炎、猪瘟、口蹄疫等疾病。

2. 诊断要点

（1）症状　病猪表现体温升高、精神沉郁、流涎、采食缓慢、咽下困难或无法吞咽，吞咽时头颈伸直，出现呕吐或干呕。鼻孔流出混有食物的脓性鼻液，咽部触诊敏感。病猪常伴发喉炎，表现呼吸困难、咳嗽、张口呼吸、呈犬坐姿势。视诊咽部，可见咽部、软腭、扁桃体充血及肿胀，甚至糜烂、坏死，有脓性或膜状覆盖物。

（2）诊断　根据本病的临床症状，如咽部敏感、头颈伸直、鼻孔流出混有食物的脓性鼻液、吞咽障碍等可做出诊断。

3. 防治措施

加强饲养管理，避免饲喂粗硬饲料、过热过冷饲料及腐败变质饲料。注意环境卫生，冬季注意保暖，防止受寒感冒，防止过劳。在治疗上要消除病因，控制原发病，抑菌消炎。

【处方1】

氯化胺	3克
人工盐	5克

用法：做成舐剂，一次服用，每天2次，连用2～3天。

【处方2】

① 鱼石脂软膏	适量
或止痛消炎膏	适量

用法：咽喉部涂布，每天 1 次，连用 3～5 天。

② 注射用青霉素钠　　　　　100 万单位

　　注射用注射用水　　　　　5 毫升

用法：一次肌内注射，每天 2 次，连用 3～5 天。

【处方 3】

0.25％普鲁卡因溶液　　　　10～20 毫升

注射用青霉素钠　　　　　　40 万～80 万单位

用法：混合后一次喉头周围封闭，每天 2 次，连用 3～5 天。

【处方 4】

山豆根 10 克	麦冬 10 克	射干 10 克
桔梗 10 克	芒硝 60 克	胖大海 6 克
甘草 12 克		

用法：水煎一次内服。

二、食 道 阻 塞

食道阻塞又称食道梗阻，是由于食块过大、硬块饲料或异物堵塞于食管腔内，不能下行至胃所致，或由于咽下机能紊乱所致。按阻塞程度，可分为完全阻塞和不完全阻塞。按阻塞部位又可分为颈部食道阻塞、胸部食道阻塞、腹部食道阻塞。

1. 病因

猪在饥饿时抢食未经切碎的萝卜、甘薯、马铃薯、甜菜根及未混匀的粉料，因咀嚼不全而阻塞于食道。此外，饲料中混有骨头、鱼刺、石头、毛团、纤维等异物时可引发本病。

2. 诊断要点

(1) 症状　病猪在进食饲料过程中，突然停止采食，低头站立，流涎，反复出现吞咽动作，采食的饲料和饮水从口中流出。出现空嚼，徘徊不安或摇头缩脖，偶尔出现咳嗽。

(2) 诊断　根据本病的发病史和临床症状（流涎，吞咽困难等）可做出诊断。

3. 防治措施

加强饲养管理，定时饲喂，在猪饥饿时勿饲喂块根饲料，或将块根饲料切碎后再饲喂；颗粒饲料拌水时应混合均匀，豆饼、花生饼等需用水浸泡调制后再饲喂。治疗以润滑食管，解除阻塞，疏通食道，缓解痉挛和抗菌消炎为主。具体治疗方法如下。

(1) 挤压法　当阻塞发生于颈前段时，先灌入少量解痉剂或润滑剂，然后将猪横卧保定，用手向咽部挤压，将阻塞物挤压至口腔。

(2) 下送法　当阻塞发生于胸段时，利用开口器将猪口腔打开，用胃导管灌入液体石蜡 10～20 毫升，或灌入 0.5％～1％的普鲁卡因和少量植物油，然后用胃导管将阻塞物缓慢推向胃内。

（3）逆呕法　皮下注射盐酸阿朴吗啡0.05克，促使猪将阻塞物呕吐出来。

（4）水冲法　若阻塞是由于食入颗粒饲料而致的结果，可插入胃管，然后用水反复冲洗，从而将颗粒物冲散开。

三、胃肠卡他

胃肠卡他，即卡他性胃肠炎，是胃肠黏膜表层的炎症。按疾病发生经过可分为急性胃肠卡他和慢性胃肠卡他。按病变发生部位可分为胃卡他和肠卡他。

1. 病因

原发性病因主要是因饲养管理不当或误食刺激性药物所致。饲喂不易消化、发霉变质、过热饲料，刺激胃肠黏膜引起表层炎症；突然更换饲料、一次喂料过多或过度饥饿后贪食；饲喂不定时定量，过饥或过饱，或饮水不洁，从而使胃肠黏膜受到刺激；误食有毒植物或应用水合氯醛、强酸、强碱、砷剂和酊剂不适当，导致胃肠黏膜受到刺激。继发性胃肠卡他常继发于猪瘟、猪丹毒、猪传染性胃肠炎、黑斑甘薯中毒病、寄生虫病及营养代谢病等。

2. 诊断要点

（1）症状　以胃机能紊乱为主的病猪，其体温常无变化，有时轻微升高；舌面覆以舌苔，口臭；精神不振，食欲减退或废绝，咀嚼缓慢，有异嗜现象，常呕吐和逆呕，呕吐物初为食物，后为泡沫样黏液，有时混有胆汁或少量黏液血液；有时腹痛，繁咳贪饮，但饮后又呕吐；尿少色深黄，排粪努责，常出现便秘，粪球干小、色深、表面覆盖以少量黏液或血丝，粪便常见未消化的饲料；肠音减弱，眼结膜充血、黄染。

病猪以肠机能紊乱为主时，表现精神不振，四肢及耳尖发凉，体温稍有升高，肠音增强，腹部紧缩。严重病例，猪拉水样稀便，肛门四周及尾部被粪便污染。有的里急后重，排黏液絮状便。严重时，食欲废绝，体质衰竭，甚至直肠脱出，眼结膜充血。

（2）诊断　根据饲养管理、病因和临床症状进行综合分析，可做出诊断。

3. 防制措施

加强饲养管理，保证饲料和饮水清洁，不喂霉变饲料，饲喂要定时定量，饲料调制要科学合理。治疗应去除病因，调整胃肠功能，制止发酵和腐败。

【处方1】

干酵母（食母生）	10克
碳酸氢钠（小苏打）	3克

用法：分6次服用，每天2次。

【处方2】

黄连素注射液	9～10毫升

用法：一次肌内注射，按 1 千克体重 0.16～0.2 毫升用药。每天 2 次，连用 3～4 天。

【处方 3】

| 麦芽 30 克 | 焦山楂 15 克 | 神曲 30 克 |
| 莱菔子 30 克 | 大黄 15 克 | 芒硝 30 克 |

用法：共研细末，每次 30～50 克拌料内服，每天 2 次，连服 5～7 天。

【处方 4】针灸

穴位：后三里、后海、百会、脾俞、玉堂

针法：白针、血针。

四、胃 肠 炎

胃肠炎是胃肠黏膜及深层组织的重剧炎症。胃、肠的炎症多同时或相继发生，故合称胃肠炎。按其病因可分为原发性和继发性胃肠炎，按炎症性质可分为黏液性、化脓性、出血性、纤维素性和坏死性胃肠炎，按病程经过又可分为急性和慢性胃肠炎。

1. 病因

原发性胃肠炎的原因，如采食发霉变质、冰冻腐烂的饲料，或污染不洁的饮水；采食蓖麻、巴豆等有毒植物，或采食酸、碱、砷、磷、汞等刺激性化学物质；或饲养管理不善，气候突变，卫生条件不良，运输应激等使机体抵抗力下降，受到条件性病原侵害而发生胃肠炎；或由于滥用抗生素使胃肠道菌群失调。继发性胃肠炎常见于各种病毒性传染病（猪瘟、传染性胃肠炎等）、细菌性传染病（沙门菌病、巴氏杆菌病等）、寄生虫病（蛔虫等）及一些内科疾病（肠变位、便秘等）。

2. 诊断要点

（1）症状　体温升高至 40℃ 或以上，精神沉郁、食欲废绝、呼吸脉搏增数。舌苔增厚，口臭。如炎症主要发生在胃和十二指肠，病初出现呕吐，呕吐物带有血液和胆汁，腹部压痛，肠音弱，粪便干。若炎症主要发生在肠，则肠蠕动音增强，初排稀粪，且排粪频繁，而后排水样粪便，且粪便混有黏液、血丝和未消化的食物，有恶臭或腥臭。有的病猪表现拱背缩腹，不愿行动，眼结膜充血，尿少而色深。

严重时，眼球凹陷，皮肤弹性降低，脉快而弱，背毛粗乱，精神高度沉郁，排粪失禁。有的病猪不排粪，而表现频频努责，甚至直肠脱出。如出现自体中毒，表现全身无力，极度虚弱，耳尖、鼻盘和四肢等末梢部位发凉，局部或全身肌肉震颤，甚至痉挛或昏迷。急性胃肠炎，病程 2～3 天，多数预后不良。

（2）病理变化　肠内容物混有血液，味腥臭，肠黏膜充血、出血、脱落、坏死，有时见假膜，并有溃疡或烂斑。

（3）诊断　根据腹泻、粪便中有黏液或脓性物等症状，及剖检可见的肠道变化可做出诊断。

3. 防制措施

加强饲养管理，禁喂发霉变质、冰冻或有毒饲料；保证饮水清洁卫生；及时驱虫，减少各种应激因素。治疗以去除病因，抑菌、清肠、缓泻止泻，防止脱水和对症治疗为主。

【处方 1】

① 氟苯尼考　　　　　　　适量

用法：按 1 千克体重 10～15 毫克拌料内服，每天 2 次，连用 3～4 天。

说明：也可注射磺胺嘧啶钠（0.1～0.15 克/千克）或 10% 增效磺胺嘧啶（0.2～0.3 毫升/千克）或口服痢特灵（10 毫克/千克）。

② 5% 葡萄糖溶液或生理盐水　　100～300 毫升

　　10%～25% 葡萄糖注射液　　30～50 毫升

　　5% 碳酸氢钠注射液　　　　30～50 毫升

用法：一次静脉注射。

③ 次硝酸铋　　　　　　　2～6 克

用法：一次内服。

说明：也可用鞣酸蛋白 2～5 克或木炭末、锅底灰 10～30 克内服。

④ 10% 安钠咖或樟脑磺酸钠注射液　　5～10 毫升

用法：一次肌内注射。

⑤ 硫酸阿托品注射液　　　2～4 毫克

用法：一次皮下注射。

【处方 2】郁金散加味

郁金 15 克	诃子 10 克	黄连 6 克
黄芩 10 克	黄柏 10 克	栀子 10 克
大黄 15 克	白芍 10 克	罂粟壳 6 克
乌梅 20 克		

用法：煎汁去渣，一次灌服。

【处方 3】

槐花 12 克	地榆 12 克	黄芩 20 克
藿香 20 克	青蒿 20 克	茯苓 12 克
车前草 20 克		

用法：煎汤去渣，一次灌服。

说明：用于有便血症状时。

【处方 4】针灸

穴位：脾俞、百会、后海

针法：白针

五、胃 溃 疡

胃溃疡又称胃溃疡综合征，是指急性消化不良与胃出血引起胃黏膜局部组织糜烂、坏死或自体消化，从而形成圆形溃疡面，甚至胃穿孔。本病多因胃溃疡引起胃出血而被发现。多发于 3～8 月龄生长发育快速的猪。

1. 病因

原发性胃溃疡，可能与饲料品质、饲养管理、环境卫生等因素有关。饲料品质不佳，饲料粗糙，发霉变质，难于消化，缺乏营养；日粮中缺乏足够的纤维或研磨过细；日粮中玉米比重较高；密集饲养、长途运输、拥挤或与不熟悉的猪群混养所造成的应激作用，均可促进本病的发生。

继发性胃溃疡可见于急、慢性胃卡他过程中所致的卡他性溃疡，胃肠炎所致的炎症性溃疡；猪因霉菌性感染所致的胃溃疡比例较高，尤其是小猪易感性高。猪瘟、慢性猪丹毒、猪蛔虫感染、铜中毒性肝营养不良、桑葚样心脏病等，致使胃黏膜充血、出血、糜烂、溃疡，从而继发胃溃疡；有刚刺鄂口线虫、泡首胃虫、有齿胃虫等寄生时，也易导致胃溃疡的发生。

2. 诊断要点

(1) 症状和病理变化　最急性型多因运输等应激因素而发生，外表健康，在运动或兴奋之后突然死亡，尸体极度苍白，一般在屠宰时被发现。急性型表现精神委顿，体表苍白，呼吸加快，多死于胃黏膜出血，剖检常见胃中有新鲜出血。亚急性型病猪有明显的苍白、贫血症状，衰弱，厌食及呼吸加快，粪便由黑色黏稠糊状而变为少量覆盖有黏液的球状，病初腹痛，磨牙，不安，有时出现呕吐，便血、便干是常见症状。卧地不起，多在 12～48 小时内虚弱死亡。慢性型：食欲减退，消化不良，初期排小球状粪便，而后排沥青样黑色粪便，有时混有少量血液。常发生呕吐，眼结膜苍白，消瘦，生长缓慢，行走不稳。若发生胃穿孔，则于 2～3 小时内死亡，若 1～3 天后死亡，则体温升高，腹部紧缩，触之敏感。有的伴发慢性腹膜炎症状。剖检可见胃黏膜过度角质化和上皮脱落，有的无真正的溃疡，但胃内有过多的液状内容物。有的病猪胃染有胆汁。

(2) 诊断　可依据有出血性贫血特征和症状，病理剖检见胃内广泛性出血，排黑色干燥粪便，及进行血液学和粪便检查而做出诊断。

3. 防制措施

加强饲养管理，提供全价饲料，避免将饲料粉碎过细或过粗，减少各种应激。治疗宜镇静止痛、抗酸止酵、消炎止血，改善饲养管理，加强护理。

清理胃肠、防腐止酵，可用油类泻剂和弱消毒剂；健胃助消可用人工盐和干酵母；保护胃肠黏膜可用保护剂和收敛剂，如鞣酸、氧化镁、次硝酸铋和硅酸镁等；镇静止痛，可用安溴、2.5% 的盐酸氯丙嗪；防止溃疡出血应使用维生素 K。对应激性胃溃疡，可在饲料中添加亚硒酸钠-维生素 E 粉 0.5 毫克/千克饲料，即可迅速控制病情发展。

六、肠便秘

肠便秘是由于肠内容物停滞于肠道而未能及时排出，造成粪便干燥、变硬，使肠腔部分逐渐增大，最终完全秘结。

1. 病因

原发性肠便秘主要是由于饲养管理不当所致。长期饲喂粗硬饲料，且占日粮的比例较大，常在结肠后段或直肠因排泄涩滞而形成便秘；天气炎热，而未及时给予饮水或饮水不足，易引起便秘；饲料配合时缺乏青料或粗料，致使肠壁缺乏粗纤维的刺激而影响肠蠕动，导致肠便秘发生；饲养密度过大，营养不足，致使猪群互相咬食脱落背毛而在肠道形成毛球，产生便秘；母猪分娩时间过长，使粪便阻滞于肠道，在产后24小时内，母猪未排一次足量的粪便而提早喂食，使弛缓的胃机能进一步发展而形成便秘。继发性肠便秘常继发于猪瘟、猪丹毒、猪肺疫、慢性结核病等疾病。临床上多见于饲喂糠麸的仔猪或患有肠道弛缓的妊娠母猪和分娩后的母猪。

2. 诊断要点

（1）症状　一般体温不升高，食欲减退或废绝，排少量干粪或不排粪。肠蠕动减弱或消失，病初常作排粪姿势并表现不安，随后好卧而不愿走动，按压后腹部可触到坚硬的粪球，指检直肠可触到粪块。随病程的延长，眼结膜充血、排尿减少、尿色变深、直肠黏膜充血、干燥。有时出现回头顾腹的现象，呻吟。触诊腹部敏感。便秘部位多发生在结肠。

（2）诊断　根据病史、饲喂的饲料和临床症状做出诊断。

3. 防制措施

科学合理地搭配饲料，适量增喂食盐，保证充足饮水，加强运动。治疗采取排出积粪，给予足够的饮水和运动，多饲喂青绿饲料。

【处方1】

| 硫酸钠 | 6克 |
| 人工盐 | 6克 |

用法：拌料内服，每天3次。

说明：也可用大黄苏打片6克，分2次喂服；或用硫酸镁（钠）30～100克，加水多量内服；或用植物油50～250毫升，或液状石蜡50～100毫升内服。腹痛剧烈者，可用安乃近3～5毫升肌内注射。

【处方2】

温食盐水或软皂水（45℃左右）　适量

用法：用洗胃器加压作深部灌肠，使粪便软化，并配合腹部按摩，促使粪块排出。

【处方3】

槟榔6克	枳实9克	厚朴9克
大黄15克	芒硝30克	

用法：水煎成500～1000毫升，1次灌服。

说明：也可使用木槟硝黄散（木香8克，槟榔6克，大黄15克，芒硝30克）。

【处方4】

芒硝13克	石膏6克	大黄6克
黄芩3克	苍术3克	

用法：共为细末，开水冲调，候温灌服，服时可加点食盐，让病猪多喝水。

说明：猪便秘伴有体温升高者使用。

【处方5】

蜂蜜100克	麻油100毫升

用法：加温水适量调匀，1次灌服。

说明：用于瘦弱、怀孕后期的母猪。

【处方6】针灸

穴位：山根、玉堂、脾俞、后海、百会、后三里、尾尖

针法：血针、白针。

七、支气管肺炎

支气管肺炎又称卡他性肺炎或小叶性肺炎，是因各种刺激因子刺激支气管和肺组织而引发支气管及肺（1个或多个肺小叶）的卡他性炎症。临床上以弛张热型，呼吸次数增多，叩诊有散在的局灶性浊音区，听诊有捻发音，肺泡内充满由上皮细胞、血浆与白细胞等组成的浆液性细胞性炎症渗出物为主要特征。在仔猪和老龄猪更常见，多发于冬、春季节。

1. 病因

原发性支气管肺炎主要因受寒感冒、圈舍卫生不良、饲养不良、应激因素、机体抵抗力降低、内原性或外源性细菌大量繁殖以致发病。饲养管理不善，机体抵抗力下降可引发此病，但多由支气管炎转变而来；猪圈通风不良，异物及有害气体刺激，均可导致本病发生。继发性支气管肺炎常继发于猪肺疫、猪丹毒、猪副伤寒、支气管炎、肺丝虫病、蛔虫病、流感等疾病。

2. 诊断要点

（1）症状 病猪精神沉郁，食欲减退或废绝，体温升高1.5～2℃，呈弛张热型，有时为间歇热；脉搏随体温而变化，可多达100次/分钟，呼吸困难，且随病程的发展逐渐加剧，呼吸增数，可多达100次/分钟，结膜潮红或发绀；咳嗽为固定症状，病初为干短带痛的咳嗽，继之变为湿长，而疼痛减轻或消失。当咳嗽加剧表示病变区域的扩大，若减轻，则是病情好转的征兆；流少量鼻液，初期为浆液

性，后渐变为黏液性或脓性，并发肺坏疽时，则为脓性鼻液，味恶臭；胸部听诊，病灶部位肺泡呼吸音减弱，可听到捻发音，融合性肺炎病灶区可听到干、湿性啰音和支气管肺泡呼吸音，其他部位可听到肺泡呼吸音代偿性增强。

血液学变化，白细胞总数和嗜中性粒细胞增多，并伴有核左移，单核细胞增多，缺乏嗜酸性粒细胞。X射线检查，可见肺纹理增强，呈现大小不等的灶状阴影，似云雾状，有的融为一片。

（2）病理变化　在肺实质内有散在的肺炎病灶，且每个病灶为一个或一群肺小叶，病变部位为实质性组织，气体含量少，剪取病变组织投入水中后下沉。新病变区呈红色或灰红色，较久的病变区呈灰黄色或灰白色，有散在或多量粟粒大或米粒大的灰黄色病灶或岛屿状病灶，挤压可流出血性或浆液性液体。肺间质组织扩张，因渗出液浸润而呈胶冻样，支气管充满渗出物，病灶周围可发现代偿性气肿。因支气管肺炎发生的原因和条件不同，因而具有不同的特性，如吸入性肺炎、霉菌性肺炎等。支气管壁充血、水肿，有较多的嗜中性粒细胞浸润，支气管内积有浆液性渗出物，并混有较多的嗜中性粒细胞和脱落上皮细胞。肺泡壁毛细血管扩张充血，肺泡内充满浆液，其中有少量纤维蛋白和较多的肺泡脱落上皮及组织细胞。

（3）诊断　根据对病史的调查分析，临床症状观察，病理学变化及X射线检查等，可做出诊断。

3. 防制措施

加强饲养管理，保护猪免受寒冷刺激，改善圈舍环境卫生，通风透光，保持猪舍空气流通，供给营养丰富、易消化饲料，提高猪体抵抗力。治疗采取抑菌消炎、祛痰止咳、制止渗出、促进炎性产物吸收和排除，对症治疗，改善营养，加强护理。

【处方1】

左旋咪唑　　　　　　　　　　400毫克

用法：一次喂服，按1千克体重8毫克用药。

【处方2】

噻咪唑（驱虫净）　　　　　　1克

用法：一次喂服，按1千克体重20毫克用药。

【处方3】

碘片　　　　　　　　　　　　1克

碘化钾　　　　　　　　　　　2克

蒸馏水　　　　　　　　　　　1500毫升

用法：混匀灭菌后气管内注射，按1千克体重0.5毫升用药，间隔2～3天后重复使用1次，连用3次。

【处方4】

百部　　　　　　　　　　　　24～60克

用法：煎汁一次灌服，每日 1 剂，连用 2～3 剂。

【处方 5】

苍耳子、桑白皮各 50 克，茄子根 100 克

用法：煎水灌服。

【处方 6】

① 板蓝根 35 克　　　　　　　大青叶 30 克　　　　　　　忍冬藤 30 克

用法：煎水内服。

② 桑根皮、枸杞根皮、瓜蒌根 20 克，蒲公英 40 克

用法：共研细末，开水冲调，一次灌服。

八、纤维素性肺炎

纤维素性肺炎又称大叶性肺炎或格鲁布性肺炎，大多由病原微生物引起肺的一个或几个大叶发生急性炎症。临床上以稽留热、铁锈色鼻液、大片浊音区、典型经过及肺泡内纤维蛋白渗出为主要特征。

1. 病因

病因尚不完全清楚，认为主要涉及传染性和非传染性两种。传染性纤维素性肺炎一般多由局限于肺脏中的传染病引起，如传染性胸膜性肺炎、巴氏杆菌病等。此外，存在于体内外的病原菌，如链球菌、铜绿假单胞菌、巴氏杆菌等也可引起。非传染性纤维素性肺炎属于变态反应性疾病，同时具有过敏性炎症。非传染性纤维素性肺炎还可由受寒感冒、过劳、长途运输和吸入刺激性气体等因素诱发。

2. 诊断要点

(1) 症状　病猪精神沉郁，食欲废绝，体温升高达 41～42℃，呈稽留热型，结膜充血、黄染；呼吸困难、频率增加，呈腹式呼吸，脉搏增数。典型性病例病程明显分为 4 个阶段，即充血期、红色肝变期、灰色肝变期和溶解期（消散期），每个阶段平均 2～3 天，在不同阶段呈现不同症状。充血期胸部听诊呼吸音增强，有干啰音、湿啰音、捻发音，叩诊呈过清音或鼓音。在肝变期流铁锈色鼻液，大便干燥或便秘，可听到支气管呼吸音，叩诊呈浊音。溶解期可听到各种啰音及肺泡呼吸音，叩诊呈过清音或鼓音。非典型病例常止于充血期，体温反复升高或仅见红黄色鼻液，全身症状不明显。

(2) 病理变化　典型性纤维素性肺炎的充血水肿期特征为肺泡毛细血管充血，浆液性水肿，肺叶增大，肺组织充血、水肿，呈暗红色，质地稍变实，弹性降低，切面光泽而湿润，按压流出大量血样泡沫，切取一小块投入水中，呈半沉于水的状态。红色肝变期特征为肺脏肿大，质地变实，呈暗红色，类似肝脏，故称为肝变期，切面稍干燥而呈细颗粒状突出，呈花岗岩外观，切取一小块投入水中，完全下沉。灰色肝变期由红色肝变期发展而来，充满肺泡的纤维蛋白渗出物开始发生脂肪变性和白细胞渗入，当脂肪变性达最高程度时，外观先呈灰色后呈灰黄色，切面如

灰色花岗石样，坚固性比红色肝变期为小，切取一小块投入水中，完全下沉。溶解期的特征为渗出物被溶解和稀释，病变组织较前期缩小，质地柔软，挤压由少量脓性浑浊液流出，色泽逐渐恢复正常，切面有黏液性或浆液性液体。

（3）诊断　根据临床症状、病理变化、听诊、叩诊和X射线检查做出诊断。

3. 防制措施

加强饲养管理，增强猪抵抗力，使猪免受寒冷刺激，一旦发现各种传染性原发病，要积极治疗，以防止并发症的发生。治疗采取抑菌消炎、制止渗出、促进炎性产物吸收和对症治疗。

本病发展迅速，病情加剧，在选用抗菌消炎药时，最好先做药敏试验再选择抗菌药，并且不要轻易换药，要特别慎重。新胂凡纳明有较好的疗效，用1.5～2.5克新胂凡纳明于温热5%葡萄糖生理盐水溶解后缓慢静脉注射，不得露出血管外，用前可先肌内注射10%安钠咖10～20毫升。也可应用10%磺胺嘧啶钠溶液30毫升、40%的乌洛托品20～40毫升、5%糖盐水100～300毫升一次静脉注射，1次/天。

对症治疗可采用静脉注射10%氯化钙或葡萄糖酸钙溶液以促进炎性产物吸收，应用安钠咖强心，用呋噻米利尿，咳嗽剧烈病例应止咳。

【处方1】

| 三棵针皮20克 | 麻黄5克 | 生姜13克 |

用法：水煎取汁去渣，加豆腐200克，内服，1次/天。

【处方2】

| 三棵针皮30克 | 鲜蒲公英40克 | 紫皮大蒜20克 |

用法：共捣烂，加蛋清2个，食醋100毫升，拌匀后一次内服。

九、支气管炎

支气管炎是各种致病因素引起的支气管黏膜表层和深层的炎症，临床上以咳嗽、呼吸困难、流鼻液和不定型热为主要特征。多发生于冬、春季节及气候多变时，以小猪常见。可分为急性和慢性支气管炎。

1. 病因

原发性支气管炎主要由于饲养管理和气候寒冷所致。猪舍空间狭小、猪群拥挤、卫生状况不良、营养水平低下等使机体抵抗力下降，可诱发支气管炎。天气突变，猪受寒感冒而抵抗力降低，支气管黏膜防卫机能减弱，内、外源的细菌均可导致本病发生。环境卫生不洁，猪吸入含烟、氨、灰尘的刺激性气体，直接刺激支气管黏膜，引发本病。寄生虫寄生时，也能引发本病。继发性支气管炎常继发于喉炎、咽炎和胸膜炎等疾病。

2. 诊断要点

（1）症状　急性支气管炎的体温正常或升高，呼吸加快，胸部听诊呼吸音增强。人工诱咳呈阳性。病初时呈阵发性短促干性带痛咳嗽，咳出较多的黏液或痰液，后期转为湿性长咳，疼痛减轻，伴有呼吸困难表现，可视黏膜发绀，两侧鼻孔流出浆液性、黏液性或脓性分泌物。慢性支气管炎病猪体温变化不大，精神沉郁、消瘦，常有较剧烈的咳嗽，咳嗽持续时间长，流鼻液，症状时轻时重。肺部听诊早期呈湿啰音，后期出现干啰音。

（2）病理变化　支气管黏膜充血，黏膜发红，呈斑点或条纹状，局部或弥漫全部，黏膜上附有黏液，黏膜下水肿。

（3）诊断　根据咳嗽、流鼻液等临床症状即可做出诊断。

3. 防治措施

搞好环境卫生，保持猪圈空气新鲜，防止烟气等进入圈舍；加强饲养管理，增进猪体的抗病能力。治疗以消除病因、祛痰止咳、抑菌消炎、加强护理为原则。

【处方1】

硫酸卡那霉素注射液　　　　　50万单位

用法：一次肌内注射，按1千克体重1万单位用药。每天2次，连用3～5天。

说明：也可用庆大霉素、青霉素或环丙沙星配合地塞米松进行治疗。

【处方2】

3％盐酸麻黄素　　　　　　　1～2毫升

用法：一次肌内注射，每天1次，连用3～5天。

【处方3】

复方甘草合剂　　　　　　　15～30毫升

用法：一次内服，每天2～3次，连用3～5天。

【处方4】

癞蛤蟆　　　　　　　　　　若干

用法：除去内脏，装满白矾末，用麻线扎好，阴干，用时焙干为末，每天取2克与适量白萝卜、小米煮稀饭喂饲。

【处方5】

款冬花15克	知母15克	贝母15克
马兜铃15克	桔梗20克	杏仁15克
金银花15克		

用法：水煎一次灌服，每天1剂。

【处方6】

紫菀6克	炙百部9克	白前9克
桔梗3克	橘红3克	甘草3克

用法：煎汁一次灌服，每天1剂。

【处方7】针灸

穴位：苏气、大椎、风池、山根、耳尖、尾尖针法：白针、血针。

十、膀　胱　炎

膀胱炎是膀胱黏膜的炎症，一般多为卡他性；临床上以尿频、少尿和排尿困难等为主要特征。

1. 病因

本病主要由于病原微生物感染而继发，若遇猪感冒或过劳等机体抵抗力降低时，感染非特异性细菌（如化脓杆菌、葡萄球菌和大肠杆菌等）则可致本病发生。膀胱临近器官炎症（如子宫炎、阴道炎、肾炎等）蔓延，可引起膀胱黏膜炎症；膀胱若产生结石或肾结石进入膀胱，常因结石的机械刺激而发生膀胱炎；各种有毒物质及尿液在膀胱蓄积时的分解产物和体内代谢产物经尿排泄时，刺激膀胱黏膜而致膀胱炎。

2. 诊断要点

（1）症状　急性病例，病猪表现排尿疼痛，尿频，屡作排尿姿势，但每次排尿量很少，仅呈滴状流出或不排尿，排出的尿液臊臭，有时混有血液，多在排尿的最后出现。严重病例，表现尿闭、不安、后躯摇摆、精神沉郁、体温升高、食欲废绝，压迫腹部敏感、疼痛，体温一般正常，严重时稍有升高。慢性膀胱炎，一般无明显的排尿困难，病程较长。

尿液检查可见浑浊，尿沉渣检查见大量白细胞、红细胞、膀胱上皮、脓细胞及细菌等。

（2）病理变化　急性膀胱炎可见膀胱黏膜充血、肿胀，有小点状出血，黏膜面有黏液，严重时有出血或溃疡。

（3）诊断　结合临床表现的排尿障碍，尿液浑浊，尿沉渣检查见白细胞、红细胞、膀胱上皮等临床表现可做出诊断。

3. 防治措施

建立严格的卫生管理制度，防止病原微生物的感染；导尿时应严格遵守操作程序和无菌原则；发现泌尿系统和生殖系统疾病，应及早治疗，以防蔓延。治疗主要进行抗菌消炎。

【处方1】

青霉素G钠	100万单位
链霉素	100万单位
注射用水	5毫升

用法：一次肌内注射，每天2次，连用3～5天。

【处方2】

20%乌洛托品注射液	20～30毫升

用法：一次静脉注射，每天1次，连用3～5天。

说明：也可用呋喃咀啶。

【处方3】

黄芩 15 克	栀子 15 克	车前子 10 克
木通 10 克	甘草 15 克	知母 15 克
黄柏 15 克	猪苓 10 克	

用法：煎汤内服，每天1剂。

十一、尿 道 结 石

尿道结石是指尿道（膀胱颈至尿道）中有盐类结晶的凝结物，刺激尿道黏膜发炎、出血和阻塞的一种疾病，多发于阉割过的育肥猪。

1. 病因

长期饮水不足，尿液浓缩，尿中盐类成分过高，促进尿结石的形成。长期饲喂含硅酸盐饲料（如酒糟）和富磷饲料（如麸皮、谷类精料）或富含钙盐的饮水，均可使尿中盐类浓度增高，促进尿结石的生成。饲料中维生素含量不足，尿路上皮形成不全（角化）和脱落，可促进尿结石的形成；肾及尿路感染时，炎性渗出物和上皮细胞脱落，成为盐类沉淀的核心而引起尿结石；尿潴留时，尿液分解形成不溶性的盐类化合物，如磷酸钙、碳酸钙、磷酸铵镁等物质沉淀而形成尿结石。

2. 诊断要点

（1）症状　当尿道不完全阻塞时，排尿呈线状或滴状，排尿时疼痛不安，尿液中可见有血液。尿道完全阻塞时，屡见排尿动作，疼痛不安，但无尿排出，直肠检查见膀胱充满尿液，全身症状加重。若发生膀胱破裂，则腹痛突然消失，全身症状恶化，直肠检查膀胱空虚，腹围增大，腹腔穿刺有大量含尿液的渗出液。触诊时，一般自龟头至会阴部可摸到尿结石部位。

（2）诊断　根据病猪的临床表现，结合尿液检查可见尿内含有砂砾样物质及尿道探针触诊，可做出诊断。

3. 防制措施

防止长期饲喂含某种矿物质过多的饲料或饮水，日粮中应含适量的维生素A，对泌尿器官疾病应及时予以治疗，以免尿液潴留。治疗时，对较大的结石一般药物治疗无效，可采用手术取出结石。同时应注意饲喂含矿物质少和维生素多的饲料及含盐类少的饮水。小颗粒或粉末状结石，可给予利尿剂和尿路消毒剂。为防止膀胱破裂，应及时进行膀胱穿刺，排出尿液。

【处方1】

青霉素	100 万单位
注射用水	5 毫升

用法：一次肌内注射，每天2次，连用3～5天。

【处方2】

1%速尿注射液　　　　　　　　5～10毫升

用法：一次肌内注射。按1千克体重1～2毫克用药，每天2次，连用3～5天。

【处方3】

明矾水或0.1%雷佛奴尔溶液　　　适量

用法：冲洗尿道。

【处方4】

车前子12克	滑石12克	黄连12克
栀子12克	木通10克	甘草10克

用法：煎汤内服，每天1剂。

十二、脑膜脑炎

脑膜脑炎是脑膜和脑实质受到感染或中毒所致而发生的炎性变化，是一种伴有严重脑机能障碍的疾病。

1. 病因

由于一些致病菌（链球菌、葡萄球菌、副猪嗜血杆菌）侵害，当机体防卫机能降低时，即可引起本病的发生。邻近器官的炎症（如中耳炎、化脓性鼻炎、额窦炎等）蔓延时，导致脑及脑膜发炎。过热、感冒、长途运输及饲喂霉败饲料等常为本病发生的诱因。

2. 诊断要点

（1）症状　病初多表现精神沉郁、呆立、共济失调，经数小时后，狂躁不安、不避障碍、前冲后撞，有时作转圈运动，视力减退或消失，尖声鸣叫，磨牙空嚼，从口中流出泡沫状液体，眼结膜潮红，抽搐，继而转入抑制状态，耳聋头低，闭目昏睡，卧地，四肢呈游泳状姿势。有的病猪还表现呕吐。严重者多在24小时内死亡。

（2）病理变化　脑膜充血、淤血，有的有小出血点，灰质与白质均有出血点。

（3）诊断　结合病史、临床症状、微生物或血清学检查等进行综合分析，以做出正确诊断。

3. 防制措施

加强饲养管理，保持圈舍清洁卫生，防止过热、拥挤等；如有可疑传染病时，应立即隔离，采取相应防治措施。治疗采取消除炎症、恢复中枢神经机能，必要时专人看护。

【处方1】抑菌消炎

10%磺胺嘧啶钠液　　　　　　　20～40毫升

40%乌洛托品液　　　　　　　　10～20毫升

用法：静脉注射，2次/天。

【处方2】降低颅内压，减轻脑水肿

25％山梨醇或20％甘露醇　　50～100毫升

用法：静脉注射，1次/天。

说明：兴奋症状明显时，可应用溴化钠或溴化钾2～5克内服，或用10％水合氯醛50～100毫升灌肠，或用氯丙嗪1～3毫升/千克体重肌内注射；也可服用盐类泻剂以排除秘结的积粪。

十三、日射病与热射病

炎夏季节，因头部受日光照射，引起脑及脑膜充血和脑实质的急性病变，导致中枢神经系统机能严重障碍的现象，称日射病。因潮湿闷热，通风不良，新陈代谢旺盛，产热增多，散热少，体内积热，引起严重的中枢神经系统功能紊乱的现象，称为热射病。日射病与热射病统称为中暑。本病多发于夏季，由于猪皮下脂肪较厚，对高温的耐受性差，因此，本病导致猪的死亡率较高。

1. 病因

主要由于炎热季节日光过强，环境温度和湿度过高，猪圈通风不良，饲养密度过大，饮水不足，长途运输，脂肪肥厚，体质虚弱，被毛粗厚，心力衰竭等因素造成机体产热增加而散热减少，导致该疾病发生。

2. 诊断要点

（1）症状　本病的病情发展迅速，病程短促，最短的在2～3小时内死亡，有的在2～3天内死亡。病初往往表现烦躁不安、喜饮、走路不平衡等，之后表现共济失调、走路摇晃、站立不稳、皮温增高、心跳和呼吸加快、心音亢进、脉搏小而弱、呼吸深而急促、黏膜发绀，濒死猪静脉萎陷、呼吸浅表无力，肺部可听到湿啰音。多数病例表现不安、意识障碍、卧地不起、四肢划动、瞳孔先散大后缩小。皮肤、角膜、肛门反射消失，腱反射亢进，最后意识丧失。

血液中乳酸和酮体含量增高，钠盐和磷酸盐排出增多及氯化物丧失。血液浓缩，容易凝固。

（2）病理变化　脑及脑膜的血管高度充血水肿及广泛性出血，脑脊液增多，肺充血和水肿，胸膜、心包膜和肠黏膜有淤血斑和浆液性炎症的病理变化。在日射病中，还可见到紫外线导致组织蛋白变性和白细胞及皮肤新生上皮的分解。

（3）诊断　根据病史、临床症状和病理变化，如长时间的阳光直射或环境闷热潮湿、病情急、病程短等可进行诊断。

3. 防制措施

防暑降温，保证圈舍干燥，给予充足的饮水，保持通风良好和合理饲养密度。在炎热夏季，可在饮水中加电解质和多种维生素。治疗可去除致病因素、强心补液，防止肺水肿，加强饲养管理。

【处方1】

① 10％樟脑磺酸钠注射液　　4～6 毫升

用法：一次肌内注射，每天 2 次。

② 5％葡萄糖生理盐水　　　　200～500 毫升

用法：耳静脉放血 100～300 毫升后一次静脉注射，4～6 小时后重复 1 次。

【处方2】

| 鱼腥草 100 克 | 野菊花 100 克 | 淡竹叶 100 克 |
| 陈皮 25 克 | | |

用法：煎水 1000 毫升，一次灌服。

【处方3】

生石膏 25 克	鲜芦根 70 克	藿香 10 克
佩兰 10 克	青蒿 10 克	薄荷 10 克
鲜荷叶 70 克		

用法：水煎灌服，每日 1 剂。

【处方4】针灸

穴位：山根、天门、血印、耳尖、尾尖、鼻梁、涌泉、滴水、蹄头

针法：血针。

十四、猪应激综合征

猪应激综合征（PSS）是猪体受到内外环境因素的刺激所产生的非特异性全身性反应。该病发生的主要原因是基因突变而致，最常发生于密闭式饲养或肉联厂饲养待宰的猪，表现为死亡或屠宰后猪肉苍白、柔软和水分渗出，从而影响猪肉的品质。本病多发于肌肉发达的皮特兰猪和长白猪，给养猪业和屠宰业造成明显的经济损失，已越来越受到重视。

1. 病因

本病的发生与遗传因素有关，因受到饲养管理中某些不良环境因素刺激而产生应激。本病最常发生于瘦肉型、肌肉丰满、腿短股圆而身体结实的猪，如皮特兰猪、波中猪、长白猪等，红细胞抗原为 H 系统血型的猪也多为应激易感猪。易感猪在自身稳定方面有遗传缺陷，故遭受应激时可引起 β 肾上腺能感受器过度兴奋，导致三磷酸腺苷（ATP）迅速消耗，肌糖原分解而产生过多乳酸。常见的可引起应激反应的应激原，包括感染、创伤、中毒、高温、噪声、饥饿、运输、缺氧、交配、产仔、疫苗接种及去势等，这些应激原刺激机体，导致机体垂体-肾上腺皮质系统引起特异性障碍与非特异性的防御反应，产生应激综合征。

2. 诊断要点

（1）临床症状与病理变化　根据应激的性质、程度和持续时间，猪应激综合征表现为以下几种。

① 猝死性应激综合征　多发生于运输、预防注射、配种、产仔等强应激刺激时，猪多无临床症状而突然死亡。死亡后病变不明显。

② 恶性高热综合征　多发生于拥挤和炎热的季节，死亡率较高。猪体温升高，皮肤潮红，有的呈紫斑，黏膜发绀，全身颤抖，肌肉僵硬，呼吸困难，心跳过速，心律不齐。死后出现尸僵，尸体腐败较快。心包积液，肺充血、水肿。

③ 急性背肌坏死综合征　长白猪品系多发。受到应激刺激后，急性综合征持续约2周左右时，病猪背肌肿胀、疼痛，棘突拱起或向对侧弯曲，不愿走动。肿胀和疼痛消退后，病肌萎缩，棘突突出，以后出现某种再生现象。

④ 白猪肉型（即 PSE 猪肉）　病猪最初表现尾部快速颤抖，全身肌肉僵硬，皮肤出现形状不规则苍白区和红斑区，后转为发绀。呼吸困难，甚至张口呼吸，体温升高，虚脱而死。死后尸僵很快，肌肉苍白、柔软、水分渗出。

⑤ 胃溃疡型　猪受到应激刺激时，胃泌素分泌旺盛，形成自体消化，导致胃黏膜发生糜烂和溃疡。急性病例，外表发育良好，易呕吐，胃内容物带血，粪呈煤焦油状。有的病例，胃内出血，体温下降，可视黏膜苍白，突然死亡。慢性病例，食欲不振，体弱，行动迟缓，有时腹痛，拱背伏地，排出褐色粪便。

⑥ 急性肠炎水肿型　临床上常见仔猪下痢、猪水肿病等，多为大肠杆菌引起。因为在应激过程中，机体防卫机能降低，大肠杆菌即成为条件致病菌，导致非特异性炎性病理过程。

⑦ 慢性应激综合征　由于应激原强度较小，持续或间断反复引起的反应轻微，致使生产性能降低，防卫机能减弱，易继发感染引起各种疾病。

（2）诊断　根据病史调查，急性休克样症状，肌肉特征性颤抖，体温迅速升高，心动过速和肌僵等特征做出诊断。还可通过实验室检查进行诊断。

① 氟烷激发试验　对2～3月龄的猪吸入3%～6%的氟烷加氧气，4～5分钟后观察是否出现伸肌强直性反应。若出现伸肌强直性反应，则为应激易感猪。

② 血清酶试验　测定麻醉前后猪血清磷酸肌酸激酶（CPK），若增加20～100倍，则为易感猪。

3. 防制措施

预防本病最好的方法是选育优良品种和进行科学的饲养管理，淘汰易感猪，减少对猪的各种应激，在可能发生应激之前，使用镇静剂氯丙嗪、安定等，从而降低应激所致的损失。治疗采取消除应激因素、镇静和补充皮质激素、防止酸中毒。症状轻微的猪可自行恢复，当病猪皮肤发绀，肌肉僵硬时，必须使用镇静剂、皮质激素和抗应激药物

盐酸氯丙嗪作镇静剂　　　　　1～2毫克/千克体重

或安定　　　　　　　　　　　1～7毫克/千克体重

用法：一次肌内注射。

说明：也可应用维生素 C 与亚硒酸钠维生素 E 合剂、盐酸苯海拉明、水杨酸

等。静脉注射 5％碳酸氢钠溶液可防止酸中毒。

第二节 营养代谢性疾病

一、新生仔猪低血糖症

仔猪低血糖症又称乳猪病或憔悴猪病，是仔猪出生后最初几天内因饥饿致体内储备的糖原耗竭而引起的一种营养代谢性疾病。本病的主要特征为血糖显著降低，血液非蛋白氮含量显著增多，临床上表现迟钝、虚弱、惊厥、昏迷等症状。本病主要发生于 1 周龄新生仔猪，超过 1 周龄则不发病，多发于冬、春季节，夏、秋季节少见，病死率可达 50％～100％。

1. 病因

仔猪出生后第 1 周内缺少糖异生作用所需的酶类，糖异生能力差，不能进行糖异生作用，血糖主要来源于母乳和胚胎期贮存肝糖原的分解，若吮乳不足或缺乏时，则肝糖原迅速耗尽，血糖降低，导致本病发生。

原发性仔猪低血糖症发生的主要原因是仔猪食乳量不足，可能有如下 4 方面原因。①母猪无乳或少乳。母猪在怀孕期间营养不良，致产后少乳或无乳；或母猪患有乳房炎、链球菌疾病或子宫内膜炎等而造成少乳或无乳，致使仔猪哺乳不足。②母乳质量低劣。由于饲料营养不均衡或母猪消化吸收障碍等各种原因造成乳汁质量低劣、乳中含糖量很少；或初乳过浓，乳蛋白、乳脂肪含量过高，影响仔猪消化吸收，造成仔猪低血糖。③仔猪出生后吮乳不足。乳仔猪患有严重的外翻腿、肌痉挛、脑积水、大肠杆菌病、链球菌病、传染性胃肠炎、同种免疫溶血性贫血、先天性肌震颤、消化不良及营养不良等疾病，引起仔猪吮乳减少和消化吸收障碍；或仔猪先天性衰弱，生存力较差而造成吮乳不足，从而引起低血糖症；或窝猪头数比猪乳头数多，在多数仔猪固定乳头后，其他仔猪吃不到乳。④饲养管理不当，如产仔栏的下横档位置不适当，使小猪不能接近母猪乳头。

低温、寒冷或空气湿度过高使机体受寒是发生本病的诱因。新生仔猪所需的临界温度约为 23～35℃，对寒冷具有一定的代谢反应，外周血管也有充分的收缩功能，但出生后 1～2 周内缺乏皮下脂肪，体热很快丧失。处在阴冷潮湿环境中的仔猪，其体温的维持需迅速利用血中的葡萄糖和糖原贮备，若摄取母乳不足，则极易发生低血糖症，并可引起死亡。

2. 诊断要点

（1）症状 本病多于出生后 1～3 天内发生，发病初期，病猪精神沉郁，不愿吮乳，四肢无力或卧地不起，肌肉震颤，步态不稳，运动失调，离群伏卧，或钻入垫草，嗜睡，皮肤发凉、苍白、颈下、胸腹下及后肢等处浮肿；发病后期，病猪卧地不起，尖叫，多出现神经症状，表现痉挛抽搐，磨牙空嚼，流涎，肌肉颤抖，眼球震颤，角弓反张，四肢僵直或做游泳状运动，口吐白沫，瞳孔散大，对光反应消失，感觉机能减退，心跳缓慢，皮肤厥冷；最终陷于昏迷状态，衰竭而死，病程不超过36小时。血液学检查时，血糖水平由正常的90～130毫克/100毫升下降到5～15毫克/100毫升，当下降到50毫克/100毫升以下时，通常表现明显的症状。血液非蛋白氮通常升高。

（2）病理变化　外观无变化。颈下、胸腹下等处皮下常有不同程度的水肿，切开后流出透明无色的水肿液。血液凝固不良，色淡而稀薄。胃内充满气体，有的仔猪胃内有数量不等的凝乳块。肝脏变化最特殊，呈土黄色，边缘锐利，质地易脆，稍碰即破。胆囊肿大。肾呈淡土黄色，有散在的小出血点。脾脏呈樱桃红色，边缘锐利，切面平整而不见血液渗出。

（3）诊断　根据妊娠母猪饲养管理不善，产后少乳、无乳或乳汁质量差等病史，结合临床表现、病理变化及仔猪对葡萄糖治疗效果显著等可做出诊断。用葡萄糖氧化酶法测定仔猪血糖，可发现发病仔猪血糖值低于50毫克/100毫升。

3. 防制措施

仔猪出生后第1周内，应注意观察，尽早发现，及时给予治疗。对初生仔猪注意保暖，避免机体受寒。防止仔猪饥饿，尽早让仔猪吃初乳，并应定时哺乳。对怀孕母猪应加强饲养管理，供给全价饲料，保证母猪生产后有足够的、高质量的乳汁。若产仔过多，可把部分仔猪寄养给其他母猪。治疗可消除病因、补糖，改善饲养管理、加强护理。

【处方1】

① 50％葡萄糖注射液　　　　　20毫升

用法：一次静脉注射，每天1次

② 维生素B_{12}注射液　　　　　2～3毫升

用法：一次肌内注射，每天1次。

【处方2】

当归20克　　　　　　　　黄芪20克　　　　　　　　红糖30克

用法：当归、黄芪加水煎成100毫升，加入红糖混匀后一次内服。

说明：痉挛者加钩藤20克，四肢无力者加牛膝20克、木瓜20克。

【处方3】

鸡血藤50克　　　　　　　食糖25克

用法：鸡血藤加水煎成50毫升，加糖混匀，一次灌服，每天3次。

二、猪黄脂病

猪黄脂病又称为黄膘，因猪体内脂肪组织为腊样质的黄色颗粒沉淀呈现黄色而得名。本病首次报道于1964年，可发生于不同年龄的猪，生前较难诊断，只有在屠宰和剖检时才易被发现。

1. 病因

一般认为引起猪黄脂病的原因主要包括两方面，一是饲料中不饱和脂肪酸甘油酯含量过多，或饲料中缺乏维生素 E 所致；另一方面为遗传因素。

鱼粉、鱼肝油下脚料、鱼类加工时的废弃物和蚕蛹等含有丰富的不饱和脂肪酸，饲喂量超过日粮的 20%，连用 1 个月即可引发本病；或长期饲喂变质的鱼粉、鱼肝油下脚料、鱼类加工时的废弃物和蚕蛹等，也易发生黄脂病；饲料中维生素 E 缺乏也可能引发本病；饲喂含天然黄色素较丰富的饲料，如胡萝卜、南瓜和黄玉米等，因色素易溶解在脂肪中，也可能产生黄脂。

据研究调查发现，凡是父本或母本是黄脂猪，其后代发生黄脂病的也较多。

2. 诊断要点

（1）症状　病猪通常没有明显的临床症状，一般可见被毛粗糙，食欲减退，增长缓慢，倦怠，衰弱，行走时颈背部僵硬，眼分泌物增多。严重病例可突然死亡。

（2）病理变化　剖检时可闻到黄脂具有腥臭味或蛹臭味，加热炼油时臭味更明显；皮下及腹腔脂肪呈黄色或黄褐色，特别是肾周、腹腔、骨盆腔、大网膜、口角、耳根、舌根、眼周和股内侧脂肪更明显，有的腹内脂肪萎缩、变硬；骨骼肌和心肌呈灰白色，脆性增加；淋巴结肿大，有散在的出血点；肝脏脂肪变性，呈黄褐色；肾脏呈灰红色，横切面可见髓质呈浅绿色；胃肠黏膜出血。

（3）诊断　因本病无特征性的临床症状，生前诊断较难，主要根据屠宰及剖检时的病理变化做出诊断，但要注意将本病与黄疸相区别。黄脂病猪的脂肪呈典型的黄色，加热后更明显，而肝脏呈土黄色，其他组织无黄色现象；而患黄疸病的猪，不仅脂肪呈黄色，其皮肤、黏膜、皮下脂肪、腱膜、韧带、软骨表面、组织液、关节液及内脏等均呈黄色，加热后颜色减退。

3. 防制措施

预防本病最主要的措施是做好品种选育工作，淘汰黄脂病的易发品种，选育抗该病的品种；科学合理地调整和搭配日粮，在日粮中增加维生素 E 含量，限制饲料中不饱和脂肪酸的高油脂饲料含量，禁止饲喂变质的鱼粉、下脚料和蚕蛹。因本病生前难以诊断，因此无法治疗。

三、佝　偻　病

佝偻病是由于饲料中钙、磷不足，或二者比例不当，或维生素 D 缺乏，从而导致处于生长期的仔猪骨营养不良的一种代谢性疾病。临床上以消化紊乱、生长发育迟缓、异嗜癖、软骨钙化不全、跛行及骨骼变形等为特征。

1. 病因

原发性佝偻病的病因主要为饲料中钙、磷的绝对含量不足，或饲料中钙、磷比例不当，影响了钙、磷的正常吸收。一般认为饲料中钙、磷比例以（2～1.5）：1 较适宜。高磷低钙日粮，由于过多的磷与钙结合会影响钙的吸收，造成缺钙，而高钙低磷时，过多的磷与钙结合，形成不溶性的磷酸盐，影响磷的吸收，造成缺磷；机体存在影响钙、磷吸收的其他因素，如饲料中碱基过多或胃酸缺乏时，使肠道pH值升高，或饲料中含过多的植酸、草酸、鞣酸、脂肪酸等使钙变为不溶性钙盐，或饲料中含多的金属离子与磷酸根形成不溶性的磷酸盐复合物等，均会影响钙、磷吸收。

继发性佝偻病常继发于维生素 D 缺乏，肝、肾及肠道疾病。维生素 D 摄取绝对量减少，或仔猪光照不足，不能生成维生素 D_2 和维生素 D_3，影响钙的主动吸收及磷的吸收；肠道疾病时，由于肠吸收机能受阻，使钙、磷吸收减少；肝、肾疾病及甲状旁腺分泌减少，直接影响了钙的主动吸收和磷的吸收；引起甲状旁腺素分泌减少、降钙素增多或肾小管重吸收机能障碍的各种因素，均可引起钙、磷排出增多；慢性肾脏疾病伴有蛋白尿时，结合型钙随尿排出，引起机体钙缺乏。

2. 诊断要点

（1）症状　食欲减退，消化不良，发育停滞，消瘦，异嗜癖，出牙期延长，牙齿钙化不足，齿形不规则，面骨、四肢骨和躯干骨变形，站立困难，四肢呈"O"形或"X"形，肋骨与肋软骨间出现串珠状肿，贫血。

先天性仔猪佝偻病，仔猪出生后体质衰弱，数天后仍不能自行站立，扶助站立时，腰背拱起，四肢弯曲而不能伸直。后天性佝偻病，发病较慢，早期呈现食欲减退、消化不良、精神沉郁，而后出现异嗜癖。仔猪腕部弯曲，以腕关节着地行走，后肢则以跗关节着地行走；病程延长者，行动迟缓，发育停滞，逐渐消瘦，骨骼软化、变形，硬腭肿胀、突出，口腔不能闭合，影响采食和咀嚼；随病情发展，病猪喜卧，不愿站立和走动，强迫站立时，拱背、屈腿、发出痛苦的呻吟。肋骨和肋软骨结合部呈串珠状肿，肋骨平直，胸骨突出，长肢骨弯曲呈弧形，或外展呈"X"形。

实验室检查血清碱性磷酸酶活性常升高，无机磷浓度下降，血钙浓度一般无变化或后期稍低。X 射线检查可见骨密度降低，长骨末端呈"羊毛状"或"饿蚀状"，骨骼变宽。血清钙、磷水平降低。

（2）诊断　根据发病日龄、饲养管理条件、病程经过、临床症状及治疗效果可做出诊断。必要时，可进行饲料成分分析、血液学检查和 X 射线检查。

3. 防制措施

合理调整日粮中钙、磷比例；给予充足的光照和户外运动；增加富含维生素 D 的饲料或补给鱼肝油。治疗以调整日粮组成，补充钙、磷和维生素 D，适当运动，确保足够的日照，加强护理等为主。

【处方1】

10％葡萄糖酸钙注射液　　　　　20～50毫升

用法：一次静脉注射，每天 1 次，连用 5～7 天。

【处方2】

维丁胶性钙　　　　　　　8～10毫升

用法：按1千克体重0.2毫升一次肌内注射或脾俞穴注射，每天1次，连用5～7天。

【处方3】

维生素A、D合剂　　　　　2～4毫升

用法：一次肌内注射，每天1次，连用5～7天。

【处方4】　健骨散

骨粉70%	小麦麸18%	仙灵脾1.5%
五加皮1.5%	茯苓2.5%	白芍2.5%
苍术1.5%	大黄2.5%	

用法：共研细末，加入骨粉混匀，每天取30～50克，分2次拌料喂服，连喂1周。

四、骨　软　病

骨软病是由于钙、磷缺乏或钙、磷比例失调，而发生于软骨内骨化作用已经完成的成年猪的一种骨营养不良性疾病，临床上表现跛行、骨折、异嗜癖和消化紊乱。

1. 病因

日粮中磷含量绝对或相对缺乏是发生本病的主要原因。钙、磷比例不当是骨软病发生的原因之一，维生素D缺乏可促进骨软病的发生。其他影响钙、磷吸收的因素（如年龄、妊娠、哺乳、无机钙源的生物效价等），日粮中蛋白质、脂类缺乏或过剩，也可直接或间接导致骨软病的发生。

2. 诊断要点

（1）症状　正常状况下，骨骼中的钙、磷与血液中的钙、磷维持着动态平衡，骨组织不断进行溶解（溶骨过程或称骨的吸收）和形成（成骨过程）。当肠道钙、磷吸收减少或消耗增大（如妊娠、哺乳）时，血液中钙、磷有效浓度下降，骨骼矿物盐沉积减少，骨溶解加速，此时，骨骼即发生明显的脱钙，呈现骨质疏松，随后这种骨质疏松结构又被增生的骨胶原代替，于是出现骨柔软、弯曲、变形、骨折、骨痂形成及局灶性增大和腱脱落。骨软病多见于母猪，病初表现异嗜为主的消化机能紊乱，后期表现为运动障碍。病猪表现跛行，站立困难，骨骼变性，上颌骨肿胀，脊柱拱起或下凹，骨盆变形，尾椎骨变形、萎缩或消失，肋骨与肋软骨接合部肿胀，易骨折。骨干部质地柔软易折断，骨干部、头部和骨盆扁骨增厚变形，牙齿松动、脱落。

病猪血钙浓度无明显变化或升高，血磷浓度下降，血液碱性磷酸酶活性增高。尾椎X射线检查可见骨密度降低，皮质骨变薄，髓腔增宽，骨小梁结构紊乱，骨关节变形，椎体移位、萎缩，尾端椎体消失。

（2）诊断　根据日粮组成中钙、磷含量及比例，饲料来源及地区自然条件，病猪年龄、妊娠、哺乳情况，及临床症状，配合实验室检查可做出诊断。

3. 防制措施

调整日粮中钙、磷比例，适当补充维生素 D；补充苜蓿甘草和骨粉；适当增加运动，保持圈舍充足的光照；对妊娠和泌乳母猪加强饲养管理。

【处方 1】

骨粉、磷酸盐

用法：采用骨粉、磷酸盐饲喂，配合维生素 D 注射 200 单位，每周 1 次，连用 2 次，并在饲料中添加矿物质，调整日粮中钙、磷比例。

【处方 2】

10％氯化钙 50～100 毫升或 10％葡萄糖酸钙 10～50 毫克

维生素 D　　　　　　　　　　　1500～3000 单位

用法：氯化钙或葡萄糖酸钙，静脉注射，维生素 D 肌内注射

【处方 3】

维丁胶性钙　　　　　　　　　　4～10 毫升

用法：肌内注射，2 次/天，连用 5～7 天

五、维生素 A 缺乏症

维生素 A 缺乏症是体内维生素 A 或胡萝卜素摄入不足或吸收障碍而引起的一种慢性营养缺乏症。该病的特征性表现为生长发育不良，视觉障碍，器官黏膜损伤，繁殖机能障碍及神经症状，以仔猪和育肥猪发病居多。

1. 病因

原发性维生素 A 缺乏时，日粮中维生素 A 原或维生素 A 含量不足，如日粮中含维生素 A 原的青绿饲料供应不足，或长期饲喂含维生素 A 原极少的饲料（如棉籽饼、亚麻子饼、甜菜渣、萝卜等）；饲料贮存加工不当，或贮存时间过长，使维生素 A 被氧化破坏；饲料中磷酸盐、亚硝酸盐和硝酸盐含量过多，加快维生素 A 和维生素 A 原分解，影响维生素 A 原的转化和吸收，磷酸盐含量过多还可影响维生素 A 在体内的贮存；中性脂肪和蛋白质含量不足，影响脂溶性维生素 A、维生素 D、维生素 E 和胡萝卜素的吸收，使参与维生素 A 转运的血浆蛋白合成减少；由于妊娠和泌乳期母猪及处于快速生长发育仔猪对维生素 A 需要量增加，或长期腹泻、患热性疾病，维生素 A 排出和消耗增多，如果摄入不足，均可引起维生素 A 缺乏。

继发性维生素 A 缺乏时，胆汁中的胆酸盐可乳化脂类形成的颗粒，有利于脂溶性维生素的溶解和吸收，还可促进维生素 A 原转化为维生素 A。当猪患有胃肠、肝、胆慢性疾病时，引起胆汁生成减少和排泄障碍，不利于胡萝卜素的转化和维生素 A 的贮存。

此外，猪舍日光照射不足、通风不良，猪只缺乏运动，也常促发本病。

2. 诊断要点

（1）症状　仔猪表现皮肤粗糙，皮屑增多，呼吸器官和消化器官黏膜常有不同程度的炎症，出现咳嗽、下痢，生长发育缓慢；严重时，面部麻痹，头颈向一侧歪斜，步态蹒跚，共济失调，最终后肢瘫痪。目光凝视，瞬膜外露，继而发生角弓反张、抽搐、四肢做间歇游泳状动作。有的病猪表现脂溢性皮炎，周身分泌褐色渗出物。有的可见夜盲症，视神经萎缩。存活仔猪生活力弱，腹泻，头偏向一侧，易继发肺炎、胃肠炎和佝偻病。

在成年猪，病猪后躯麻痹，步态不稳，后期不能站立，痛觉反应减退或消失，听觉迟钝，视觉减弱，眼角膜软化，甚至穿孔。有的病猪毛囊角化，被毛蓬松干燥，以鬃毛尖端分裂为特征性症状。

妊娠母猪常出现发情异常，流产，死胎，弱胎，或产出的仔猪畸形（瞎眼、独眼、眼睛大小不等、兔唇、隐睾等）、全身性水肿、体质衰弱，易发病和死亡。

公猪表现睾丸退化、缩小，精液品质差。

（2）病理变化　骨发育不良，长骨变短，颜面骨变形，颅骨、椎骨、视神经孔骨骼生长异常。被毛脱落，皮肤角化层增厚，皮脂溢出；生殖系统和泌尿系统的变化表现为黏膜上皮细胞变为复层鳞状上皮；眼神经变性坏死。

（3）诊断　根据饲养管理状况、病史、临床症状及维生素 A 治疗效果，可做出初步诊断。确诊需进行血液和肝脏中维生素 A 和胡萝卜素含量测定、眼底检查和细胞脱落细胞计数。

实验室检查可见血浆、肝脏、饲料中维生素 A 含量降低，脑脊液压力升高。

3. 防制措施

保证饲喂富含维生素 A 或维生素 A 原的饲料，日粮中应有足够的青绿饲料、优质甘草、胡萝卜、块根类等富含维生素 A 的饲料；妊娠母猪需在分娩前 40～50 天注射维生素 A 或内服鱼肝油、维生素 A 浓油剂，可有效预防初生仔猪维生素 A 缺乏症；消除影响维生素 A 吸收的不利因素。

【处方1】

精制鱼肝油　　　　　　　　　5～10 毫升

用法：分点皮下注射。

【处方2】

维生素 A 注射液　　　　　　　50 万单位

用法：一次肌内注射，隔日 1 次。

说明：也可用维生素 A、D 合剂 2～5 毫升，隔日肌内注射 1 次。

【处方3】

党参、黄芪、熟地、焦白术、甘草各 25 克

用法：一次煎服。

【处方4】

胡萝卜150克　　　　　　　　韭菜120克

用法：1次混入饲料中饲喂，1次/天。

【处方5】

苍术粉　　　　　　　　　　　5～10克

用法：仔猪一次内服，每天2次，连用数天。

六、维生素 B 缺乏症

B族维生素是指一组多种水溶性维生素，包括维生素B_1、维生素B_2、维生素B_3、维生素B_4、维生素B_5、维生素B_6、维生素B_7、维生素B_{11}、维生素B_{12}等。由B族维生素缺乏引起的营养代谢性疾病总称为维生素B缺乏症。B族维生素分布和水溶性大体相同，但它们之间的化学结构和生理功能互不相同，在体内主要作为细胞酶的辅酶，催化物质代谢中各种反应。除玉米缺乏烟酸外，B族维生素广泛存在于青绿饲料、酵母、麸皮、米糠及发芽的种子中。B族维生素易经水丧失，很少或几乎不能在体内贮存，因此，短期缺乏或不足就足以降低体内相应酶的活性，从而影响机体的代谢过程，影响动物健康。

（一）维生素B_1（VB_1，硫胺素）缺乏症

1. 病因

原发性维生素B_1缺乏，主要是饲料中维生素B_1供给不足，或饲料加工调制不当，用水浸泡后高温焖煮，使维生素B_1损失，引起维生素B_1缺乏；继发性维生素B_1缺乏，主要继发于胃肠机能紊乱、长期腹泻及大量使用抗生素破坏猪肠道正常微生物区系。

2. 诊断要点

（1）症状　病猪主要表现为食欲不振，被毛粗乱无光，皮肤干燥，易于疲劳，心跳加快，生长发育缓慢；严重时呕吐、腹泻，皮肤和黏膜发绀，呼吸困难，急剧消瘦，突然死亡；有的病猪表现少卧喜动，后肢跛行，甚至四肢麻痹，目光斜视，转圈，阵发性痉挛，眼睑、颌下、胸腹下、股内侧明显水肿，虚弱无力；仔猪表现呕吐、腹泻，生长停滞，心动过速，呼吸加快，突然死亡。

（2）诊断　根据饲料组成及是否添加复合维生素B，结合临床表现，可做出诊断。检查血液丙酮酸浓度和血浆硫胺素浓度有助于确诊。

3. 治疗

发现病猪后应分析病因，立即采取相应措施。若为原发性维生素B_1缺乏症，应提供充足的富含维生素B_1的饲料；当饲料中添加有磺胺类药物时，应多供给维生素B_1；继发性维生素B_1缺乏者，应先去除原发病。

【处方1】

硫胺素　　　　　　　　　　　0.25～0.5毫克/千克

用法：对于严重缺乏者，应肌内或静脉注射，每 3 小时 1 次，连用 3～4 天。

【处方 2】

丙硫酸胺

用法：肌内注射，按 0.25～0.5 毫克/千克体重用药。

【处方 3】

呋喃硫胺

用法：肌内注射，按 0.1～0.3 毫克/千克体重用药。

【处方 4】

当归素

用法：肌内注射，2～4 毫升，作为辅助治疗。

（二）维生素 B_2（VB_2，核黄素）缺乏症

1. 病因

自然条件下，维生素 B_2 缺乏不常见，但当饲料中缺乏青绿植物或因胃肠、肝脏、胰脏疾病时，使维生素 B_2 消化吸收障碍；长期大量使用抗生素或其他抑菌药物，致使体内微生物区系破坏；妊娠或哺乳母猪，及处于生长发育阶段的仔猪，因其需求量增加，可引起相对维生素 B_2 缺乏。

2. 诊断要点

（1）症状　发病初期生长缓慢，消化紊乱，被毛粗乱无光，全身或局部脱毛，皮肤干燥，出现红斑、丘疹、鳞屑、皮炎、溃疡，鼻端、耳后、下腹部、大腿内侧初期有黄豆大至指头大的红色丘疹，丘疹破溃后结黑色痂皮；继之，眼结膜损伤，眼睑肿胀，角膜发炎，晶体浑浊，甚至失明；呕吐、腹泻，步态强拘，运动失调，不愿行走。后备母猪和繁殖泌乳期母猪，食欲不定或废绝，体重减轻，孕猪早产，产死胎，新生仔猪有的无毛，有的畸形、衰弱，一般出生后不久即死亡。

（2）诊断　根据饲料组成及病猪临床表现，可做出初步诊断。全血中维生素 B_2 含量测定，及尿液中维生素 B_2 含量与肌酐含量比值可为确诊提供依据。

3. 治疗

调整日粮组成，供给富含维生素 B_2 的饲料，或补充复合维生素 B 制剂。

【处方 1】

维生素 B_2 针剂　　　　　　　　0.02～0.03 克

用法：肌内注射，1 次/天，连用 3 天。严重病例，按仔猪 5～6 毫克/头、成年猪 50～70 毫克/头在饲料中添加维生素 B_2，连用 8～15 天。

【处方 2】

饲用酵母

用法：饲料中添加，仔猪 10～20 克/头，成年猪 30～60 克/头，2 次/天，连用 7～15 天。

（三）维生素 B_3（VB_3，泛酸）缺乏症

1. 病因

饲料中维生素 B_3 供给不足或缺乏，引起猪维生素 B_3 缺乏症；维生素 B_3 对酸、碱和热均不稳定，在饲料加工调制过程中易被破坏，进而引发猪维生素 B_3 缺乏症。

2. 诊断要点

（1）症状 本病的特征性症状为后腿踏步动作或正步走，高抬腿，鹅步样，常伴有眼、鼻周围痂状皮炎，斑块状脱毛，毛色素减退或呈灰色，严重者可发生皮肤溃疡、神经变性，并发生惊厥。肝脏发生脂肪变性，结肠水肿、充血和发炎。肾上腺出血性坏死，并伴有虚脱或脱水，低色素性贫血。有时胎儿吸收或畸形，母猪表现泌乳和繁殖机能障碍。

（2）诊断 根据饲料组成及病猪临床表现，可做出初步诊断。

3. 治疗

饲料中添加含泛酸丰富的物质，如酵母、甘草粉和花生粉等，或药物治疗。

【处方1】

泛酸钙

用法：在猪饲料中添加，500微克/千克体重，或10～12克/千克饲料。

【处方2】

维生素 B_3

用法：在饲料中按 11～13.2 克/千克饲料添加，用于处于生长发育阶段的猪；在饲料中按 3.2～16.5 克/千克饲料添加，用于繁殖泌乳阶段的猪。

（四）维生素 B_4（VB_4，胆碱）缺乏症

1. 病因

饲料中胆碱含量不足，引起发病；饲料中烟酸过多，可导致胆碱缺乏；锰参与胆碱运送脂肪的过程，因此，日粮中锰缺乏可导致胆碱缺乏。

2. 诊断要点

（1）症状 胆碱是猪必需的营养成分，胆碱缺乏时，病猪表现精神不振，食欲减退，生长发育缓慢，衰竭无力，关节肿胀，共济失调，皮肤黏膜苍白，消化不良。仔猪表现生长发育不良，被毛粗乱，关节不能屈曲，运动不协调，有的病猪腿呈"八"字形。

（2）病理变化 肝脏、肾脏脂肪积累，腹脂过多，胫骨和趾骨发育不完全。

（3）诊断 根据饲料中胆碱含量及临床表现和病理变化，可做出诊断。

3. 治疗

供给胆碱丰富的全价饲料，并供给含蛋氨酸和丝氨酸丰富的饲料。药物治疗可

应用氯化胆碱，内服或拌入饲料，1.5千克/吨饲料。

（五）维生素 B_5（VB_5，烟酸，烟酰胺，Vpp）缺乏症

1. 病因

单纯以玉米为日粮时，可引起猪烟酸缺乏症；饲料中丝氨酸含量低和蛋白质供给不足，可促使本病发生；长期服用抗菌药，破坏了胃肠微生物区系的繁殖，进而引起烟酸缺乏症的发生。

2. 诊断要点

（1）症状 病猪表现食欲下降，严重腹泻；皮屑增多性发炎，呈污秽黄色，后肢瘫痪，胃、十二指肠出血，大肠溃疡，回肠、结肠局部坏死，黏膜变性。若抗烟酰胺药物应用不当造成维生素 B_5 缺乏，猪还表现平衡失调，四肢麻痹，脊髓的棘突、腰段腹面扩大，灰质损伤、软化，灰质间损伤更明显。

（2）诊断 根据病史，饲料分析，结合临床表现可做出诊断。

3. 治疗

猪日粮种应添加烟酸，特别是以玉米为主要日粮的更应添加足够的量。

【处方】

烟酸

用法：在饲料中添加。生长期猪对烟酸的需要量为 $0.6\sim1$ 毫克/千克体重，而成年猪则为 $0.1\sim0.4$ 毫克/千克体重。对于烟酸缺乏的病猪，可于饲料中添加烟酸，$10\sim20$ 克/千克饲料。

（六）维生素 B_6（VB_6，吡哆醇）缺乏症

1. 病因

吡哆醇广泛存在于各种植物中，因此，自然发病病例较少见。

2. 诊断要点

维生素 B_6 缺乏时影响蛋白质代谢，特别是蛋白质合成。病猪表现为生长缓慢，腹痛，周期性癫痫样惊厥，呈小细胞性贫血和泛在性含铁血黄素沉着，骨髓增生，运动失调，肝脂肪浸润。

3. 治疗

猪日粮中应该满足需要量。

【处方】

吡哆醇

用法：在饲料中添加，猪对吡哆醇的需要量为 1 毫克/千克饲料，或 0.1 毫克/千克体重。

（七）维生素 B_7（VB_7，生物素）

1. 病因

饲料中可利用生物素含量过少；长期饲喂磺胺类药物或抗生素，可导致生物素缺乏；患有胃肠疾病时，生物素吸收不充分，也可造成生物素缺乏。

2. 诊断要点

（1）症状　病猪表现为耳、颈、肩、尾皮肤炎症，脱毛，角质龟裂，蹄底蹄壳出现裂缝。口腔黏膜溃疡，眼周分泌物增多。

（2）诊断　目前尚缺乏早期诊断方法，饲料中生物素含量可作为重要参考，一般认为，日粮中有效生物素含量应在 200 微克/千克以上，方可预防猪的蹄损伤和维持其高的繁殖性能。

3. 治疗

日粮中应含有足够的有效生物素；禁止用生蛋清饲喂猪。

（八）维生素 B_{11}（VB_{11}，叶酸，VM）缺乏症

1. 病因

青绿饲料长期饲喂不足，又未补充鱼粉、骨粉等动物性饲料，导致猪叶酸缺乏；长期大量使用抗菌药物，使体内微生物区系紊乱，致使叶酸缺乏；长期胃肠消化机能障碍，叶酸吸收不足，也可造成猪叶酸缺乏。

2. 诊断要点

（1）症状　病猪食欲减退，消化不良，腹泻，生长发育受阻，皮肤粗糙，种用母猪繁殖及泌乳功能紊乱，巨幼红细胞性贫血，白细胞和血小板减少。

（2）诊断　根据病史和临床上出现的巨幼红细胞性贫血和白细胞减少，配合临床治疗试验，可做出诊断。

3. 治疗

调整日粮组成，供给猪足够的叶酸。

【处方】

叶酸

用法：对于已经出现叶酸缺乏症的病猪，则需肌内注射叶酸制剂，0.1～0.2毫克/千克体重，1 次/月，同时给予维生素 B_{12} 疗效更佳。

（九）维生素 B_{12}（维生素 B_{12}，氰钴胺，钴胺素）缺乏症

1. 病因

饲料中缺乏维生素 B_{12}；长期大量使用抗菌药物，引起消化道微生物区系紊乱，影响维生素 B_{12} 的合成；钴和蛋氨酸不足时，可产生维生素 B_{12} 缺乏；胃溃疡或胰腺疾病时，影响维生素 B_{12} 的吸收，进而造成维生素 B_{12} 缺乏；肝脏损伤时，影响了维生素 B_{12} 的正常代谢，也可引起维生素 B_{12} 缺乏症。

2. 诊断要点

（1）症状　病猪食欲减退，生长缓慢甚至停滞，神经性障碍，应激增加，运动失调，皮肤粗糙，背部有湿疹样皮炎，胸腺、脾脏及肾上腺萎缩，肝脏和舌头常呈现肉芽瘤组织增殖和肿大，开始发生典型的小红细胞性贫血。成年猪繁殖机能紊乱，易发生流产、死胎、胎儿发育不全、畸形，产仔数减少，仔猪初生重降低，过敏，被毛粗乱，皮肤黏膜苍白，活力减弱，生后不久即死亡。

（2）诊断　根据病史，饲料分析，结合贫血、皮疹、消化不良、黏膜苍白等临床表现可做出诊断。

3. 治疗

在查明病因基础上，调整日粮组成，给予富含维生素 B_{12} 的日粮。

【处方】

维生素 B_{12}

用法：病情严重者，应补给氰钴胺或羟钴胺进行治疗，猪对维生素 B_{12} 的需要量为 20～40 微克/天，治疗量为 300～400 微克/天；或肌内注射维生素 B_{12}，也可配合注射铁钴注射液。

七、硒-维生素 E 缺乏症

由于硒和维生素 E 具有协同抗氧化作用，临床上常表现二者同时缺乏。硒-维生素 E 缺乏症是指硒、维生素 E 或硒和维生素 E 同时缺乏和不足所引起的营养代谢障碍综合征，统称硒-维生素 E 缺乏症。本病可发生于各种猪，尤其以仔猪多发，临床上常表现猪白肌病、仔猪桑椹心及仔猪肝营养不良。

1. 病因

硒缺乏的主要原因是饲料或土壤硒含量不足：当饲料硒含量低于 0.05 毫克/千克时，则出现硒缺乏症。饲料中硒来源于土壤硒，当土壤硒低于 0.5 毫克/千克时，即为贫硒土壤；硒的拮抗元素为锌、铜、砷、铅、镉、硫酸盐等，可使硒的吸收和利用受到抑制和干扰，引起猪相对性硒缺乏。应激是硒缺乏的诱发因素，如长途运输、驱赶、潮湿和恶劣天气等，可使猪机体抵抗力降低，硒消耗增加；抗氧化剂及动物本身状态也与硒缺乏症有关。

维生素 E 缺乏的原因是其虽然广泛存在于植物饲料中，但本身的化学性质不稳定，易被各种因素氧化。当饲料品质不良、加工贮存方法不当时，维生素 E 被氧化，造成饲料中含量不足。饲料中不饱和脂肪酸含量过高，或酸败的脂类及霉变的饲料，变质的鱼粉等，均可造成体内不饱和脂肪酸过多，易氧化为大量过氧化物，使机体对维生素 E 的需要量增加；饲料中含大量维生素 E 拮抗物质，或微量元素缺乏等均可导致本病的发生。

2. 诊断要点

（1）症状　仔猪精神不振，喜卧，行走时步态强拘，站立困难，常呈前肢下跪或犬坐姿势，病程继续发展，则四肢麻痹。心跳、呼吸加快，心律不齐，肺部常出现啰音。下痢，尿中出现各种管型，血红蛋白尿，尿胆素增高。

① 白肌病　即肌营养不良，多发于冬春气候骤变、青绿饲料缺乏之时，其发病率和死亡率较高，以 1～3 月龄或断奶后的育成猪多发。急性病例，突然呼吸困难，心脏衰竭而死。病程稍长者，精神不佳，食欲减退，心跳加快，心律不齐，运动无力。严重时，站立困难，前肢跪下或呈犬卧姿势，或背腰拱起，或四肢叉开，

肢体弯曲，肌肉震颤。肩部、背腰部肌肉肿胀。仔猪常因不能站立吃不到母乳而饿死。

② 仔猪桑椹心　本病是硒-维生素 E 缺乏的最常见病之一，多发于仔猪和处于快速生长发育期的猪，营养状况良好，饲以高能饲料，但维生素 E 含量较低。病猪常在没有任何前驱征兆下突然死亡，存活者表现严重呼吸困难，可视黏膜发绀，躺卧，强迫行走时易发生突然死亡。亚临床症状常表现消化紊乱，在应激刺激下可转为急性，不久即突然抽搐、嚎叫而死。皮肤有不规则的紫红斑点，多在两腿内侧，有时遍及全身。

③ 仔猪肝营养不良　本病主要发生于 3 周龄至 4 月龄猪，尤其是断奶前后的仔猪，也是猪硒-维生素 E 缺乏的常见病之一。急性病例多为体况良好、生长迅速的仔猪，预先无任何征兆便突然死亡。存活猪常伴有严重呼吸困难、黏膜发绀、躺卧不起等症状，强迫走动引起突然死亡。有的猪有消化道症状，如食欲不振，呕吐、腹泻，粪便带血等。病猪可视黏膜发绀，后肢衰弱，臀及腹部皮下水肿，病程长者可出现黄疸和发育不良等症。

④ 仔猪水肿病　断乳仔猪和生长猪发生以皮下、胃肠黏膜水肿为特征的疾病，呈进行性运动不稳及四肢瘫痪，死亡率较高。

（2）病理变化　白肌病以骨骼肌、心肌纤维及肝组织等发生变性、坏死为主要特征。骨骼肌中以背腰、臀、腿肌变化最明显，且呈双侧对称。骨骼肌苍白，似熟肉或鱼肉状，有灰白或黄白色条纹块状浑浊的变性、坏死区，横切面有灰白色斑纹，质地变脆；心肌扩张变薄，心内外膜下有与肌纤维一致的灰白色条纹，心脏横径扩大，外观呈球形。心包积水，有纤维素沉着；肝脏肿大，切面有槟榔样花纹，通常称为槟榔肝或花肝，色由淡红转为灰黄或土黄色；肾脏肿大、充血，肾实质有出血点和灰色斑灶。

发生桑椹心时，心脏增大，横径增大呈圆球状，沿心肌纤维走向，发生多发性出血，心肌红斑密集于心外膜与心内膜下层，使心脏从外观呈桑椹样，故称桑椹心。肝脏呈斑块状坏死，心包、胸腔、腹腔积液，色深透明；肺水肿，胃肠壁水肿。

肝营养不良的急性病例可见正常肝小叶和红色出血性坏死小叶及白色或淡黄色小叶混杂在一起，形成彩色多斑或嵌花式外观，发病小叶可能孤立成点，也可能连成一片，且再生的肝组织隆起，使肝表面变得粗糙不平；慢性病例的充血部位呈暗红，乃至红褐色，坏死部位萎缩，结缔组织增生，形成瘢痕，使肝表面凸凹不平。

仔猪水肿病剖检可见肺间质水肿、充血、出血；胃黏膜水肿、出血，胃大弯、肠系膜呈胶冻样水肿，肠系膜淋巴结水肿、充血、出血；心包和腹腔积液。

（3）诊断　根据临床症状，结合病史、病理变化及疗效等，可做出初步诊断，确诊需做病理组织学检查，对血液和组织器官进行硒定量测定和谷胱甘肽过氧化物酶活性测定。

3. 防制措施

在缺硒地区，应在饲料中添加含硒和维生素 E 的饲料添加剂；尽可能使用硒和维生素 E 较丰富的饲料饲喂猪；对妊娠和哺乳母猪加强饲养管理，注意日粮的合理搭配，避免使用单一饲料。

【处方 1】

① 0.1％亚硒酸钠溶液　　　　0.02～0.04 毫升

用法：一次皮下注射，按 0.001～0.003 克用药，隔日重复 1 次。

② 维生素 E 注射液　　　　100～300 毫克

用法：一次肌内注射，隔日 1 次。

注：亚硒酸钠的治疗量和中毒量非常接近，因此用药时一定慎重。

【处方 2】

熟地 15 克	当归 15 克	川芎 12 克
白芍 15 克	川断 12 克	杜仲 10 克
麦芽 30 克	山楂 30 克	黄芪 20 克
枸杞子 15 克	阿胶 12 克	首乌 15 克

用法：除阿胶外水煎去渣，加阿胶烊化，灌服，1 剂/天。

【处方 3】

熟地 12 克	当归 15 克	生地 12 克
首乌 15 克	枸杞子 12 克	女贞子 12 克
阿胶 15 克	肉苁蓉 15 克	菟丝子 15 克
甘草 10 克		

用法：除阿胶外水煎去渣，加阿胶烊化，灌服，1 剂/天。

八、维生素 K 缺乏症

维生素 K 缺乏症是以维生素 K 依赖性凝血因子合成障碍为病理生理学基础，以出血素质为主要临床表现的一种营养代谢性疾病。

1. 病因

原发性维生素 K 缺乏是由于日粮中维生素 K 含量不足，或长期大量投服抗生素，影响肠道微生物对维生素 K 的合成，进而导致机体出现维生素 K 缺乏症。继发性维生素 K 缺乏症常继发于小肠疾病，如小肠患有弥漫性炎症所致的慢性腹泻或阻塞性黄疸，因胆汁减少，降低了维生素的吸收而致缺乏。

2. 诊断要点

（1）症状　病猪精神不振，食欲降低，体质虚弱，感觉过敏，贫血，若遇创伤和施行外科手术时常出血不止。母猪分娩时如有损伤，也出血不止。

（2）诊断　根据病史和临床症状，可做出诊断。

3. 防制措施

加强饲养管理，日粮中多给青绿饲料，保证饲料中维生素 K 足够的含量。合理应用抗生素，以消除肠道炎症，利于维生素 K 的合成。

【处方】

维生素 K_3

用法：肌内注射维生素 K_3（亚硫酸氢钠甲萘醌）10～30 毫克，1～2 次/天，连用 3～5 天；5%氯化钙 1～5 克，5%葡萄糖 250～500 毫升，静脉注射。

对病猪治疗时应注意胰、胆的分泌功能，以利于维生素 K 的吸收。

九、仔猪营养性贫血

仔猪营养性贫血又称仔猪缺铁性贫血，是由于机体铁缺乏而引起仔猪贫血和生长受阻的营养代谢性疾病。多发于 5～30 日龄的哺乳仔猪，秋、冬、早春季节发病率较高，临床上以红细胞数减少、血红蛋白含量降低、皮肤和可视黏膜苍白为主要特征。对猪的生长发育危害严重，该病的发病率和死亡率均较高。

1. 病因

圈养母猪，圈舍为水泥或石板地面，使仔猪生后不能与土壤接触，不能自土壤摄取铁元素。仔猪需铁量为 7～15 毫克/天，若低于该值，则导致血红蛋白生成不足，红细胞数量减少，发生缺铁性贫血。母猪及仔猪饲料中缺乏钴、铜及蛋白质等也会发生该病；当贫血发生时，机体的氧化还原过程受到破坏，仔猪的消化吸收机能降低，加重了贫血的发生。

2. 诊断要点

（1）症状 仔猪多于出生后 5～30 日龄发病，表现精神沉郁，食欲不振，离群伏卧，被毛粗乱，生长缓慢，呼吸加快，心跳加速，稍运动则心悸亢进，可视黏膜苍白，轻度黄染，严重时光照耳廓也几乎不见明显的血管，头部水肿。仔猪易继发下痢与便秘交替出现，极度消瘦。有的仔猪不表现消瘦，外观见肥胖，生长发育较快，但 2～4 周龄猪可在运动中突然死亡。有的易感染链球菌，发生心包炎。若病猪能耐过 6～7 周龄，开始采食后，病情可逐渐好转。

（2）病理变化 病猪全身皮肤、黏膜苍白；肌肉颜色变淡，特别是臀肌和心肌更明显；血液稀薄，胸腹腔积有浆液性及纤维蛋白性液体；伴有疏松结缔组织水肿，头部和身体前 1/4 发生轻度或中度水肿；肝脏肿大，且有脂肪变性，呈淡黄色，肝实质少量淤血；心脏扩张，心肌松弛；肺水肿或发生炎性病变，肾实质变性。

（3）诊断 根据流行病学调查，贫血的临床症状，红细胞数和血红蛋白含量测定，及特异性治疗（如铁制剂）时疗效明显，可做出诊断。

血液学检查以血红蛋白降低和红细胞减少为主要特征。红细胞大小不均，色淡，并出现未成熟的有核红细胞和网状红细胞，血液稀薄，黏度降低，血凝缓慢。

3. 防制措施

加强妊娠母猪和哺乳母猪的饲养管理，饲喂富含蛋白质、无机盐和维生素的日粮。在妊娠母猪产前2天至产后1个月，每日补充硫酸亚铁20克，使仔猪可通过采食母猪富含铁的粪便而补充铁质；出生后第2天肌内注射150毫克葡聚糖铁，或应用苏氨酸铁等氨基酸螯合铁，6～12克/天，早晚各1次，口服，可防止仔猪缺铁性贫血的发生。

【处方1】

右旋糖酐铁注射液　　　　　2～3毫升

用法：一次肌内注射。

说明：也可用葡聚糖酐铁、焦磷酸铁、牲血素或血多素等。

【处方2】

硫酸亚铁　　　　　　　　　5克

酵母粉（食母生）　　　　　10克

用法：混匀后，分成10包，每天1包，拌料内服。

【处方3】

① 0.25％硫酸亚铁水溶液　　适量

用法：饮服。

② 维生素 B_{12} 注射液　　　　2～4毫升

用法：一次肌内注射，每天1次，连用3～5天。

【处方4】

硫酸亚铁 2.5 克　　　　　　硫酸铜 1 克　　　　　　　　氧化铝 2.5 克

用法：加水1000毫升，纱布过滤，每只猪每次用半匙，拌料或混在水中喂给。

【处方5】

党参 10 克　　　　　　　　白术 10 克　　　　　　　　茯苓 10 克

神曲 10 克　　　　　　　　熟地 10 克　　　　　　　　厚朴 10 克

山楂 10 克

用法：煎汤一次内服。

十、碘缺乏症

碘缺乏又称地方性甲状腺肿，是由于碘相对或绝对不足而引起的一种慢性营养缺乏症。临床上以甲状腺机能减退，甲状腺肿大，新陈代谢紊乱，小猪生长发育缓慢，繁殖力和生产力降低，母猪新生仔猪无毛、颈部呈黏液性水肿等为主要特征。

1. 病因

原发性碘缺乏主要是猪摄入碘不足或对碘的需要量增加。一般碘含量低于0.2～2.5毫克/千克土壤、10微克/升饮水时，则土壤、饲料和饮水中碘缺乏，导致猪碘缺乏。小猪处于生长期，或母猪处于怀孕和泌乳期，对碘的需求量增加，造成机体相对缺碘。

继发性碘缺乏主要发生于长期应用某些饲料（如十字花科植物、豌豆、菜籽饼、亚麻籽饼等），其中含有硫氰酸盐、过氯酸盐、硝酸盐等，阻止或降低了甲状腺聚碘作用，从而诱发碘缺乏。植物中致甲状腺肿素、硫脲及硫脲嘧啶可干扰酪氨酸碘化过程，可引发本病；土壤和日粮中钴、钼缺乏，锰、钙、磷、铅、氟、镁、溴过剩，日粮内胡萝卜素和维生素C缺乏及机体抵抗力下降时，均可继发碘缺乏。

2. 诊断要点

（1）症状　碘是合称甲状腺激素的重要元素。当机体缺碘时，甲状腺激素合成和分泌减少，血中甲状腺激素的浓度降低，促进垂体分泌促甲状腺激素增加，引起甲状腺组织增生和腺体明显肿大。甲状腺激素减少，导致胎儿发育不全、畸形、无毛，幼畜生长受阻。甲状腺功能降低时，正常皮肤中的黏多糖、硫酸软骨素和透明质酸的结合蛋白质大量积聚，导致大量水分的积聚，进而引起黏液性水肿，使皮肤肿胀、粗糙。病猪表现眼球突出，心跳过速，兴奋性增高，甲状腺肿大，生长发育停滞，被毛生长不良，消瘦，贫血，生产力和繁殖力降低。公猪性欲减退；母猪预产期推迟，或发生胎儿吸收、流产、产死胎、弱仔，或产仔猪无毛（脱毛现象在四肢最明显），衰弱通常在产后1~3天内死亡，幸存猪生长不良，步态强拘，无力。

（2）病理变化　剖检可见甲状腺增生，脱毛，颈部黏液性水肿。

（3）诊断　根据饲料缺碘病史和临床症状（甲状腺肿大、生长发育迟缓、繁殖性能降低等）可做出诊断。必要时进行实验室检查，测定饲料、饮水中碘含量，测定血清蛋白结合碘含量及尿碘含量。

血清学检查可见血清蛋白结合碘、尿碘及甲状腺碘含量降低。

3. 防制措施

减少饲料中致甲状腺肿的植物成分，日粮中添加碘盐，母猪妊娠60天时，每月在饲料或饮水中加入碘化钾0.5~1克，或每周在颈部皮肤上涂抹3%碘酊10毫升。

【处方】

碘化钠或碘化钾　　　　　　　0.5~2克

用法：灌服，连用数日。

十一、锌缺乏症

猪锌缺乏又称猪皮肤角化不全，是由于饲料中锌绝对或相对不足而引起的一种慢性营养代谢性疾病，临床上主要表现为精神沉郁，生长缓慢，繁殖机能障碍，骨骼发育异常，皮肤角化不全和龟裂。

1. 病因

原发性锌缺乏主要是由于饲料中锌含量较低，我国多数省份土壤缺锌或贫锌，造成植物饲料中锌含量不足，或有效锌含量低于正常值。继发性锌缺乏是由于饲料中拮抗因素过多，影响了锌的吸收和利用，钙、碘、铜、铁、锰和钼等均可干扰饲料锌的吸收和利用。如饲料中钙和锌的比例以（100～150）：1 为宜，当饲料中含钙量达 0.5%～1.5% 时，钙可通过吸收竞争而干扰锌的利用，导致猪产生锌缺乏症。另外，猪患消化机能障碍时，可影响由胰腺分泌的"锌结合因子"在肠腔内停留，而导致锌摄入不足。饲料中植酸、氨基酸、纤维素和维生素 D 含量过高，及不饱和脂肪酸缺乏时，也均影响锌的吸收而致锌缺乏。

2. 诊断要点

（1）症状　因锌是味觉素的构成成分，故锌缺乏猪食欲减退，采食减少，消化不良，增重下降或停止，特别是快速生长的猪对缺锌更为敏感；轻度缺锌时，病猪皮肤干燥而粗糙，弹性降低，被毛粗乱无光，角化不全，多发于眼、口周围及阴囊与下肢部位，也有呈类似皮炎和湿疹样的病变者；严重缺锌时，病猪皮肤出现明显的结痂和龟裂，多为对称性发生，患猪最后因长时间进行性消瘦而死亡；仔猪锌缺乏时，还表现骨骼发育异常，股骨变短，韧性降低，强度下降；锌可直接影响精子生成、成活、发育及维生素 A 作用的发挥，当锌缺时，可引起公猪生殖能力下降和顽固性夜盲症；母猪缺锌，可导致卵巢发育停滞，子宫发育障碍，怀孕母猪分娩时间延长，死胎率增加，出生仔猪体重降低。

（2）诊断　根据临床症状，结合饲料、组织和血清中锌含量测定结果，及饲料中钙、锌比例可做出诊断。猪血清锌含量正常时为 800～1200 微克/升，严重缺锌时可下降至 200～400 微克/升。饲料锌含量应为 100～200 毫克/千克，当下降至 10 毫克/千克时易于引发锌缺乏。饲料中 Ca：Zn＝（100～150）：1 时为正常，当 Ca：Zn＞150：1 时，易发生锌缺乏。

3. 防制措施

在日粮中添加 0.1% 的碳酸锌可预防锌缺乏病的发生；当仔猪发病时，可在母猪日粮中每天添加 0.5～1 克硫酸锌根据病情连续使用 10～15 天；日粮中钙、锌比例要适当。治疗采取消除致病因素，补锌，调整饲料锌含量及钙、锌比例，对症治疗。

【处方 1】

① 硫酸锌　　　　　　　　　　　0.5～1 克

用法：一次拌料内服，每天 1 次，连用 3～5 天。

② 氧化锌软膏　　　　　　　　　适量

用法：外涂皮肤开裂处。

【处方 2】

| 蒲公英 30 克 | 车前子 30 克 | 黄连 120 克 |
| 酸枣仁 240 克 | 小蓟 200 克 | 侧柏籽 200 克 |

用法：加水煎熬浓缩于 30 千克，可供给 60 头份猪自饮，药渣捣碎加入饲料中让猪自由采食，1 剂/天，连用 4 天；

【处方 3】

| 陈皮 50 克 | 砂仁 15 克 | 党参 80 克 |

茯苓 80 克	山药 80 克	白扁豆 80 克
白术 80 克	莲子 80 克	薏苡仁 80 克
大枣 80 克	桔梗 30 克	

用法：将其煎液与少量稀粥混合喂服，可供 8 头份仔猪 1 天食用，连服 3 天，治疗期间不服其他补锌药品。

【处方 4】

甜菜 1500 克	蒲公英 150 克	硫酸锌 0.3 克
小蓟 100 克	车前子 100 克	兰草 100 克

用法：将上述药切碎拌入饲料饲喂，可供给 1 头份猪 1 天食用，7 天为一疗程，一般 1～3 疗程即可治愈。

十二、锰缺乏症

锰缺乏症是饲料中锰含量绝对或相对不足引起的一种营养代谢性疾病，临床上以骨骼畸形、繁殖机能障碍及新生仔猪运动失调为特征。

1. 病因

原发性锰缺乏症主要是饲料中锰含量不足所致。在锰缺乏地区，植物性饲料中锰含量较低，是导致锰缺乏的根本原因。玉米、大麦和大豆中锰含量较低，以其为基础日粮时，可引起锰缺乏。继发性锰缺乏是由于饲料中含有过多锰的拮抗物可影响机体对锰的吸收和利用，如钙、磷、镁、铁、钴和植酸盐等；此外，胆碱、烟酸、生物素、维生素 B_2、维生素 B_{12}、及维生素 D 等含量不足时，机体对锰的需要量增多，也可导致锰缺乏。

2. 诊断要点

（1）症状　患猪表现生长发育受阻，消瘦；骨骼畸形，前肢弯曲、缩短，跗关节肿大，步态强拘或跛行；肥胖，肌肉虚弱；繁殖机能障碍，发情减少且无规律，甚至不发情，不易受胎，流产、死胎和弱胎比例增加；新生仔猪弱小，运动失调，生长缓慢。

（2）诊断　主要根据病史和临床症状进行诊断。对土壤、饲料、血液、被毛及组织器官中锰含量进行测定，有助于确诊。

3. 防制措施

饲喂青绿饲料、块根饲料、小麦和糠麸等富锰饲料，也可预防本病的发生；减少影响锰吸收的不利因素。

【处方 1】

硫酸锰　　　　　　　　　　　　12～20 克/千克饲料

用法：在饲料中添加。

【处方 2】

1∶3000 的高锰酸钾溶液

用法：饮水，可预防锰缺乏的发生。

十三、铜缺乏症

铜缺乏症是由于猪日粮中铜含量不足而引起的一种营养代谢性疾病，临床上以贫血、腹泻、运动失调和被毛褪色等为主要特征。

1. 病因

原发性铜缺乏症主要是由于土壤中铜含量不足或缺乏，进而引起饲料中铜缺乏所致。继发性铜缺乏症是由于土壤和饲料中含大量铜，但存在某些拮抗因素，影响机体对铜的吸收和利用，如钼、铅、镉、锰、钙、铁、锌、磷、硼、氟、氢、氮、维生素 C、硫酸盐和植酸盐等均是铜的拮抗因子，当其含量过高时不利于铜的吸收，易诱发铜缺乏。

2. 诊断要点

（1）症状　本病多呈慢性经过，一般以死亡为转归。

病猪表现食欲减退，生长缓慢，被毛粗乱无光，且大量脱落，皮肤弹性降低，腹泻，可视粘膜苍白，毛色由深变浅。仔猪四肢发育不良，关节不能固定，跗关节过度屈曲，呈犬坐样姿势，有的病猪还表现为骨骼肿大、弯曲，运步僵硬，跛行，共济失调，严重时后躯瘫痪，甚至出现异嗜癖。个别母猪还出现繁殖障碍症状，表现为发情异常、不孕、流产。

（2）病理变化　剖检可见消瘦，贫血，血液稀薄，血凝缓慢。心肌变软、变薄，心包积液。肝脏、脾脏和肾脏呈广泛性血铁黄素沉着。

实验室检查血铜含量低于 0.2 微克/毫升，肝铜含量低于 20 微克/克（干重），被毛铜含量低于 8 微克/克（干重），红细胞数降低至 200 万～400 万个。

（3）诊断　根据病史和主要临床症状可做出初步诊断，确诊需结合实验室检查血铜、肝铜和被毛铜含量进行。测定血浆铜蓝蛋白活性可为铜缺乏症的早期诊断提供依据。

3. 防制措施

在猪的日粮中应补给足够的铜，减少影响铜吸收利用的不利因素。

【处方】

硫酸铜　　　　　　　　　　　20～30 毫克

用法：灌服，1 次/天，每服用 14～21 天需停药 7～14 天，直至症状完全消失。也可将硫酸铜按 0.5％混于食盐内让患猪舔食。

第三节　中　毒　病

一、硝酸盐和亚硝酸盐中毒

硝酸盐中毒是猪采食大量含硝酸盐或亚硝酸盐的饲料后引起的一种急性、亚急性中毒性疾病。猪常于饱食后 15 分钟至数小时内发病，故又称"饱潲病"或"饱食瘟"。临床上以可视黏膜发绀、血液呈酱油色和呼吸困难等缺氧症状为主要特征。

1. 病因

硝酸盐中毒多是因饲料或饮水中的硝酸盐转变为毒性更强的亚硝酸盐所致。而亚硝酸盐的产生，一方面取决于饲料中硝酸盐的含量，另一方面则取决于可将硝酸盐转化为亚硝酸盐的还原菌的活力。

甜菜、萝卜、马铃薯等块茎类，及白菜和油菜等叶菜类均富含硝酸盐，尤其是重施氮肥和农药时，其含量更高；土壤被硝酸盐类工业废物污染及土壤中缺乏钼、硫、磷、锰和镁等元素时，或遭遇干旱、病虫害和光照不足时，植物中硝酸盐含量增加；青绿多汁饲料经日晒雨淋或堆积而腐烂时，或用温水浸泡、小火焖煮而未及时搅拌时，常导致硝酸盐还原菌活跃，使饲料中产生大量亚硝酸盐而使猪中毒；当猪饮用了深井水、垃圾和厕所附近的地面水及氮肥施用过多的农田水时，因亚硝酸盐含量过高，也可造成中毒。

2. 诊断要点

(1) 症状　猪一次摄入过多的硝酸盐，可直接刺激消化道黏膜而引起急性胃肠炎，表现为流涎、呕吐、腹泻及腹痛；采食大量含亚硝酸盐饲料后，猪多在 30 分钟内发病，最急性者通常无明显症状而倒地死亡。急性病例主要表现为体温正常或偏低，末梢部位发凉，呼吸严重困难，肌肉震颤，四肢无力，步态不稳，可视黏膜发绀，皮肤呈青紫，血液呈酱油色，呕吐，多尿，心跳加快，脉搏增数、细弱，濒死前发生阵发性痉挛，挣扎鸣叫后倒地死亡。

(2) 病理变化　中毒猪腹部明显增大，皮肤和可视黏膜青紫，鼻腔内有白色泡沫或淡红色泡沫状液体。早期剖检可见血液呈酱油色，且暴露于空气中经久不变，血凝不良；胃肠明显臌胀，内容物可闻到硝酸样气味，胃肠黏膜充血、出血，胃黏膜脱落；肺充血、出血、水肿，气管和支气管内充满白色泡沫；心外膜、心肌呈点状出血；肝脏和肾脏呈暗红色、淤血。

(3) 诊断　根据群体性发病及发病急的病史，饲料储存条件，临床可见的黏膜发绀、呼吸困难等缺氧症状，及剖检所见的血液呈酱油色等病理变化，可做出诊断；应用特效解毒药亚甲蓝，通过疗效可进一步验证诊断。确诊需对可疑饲料和饮水，及胃内容物和组织等进行毒物分析，并测定高铁血红蛋白含量。

3. 防制措施

切实注意青绿饲料的采集时间、运输方式和存放条件；切勿饲喂腐烂的饲草；不宜将青绿饲料用小火焖煮，或将其焖在锅里隔夜存放；对可疑饲料和饮水应进行临用前的简易化验。治疗采取切断毒源、应用特效解毒药及对症治疗。

【处方 1】

① 1%美蓝溶液　　　　　　　　50 毫升

用法：一次静脉注射，按 1 千克体重 1 毫升用药。

说明：也可用甲苯胺蓝（5毫克/千克）静脉注射。

② 10％葡萄糖注射液　　　　　300毫升

　　5％维生素C注射液　　　　　10～20毫升

　　10％安钠咖注射液　　　　　5～10毫升

用法：混合后一次静脉注射。

【处方2】

绿豆200克　　　　　　　小苏打100克　　　　　　　食盐60克

木炭末100克

用法：研碎，加少量水调匀后一次灌服，每天1剂，连用2天。

【处方3】

绿豆粉250克　　　　　　甘草末100克

用法：开水冲调后加菜油200毫升，一次灌服。

【处方4】

十滴水　　　　　　　　　5～15毫升

用法：先给病猪断尾或尾尖、耳尖针刺放血，然后按小猪5～10毫升、大猪15毫升一次灌服。

【处方5】　针灸

穴位：耳尖、尾尖、蹄头

针法：放血。

二、氢氰酸中毒

氢氰酸中毒是猪采食富含生氰糖苷类的植物（如高粱幼苗、杏叶及亚麻籽等）后，经胃内酶的水解和胃液盐酸作用而产生游离的氢氰酸，引起猪急性或慢性中毒。临床上以发病突然、呼吸困难、震颤、惊厥和血液呈鲜红色为特征。

1. 病因

许多植物富含生氰糖类，如高粱属植物、蔷薇科植物、亚麻属植物、葡匐草和箭草等，若猪采食这些植物，则易引发中毒。猪接触无机氰化物和有机氰化物（如误饮冶金、电镀、化纤、燃料和塑料等工业排放的废水，或误食氰化物农药等）均可导致中毒。此外，饥饿和运输等应激使猪对本病的易感性增高。

2. 诊断要点

（1）症状　猪一般于采食富含氰苷类饲料15～20分钟后发病，最急性者极度不安，在短时间内倒地死亡。急性病例，在发病初期表现烦躁不安，呼吸困难，呕吐，流涎，腹痛，腹泻，肌肉震颤；随后，病猪表现极度呼吸困难，张口伸颈，心率加快，站立困难，排尿次数增多，呼出气体有苦杏仁味，可视黏膜呈樱桃红色；发展至后期，精神沉郁，全身衰弱，后肢麻痹，瞳孔散大，反射机能减弱或消失，呼吸浅表，脉搏细弱，昏迷死亡。

（2）**病理变化** 胃内容物有苦杏仁味，胃肠黏膜和浆膜有出血；实质性器官变形；肺水肿，气管和支气管内有大量泡沫状且不易凝固的红色液体；心包和体腔内有浆液性渗出物。

（3）**诊断** 根据猪摄入富含氰苷类植物或被氰化物污染的饲料或饮水的病史，结合发病突然、呼吸高度困难、血液和可视黏膜呈鲜红色等临床症状，可做出初步诊断。确诊需对饲料、饮水、血液、肝脏和肌肉组织等进行毒物分析。

3. 防制措施

尽可能不用或限用富含氰苷的植物饲喂，但当用其饲喂时，最好置于水中进行浸泡 24 小时或漂洗，然后经加工、调制后饲喂；严禁在生长含氰苷类植物的地区放牧猪群；用亚麻籽饼饲喂猪时，应经过高温或盐酸处理，以减少其毒性；对氰化物农药应执行严格管理；对于长期饲喂富含氰苷类植物的猪，应注意补给适当的碘，以防止碘缺乏的发生。

【处方 1】

① 亚硝酸钠　　　　　　　　　　　0.1～0.2 克
　注射用水　　　　　　　　　　　5 毫升

用法：一次静脉注射。

② 硫代硫酸钠　　　　　　　　　　1～3 克
　注射用水　　　　　　　　　　　10～20 毫升

用法：一次静脉注射。

【处方 2】

绿豆 50 克　　　　　　　蔗糖 30 克　　　　　　鲜鸡蛋 3 枚

用法：绿豆水煎后加蔗糖、鸡蛋，混合一次投服。

三、棉籽饼中毒

棉籽饼中毒是猪采食大量含游离棉酚的棉籽饼而引起的中毒，临床上以出血性胃肠炎、全身水肿和血红蛋白尿为主要特征。

1. 病因

棉籽饼中游离棉酚的含量一般为 0.04%～0.05%，这一含量足以产生毒害作用，当用棉籽饼长期饲喂或饲喂量过大时，可引起猪中毒；饲喂用机器榨油而不经过蒸、炒的棉籽饼更易发生中毒；新鲜棉叶中棉酚含量较高，如用未经去毒的棉叶长期饲喂，或给猪饲喂 3 千克/天，可能引发中毒。

2. 诊断要点

（1）**症状** 棉酚是一种积累毒性毒物，猪在短时间内采食大量棉籽饼而引起急性中毒的情况较少见，多数是在饲喂棉籽饼 1～3 个月后表现临床症状。患猪表现精神沉郁，食欲减退或废绝，体重减轻，呼吸困难，对应激敏感性增高，呕吐，粪便病初干而黑，而后变稀薄且色淡，腹泻病例粪便恶臭，其上附有黏液和血液，呼吸困难，排尿次数增多，尿量减少，皮下水肿，弓背，走路摇摆，严重时抽搐、惊厥。有些病例出现夜盲症。怀孕母猪可出现流产、死胎及产畸形仔猪。育肥猪则表现皮肤干燥、龟裂和发绀。仔猪常表现腹泻、脱水和惊厥，并很快死亡。

（2）病理变化　病猪全身水肿，腹腔、胸腔和心包积有大量淡红色液体，胃肠黏膜呈明显的出血性坏死性炎症，心脏扩张，心肌松软，心内、外膜有点状出血，肝脏充血、肿大，肺脏充血、水肿，胆囊肿大，肾脏脂肪变性。

（3）诊断　根据猪长期饲喂大量棉籽饼的病史，结合呼吸困难、全身水肿、体腔积液、出血性胃肠炎等临床症状和病理表现，可做出初步诊断。确诊需测定饲料中棉酚含量。一般来说，猪日粮中游离棉酚含量大于 100 毫克/千克，即可引起中毒。

3. 防制措施

棉籽饼饲喂前的减毒和去毒处理：棉籽饼经过炒、煮和蒸等加热处理 1 小时以上，可大大降低其毒性；棉叶经晒干、压碎和发酵后，用清水洗净，再用 5%石灰水浸泡 1 小时，软化解毒后再饲喂猪；按铁离子与游离棉酚 1:（1～4）比例将硫酸亚铁与棉籽饼充分混匀，可达到预防中毒的目的，当然，猪日粮中铁含量不得大于 400 毫克/千克。目前尚无治疗棉籽饼中毒的特效药。

【处方 1】

① 0.03%高锰酸钾溶液

　　或 5%碳酸氢钠溶液

　　或 3%过氧化氢（加 10～20 倍水稀释）　　适量

用法：反复洗胃。

说明：洗胃后可灌服多量 5%碳酸氢钠溶液。出现肺水肿时可静脉注射甘露醇或山梨醇。

② 硫酸钠　　　　　　　　　　50～100 克

　　健胃散　　　　　　　　　　5～10 克

用法：混合后加适量温水一次投服。

说明：也可用硫酸镁 60～120 克、人工盐 10～20 克混合后加适量温水投服。

③ 50%次亚硫酸钠溶液　　　　10～20 毫升

用法：一次静脉注射，每天 2～3 次。

【处方 2】

5%氯化钙注射液　　　　　　　20 毫升

40%乌洛托品注射液　　　　　　10 毫升

用法：一次静脉注射。

【处方 3】

绿豆粉 500 克　　　　　　　　苏打粉 45 克

用法：水调一次灌服，或混于泔水中喂服。

四、菜籽饼中毒

菜籽饼中毒是由于猪长期或过量采食未经去毒处理的菜籽饼而引起的中毒，临床上以胃肠炎、呼吸困难、血红蛋白尿及甲状腺肿为主要特征。本病多猪发于育肥猪。

1. 病因

菜籽饼是重要的蛋白质饲料资源，但其中含有硫葡萄糖苷及其分解产物，如异硫氰酸酯、硫氰酸酯、噁唑烷硫酮、腈等有毒成分。因此，长期大量饲喂未经去毒处理的菜籽饼可致猪发生中毒；猪采食了大量新鲜油菜或芥菜，尤其是开花结籽期的油菜或芥菜亦可引发本病。

2. 诊断要点

(1) 症状　病猪表现精神沉郁，食欲废绝，狂躁不安，流涎，呕吐，腹痛，便秘或腹泻，且粪便中混有血液；心跳加快，体温变化不大，或稍有偏低；咳嗽，呼吸困难，可视黏膜发绀，鼻孔流出粉红色泡沫状液体；尿频，尿液落地时可溅起大量泡沫，尿液呈红褐色或酱油色；发病后期，常因虚脱而死亡。慢性中毒病猪表现体重减轻，甲状腺肿大，妊娠母猪孕期延长，新生仔猪甲状腺肿大，死亡率增高，幼龄猪生长发育缓慢。

(2) 病理变化　胸腔和腹腔内积有淡红色透明渗出液，胃肠道黏膜充血、出血和水肿，心内、外膜有点状出血，肺脏水肿，肾脏出血，肝脏浑浊肿胀，胆囊肿大，有时膀胱积有血尿，甲状腺肿大，血液呈暗褐色，血凝不良。

(3) 诊断　根据饲喂菜籽饼和新鲜油菜的病史，结合急性胃肠炎和呼吸困难等临床症状及病理变化可做出初步诊断，进一步确诊需测定饲料中异硫氰酸盐含量。按照我国饲料卫生标准规定，菜籽饼中有毒物质异硫氰酸盐（以异硫氰酸丙烯计）在生长育肥猪饲料中不超过500毫克/千克。

3. 防制措施

用未经去毒处理的菜籽饼饲喂猪时，必须控制饲喂量，一般地，菜籽饼在日粮中的限喂量：生长育肥猪为8%～12%，而母猪和仔猪不超过5%。菜籽饼用作粗蛋白时，应去毒后再饲喂。菜籽饼去毒的处理方法：将菜籽饼按1∶1于水中浸泡软后埋入向阳、干燥、地温较高的坑内，上盖以麦草且覆土20cm，2个月后可去毒80%左右；或将菜籽饼粉碎后用温水浸泡一昼夜，换水后再蒸煮1小时以上，可达到去毒的目的；或按每千克菜籽饼需500毫克硫酸铜的量，将菜籽饼加入25%硫酸铜水溶液中，经100℃处理60分钟，可去毒96.5%；或菜籽饼浸湿粉碎后，喷洒15%的石灰水，再焖盖3～5小时，蒸煮40～50分钟，然后取出风干，可去毒90%左右。目前尚无特效解毒药，病猪应立即停止饲喂可疑饲料，采取催吐、洗胃和下泻等排毒措施。

【处方1】

① 0.1%～1%的单宁酸或0.05%高锰酸钾液　　适量

用法：洗胃。

② 蛋清、牛奶或豆浆　　　　适量

用法：一次内服。

【处方 2】

硫酸钠 35～50 克　　　　　小苏打 5～8 克　　　　　鱼石脂 1 克

用法：加水 100 毫升，一次灌服。

【处方 3】

20％樟脑油　　　　　　　3～6 毫升

用法：一次皮下注射。

【处方 4】

甘草 60 克　　　　　　　绿豆 60 克

用法：水煎去渣，一次灌服。

【处方 5】

绿豆 1000 克　　　　　　甘草 500 克　　　　　　山栀 200 克

用法：加水适量，煮沸 0.5 小时，取汁加蜂蜜 1000 克，候温让猪自饮，每 3 小时 1 次，连饮至愈。

说明：适合轻症病例。

五、酒糟中毒

酒糟中毒是由于猪长期采食或一次过量采食新鲜或酸败的酒糟而引起的中毒，临床上以腹痛、腹泻及神经机能紊乱为主要特征。

1. 病因

新鲜酒糟中含有乙醇、甲醇、杂醇油（戊醇、异丁醇、异戊醇和丙醇等）、醛类（甲醛、乙醛、丁醛和糠醛等）和酸类（乙酸、丙酸、丁酸和乳酸等）等有毒物质，酒糟酸败后可形成多种游离酸，如醋酸和乳酸等有毒物质，酒糟发霉后可产生多种真菌毒素等有毒物质。因此，当突然饲喂或一次大量饲喂酒糟时，或长期、单一地饲喂酒糟时，均可造成猪中毒的发生。

2. 诊断要点

（1）症状　急性中毒时，猪初期体温升高，结膜潮红，兴奋不安，心跳加快，呼吸急促；随后则出现腹痛、腹泻；后期，病猪步态不稳，四肢麻痹，体温下降，因呼吸中枢麻痹而死亡。

慢性中毒时，病猪食欲紊乱，体温升高，高度兴奋，便秘或腹泻，并伴有黄疸，时有血尿，结膜发炎，视力减退，甚至失明，出现皮疹和皮炎。严重时，病猪大小便失禁，体温下降，虚脱而死。

（2）病理变化　胃内容物可见未消化吸收的酒糟，可嗅闻到酸味，胃肠黏膜充血、出血，小结肠出现纤维素性炎症，肠系膜淋巴结充血、出血，直肠出血、水肿，心内、外膜出血，皮下组织可见出血斑点，肺脏充血、水肿，肝脏和肾脏肿胀，质地变脆。慢性中毒时，可见肝硬化。

（3）诊断　根据长期或一次性大量饲喂酒糟的病史，结合临床症状和病理剖检变化，可做出初步诊断，确诊需要进一步进行动物试验。

3. 防制措施

注意酒糟的存放和保管，防止酒糟酸败和变质；酒糟大量生产时，应晒干或烘干；应禁止饲喂发霉变质的酒糟，并应严格控制新鲜酒糟的饲喂量。一般地，酒糟占生长育肥猪日粮的 10%～15%，不应超过 20%，仔猪则应控制在 8% 左右；对酸败的酒糟应做去毒处理后方可饲喂猪，轻度酸败酒糟，可加入石灰水以中和酸性物质；长期饲喂含酒糟的日粮时，应适当补充含矿物质饲料；注意酒糟保管，尤其是应防止猪偷饮酒糟水。本病尚无特效解毒药，一旦发现猪中毒后，应立即停喂酒糟，并将病猪置于干燥通风的环境中。

【处方 1】

| 硫酸镁 | 50～100 克 |
| 大黄末 | 20～30 克 |

用法：加水溶解，一次灌服。

【处方 2】

① 25% 葡萄糖注射液　　30～50 毫升
　 10% 氯化钙注射液　　10～20 毫升
　 10% 安钠咖注射液　　5～10 毫升

用法：一次静脉注射。

② 1% 碳酸氢钠溶液　　300～500 毫升

用法：一次灌服。

【处方 3】

葛根 150 克　　　　甘草 20 克

用法：水煎取汁，一次灌服。

注：局部病变进行外科处理。

【处方 4】

| 金银花 150 克 | 野菊花 150 克 | 土茯苓 100 克 |
| 千里光 150 克 | 木通 50 克 | 紫花地丁 100 克 |

用法：水煎服，每日 2 次，每剂用 1 天，连服 3 剂。

六、黄曲霉毒素中毒

黄曲霉毒素中毒是由于猪采食了被黄曲霉污染的饲料而引起的一种中毒性疾病，该病主要损伤肝脏、血管和中枢神经，临床上以全身出血、消化机能紊乱、腹水及神经症状等为主要特征。

1. 病因

黄曲霉毒素主要是黄曲霉和寄生曲霉产生的有毒代谢物，是一类化学结构相似的化合物，均为二呋喃香豆素的衍生物。黄曲霉广泛存在于自然界中，主要污染玉米、花生、豆类、棉籽、麦类及秸秆等。黄曲霉毒素中毒发生的病因多是猪采食了被黄曲霉污染的上述饲料而发病。黄曲霉毒素在通常的加热条件下不易被破坏，因此，对动物造成的危害极大。

2. 诊断要点

（1）症状　黄曲霉毒素是一类肝毒物质，因此，猪中毒后以肝脏损伤为主，同时还伴有血管损伤和中枢神经系统损伤，临床上以出血、水肿、黄疸及神经症状为主要特点。由于猪性别、年龄、个体耐受性及摄入的毒素量不同，临床中毒的表现也存在差异。在临床上，猪黄曲霉毒素中毒可分为急性、亚急性和慢性中毒三种类型。

急性型黄曲霉毒素中毒主要发生于2～4月龄仔猪，体质健壮及食欲旺盛的仔猪更易感。多数病猪在出现症状前死亡，一般在运动中突然死亡。亚急性型黄曲霉毒素中毒，病猪表现精神沉郁，食欲减退或废绝，体温正常或稍有升高，烦渴，粪便干硬，且其上覆有黏液和血液；初期可视黏膜苍白，后期黄染；步态不稳，严重者卧地不起，常于发病后2～3天内死亡。慢性型黄曲霉毒素中毒多发生于成年猪和育肥猪，病猪表现精神沉郁，食欲降低，生长缓慢或停止，消瘦，可视黏膜黄染，皮肤出现紫斑；随病程的延长，病猪表现出兴奋不安，痉挛，角弓反张等一系列神经症状。

实验室检查可见红细胞数减少，白细胞数增多，中性粒细胞增加，淋巴细胞减少，凝血酶原时间延长。

（2）病理变化　急性中毒病猪可见全身皮下脂肪不同程度的黄染，黏膜、浆膜、皮下和肌肉出血；胃和肾脏弥漫性出血；肠黏膜出血、水肿，胃肠道内可见凝血块；肝脏肿大，呈苍白色或淡黄色，质地变脆，表面偶有出血点；肾脏肿大，苍白，黄染；肺脏淤血，水肿；心内、外膜出血明显；全身淋巴结水肿、黄染和出血，切面呈大理石样外观。

亚急性和慢性中毒猪肝脏呈橘黄色或棕色，质地变脆；腹腔积水；肾脏苍白、肿胀；淋巴结充血、水肿；病程较长者，出现肝硬化，肝脏表面粗糙，胆囊缩小。

（3）诊断　根据病史，结合出血、水肿、黄疸及神经症状等临床表现和病理变化，可做出初步诊断。确诊需对可疑饲料进行产毒霉菌的分离培养及黄曲霉毒素含量测定，必要时还可需进行动物毒性试验。

3. 防制措施

预防黄曲霉毒素中毒的关键是防止饲料发生霉变；禁止饲喂发霉变质的饲料；对可疑饲料应进行黄曲霉毒素含量测定，严格执行饲料中黄曲霉毒素的允许含量标准。

饲料应放置于干燥处，避免受潮和雨淋。也可使用化学熏蒸方法或防霉剂防止发霉。常用的防霉剂为丙酸钠和丙酸钙，饲料中添加 1～2 千克/吨，可安全存放 8 周以上。

霉变饲料的去毒处理常用连续水洗法，将饲料用清水反复浸泡漂洗至浸泡用水无色时，方可供给猪。或用碱处理法使霉变饲料在碱性条件下作用一段时间，然后用水清洗可达到去毒目的。或用 5％～8％石灰水浸泡霉变饲料 3～5 小时，然后用水清洗也可达到去毒目的。也可向饲料中添加农用氨水（125 克/千克），混匀后倒入容器中封口，3～5 天后去毒效果可达 90％以上，但需注意的是，饲喂前应使残余的氨气充分挥发。此外，应定期监测饲料。我国饲料卫生标准规定猪黄曲霉毒素 B_1 的允许标准量应≤0.02 毫克/千克，在饲喂过程中应严格实施该标准。

本病目前尚无特效疗法，中毒病例应立即停喂霉败饲料，换喂富含碳水化合物的新鲜青绿饲料和高蛋白饲料，避免饲喂脂肪过多的饲料。

【处方 1】

茵陈 20 克　　　　　　　栀子 20 克　　　　　　　大黄 20 克

用法：水煎去渣，待凉后加葡萄糖 30～60 克、维生素 C 0.1～0.5 克混合，一次灌服。

说明：同时更换饲料，环境消毒。

【处方 2】

防风 15 克　　　　　　　甘草 30 克　　　　　　　绿豆 500 克

用法：水煎取汁，加入白糖 60 克，混匀后一次灌服。

七、食盐中毒

食盐中毒是由于猪在饮水不足的情况下，过量摄入食盐或采食食盐含量过高的饲料所致的中毒，临床上主要以消化紊乱和神经症状为主要特征。

1. 病因

食盐可提高猪的食欲，促进生长发育，但当猪摄入食盐过量或饲喂方法不当，尤其饮水不足时，常引发食盐中毒。此外，治疗猪病时给予过量的硫酸钠和乳酸钠液也可引起中毒。

2. 诊断要点

（1）症状　猪食盐中毒，根据病程可分为最急性型、急性型和慢性型。

最急性型中毒病猪表现肌肉震颤，阵发性惊厥，昏迷，通常在 2 天内死亡。

急性型中毒病猪表现口腔黏膜潮红，磨牙，烦渴，流涎，呼吸促迫，腹泻或便秘，皮肤瘙痒，多尿。病初兴奋，而后很快转为抑制，对刺激反应迟钝，视觉和听觉障碍，步态不稳，走路不避障碍物，转圈运动。后期，病猪全身衰弱，肌肉震颤，严重时呈癫痫样发作，抽搐，不断咀嚼流涎，呈犬坐姿势，张口呼吸，皮肤黏膜发绀，发作过程约持续1～5分钟，1天内反复发作数次，最终因呼吸衰竭而在阵发性惊厥和昏迷中死亡。

慢性型中毒又称"水中毒"，主要因长时间缺水造成钠潴留，病猪表现便秘、口渴、皮肤瘙痒，暴饮后引起脑组织和全身性水肿，出现神经症状。

（2）病理变化　急性中毒：胃肠黏膜充血、水肿，小肠黏膜呈弥漫性炎症，脑、脊髓不同程度的水肿，体腔、心包积水，肠系膜淋巴结充血、出血，肝脏肿大、质脆；慢性中毒：主要病变在大脑，而胃肠病变不明显。局灶性或弥漫性脑水肿，脑软化或发生坏死。

（3）诊断　主要根据饮水不足或过量摄入食盐或其他钠盐的病史，结合消化机能紊乱和神经症状及脑组织典型病变可做出初步诊断。确诊需测定体内氯离子、氯化钠或钠盐含量。肝、脑中氯化钠含量分别超过2.5毫克/克和1.8毫克/克，或钠含量超过1.5毫克/克，即可认为是食盐中毒。

3. 防制措施

日粮中添加食盐含量应控制在0.3%～0.8%范围内；限用腌菜水、泔水和饭店食堂下脚料饲喂猪；饲喂含食盐含量较高的饲料时，在控制其用量的同时，应给予充足饮水；用食盐治疗疾病时，应考虑猪体况，掌握好口服用量和浓度。本病无特效疗法，发现疑似病例应立即停喂原有饲料，少量多次逐渐补给饮水，对重度病例，应通过胃导管或腹腔注射等方法给水。对发病初期和轻度病例，可采取排钠利尿，恢复阳离子平衡及对症疗法。

【处方1】

| 20%甘露醇溶液 | 100～250毫升 |
| 25%硫酸镁溶液 | 10～25毫升 |

用法：混合后一次静脉注射，按1千克体重前者5毫升、后者0.5毫升用药。

说明：也可用溴化钙1～2克溶于10～20毫升蒸馏水中，过滤，煮沸灭菌后，耳静脉注射。

【处方2】

| 生石膏35克 | 天花粉35克 | 鲜芦根45克 |
| 绿豆50克 | | |

用法：煎汤一次灌服。

【处方3】针灸

穴位：耳尖、尾尖、百会、天门、脑俞

针法：血针、白针。

八、马铃薯中毒

马铃薯中毒是由于猪采食了大量发芽、腐烂的马铃薯块根或马铃薯茎叶所致的中毒性疾病，临床上主要以出血性胃肠炎和神经系统损害为主要特征。

1. 病因

马铃薯又名山药蛋、洋山芋和土豆，其块茎和整个植株含有一种的有毒的糖苷生物碱。马铃薯储存时间延长，或储存不当而致发芽、变绿或腐烂时，糖苷生物碱含量增高，因此，用发芽、变绿及腐烂的马铃薯饲喂猪时，易引起中毒；马铃薯的茎叶中含有一定量的硝酸盐，处理不当或饲喂过多时，也可致猪发生中毒。

2. 诊断要点

（1）症状 猪因采食马铃薯的部位及马铃薯的质量不同，引起中毒的表现也有所差异，主要可分为胃肠型、神经型和皮疹型三种类型。

神经型主要见于急性中毒病例，病猪初期表现兴奋，狂躁不安，腹痛、腹泻和呕吐，随后转入抑制状态，表现呆立，反应迟钝，后肢软弱无力，步态不稳，有的病猪四肢麻痹，卧地不起，呼吸数减少，可视黏膜发绀，瞳孔散大，心率加快，脉细弱，意识丧失，2～3天后死于循环衰竭和呼吸麻痹。

胃肠型主要见于慢性中毒病例，初期病猪表现食欲减退或废绝，口腔黏膜肿胀，流涎，呕吐，腹痛，便秘。随病程延长，体温升高，出现腹泻，且粪便中混有血液，少尿或排尿困难，严重病例全身衰竭。孕猪易发生流产或易产畸胎。

皮疹型病例，可见于口唇周围、肛门、尾根、四肢系部及公猪阴囊、母猪阴道和乳房等部位发生湿疹或水疱型皮炎，严重时，可发展为皮肤坏疽，即马铃薯斑疹。病猪头、颈和眼睑部呈捏粉样水肿。

（2）病理变化 尸僵不全，血凝不良，可视黏膜苍白或黄染，胃肠黏膜潮红、出血，慢性病例可见肠黏膜呈黑色皮革状，肠系膜淋巴结肿大，肝脏肿大，肾脏和脾脏轻度肿大，腹腔积水，心、肝、肾等淤血，脑充血、水肿。

（3）诊断 根据病猪采食发芽、变绿或腐烂马铃薯或马铃薯茎叶的病史，结合消化系统紊乱、神经症状和皮疹等症状和尸体剖检所见的病理变化，可做出初步诊断。确诊需对饲料和胃内容物进行糖苷生物碱的测定。

3. 防制措施

禁止饲喂发芽、变绿或腐烂的马铃薯或成熟前马铃薯的茎叶；质量完好的马铃薯在日粮中的比例不超过50%；出芽、变绿的马铃薯，应煮熟后饲喂，但不应超过日粮比例的25%，且蒸煮用水也应废弃；生长后期的马铃薯茎叶，应晒干后与其他青绿饲料混合饲喂；怀孕母猪禁止饲喂马铃薯，以防流产。本病尚无特效疗法，发现中毒病猪应立即停喂可疑饲料，同时采取排毒措施和对症疗法。

【处方1】

硫酸镁	30～60克
菜油	60～150毫升

用法：加水300毫升调匀一次灌服。

【处方2】

1%鞣酸溶液	100～200毫升

用法：一次内服。

注：根据病情配合强心、镇静、补液等治疗。

九、苦楝子中毒

苦楝子中毒是由于猪采食楝子树的果实所致的疾病，临床上主要以腹痛和抽搐为主要症状。

1. 病因

猪喜食苦楝子，特别是猪圈周围有苦楝树时，常因误食成熟后飘落地面的苦楝子而引起中毒。另外，用苦楝子或根和皮驱虫时，也可引起中毒。

2. 诊断要点

（1）症状 猪通常在采食苦楝子后几小时内发病，初期表现精神不振或兴奋，食欲减退或废绝，流涎，呕吐，呕吐物中可见苦楝子残渣，腹痛；随后很快出现呼吸促迫，心跳加快，可视黏膜发绀，全身痉挛，站立不稳，强迫行走，四肢发抖，继而卧地不起，站立困难。体温常降低至35℃左右。急性病例，常在发病2～3小时后因呼吸极度困难和循环衰竭而死亡。慢性中毒者，腹痛不安，流涎，呕吐，全身发抖，皮肤发绀，站立不稳或卧地不起，四肢末梢发凉，呼吸困难，心跳加快，体温下降。

（2）病理变化 剖检可见皮肤发绀，血液暗红且血凝不良；腹水增多，色黄、浑浊、黏稠；胃内有苦楝子残留物，胃肠黏膜充血、出血，甚至脱落；肝脏略肿大，呈局灶性坏死；肺脏水中，喉头、气管和支气管内充满白色泡沫；心脏有明显的出血斑；肾脏充血、出血；脑膜充血，伴有血样脑脊液。

（3）诊断 根据猪采食苦楝树叶、皮及苦楝子的病史，结合腹痛、呕吐、呼吸困难、抽搐、呕吐物和胃内容物中可见苦楝子等临床表现及病理变化，即可做出诊断。

3. 防制措施

避免将猪圈建在苦楝树附近；在苦楝子成熟时期，避免猪采食散落于地面的苦楝子；用苦楝根或皮驱虫时，应注意其用量。本病尚无特效疗法，治疗原则是促进毒物排出，发现中毒病猪应立即停喂可疑饲料，采取强心、保肝及对症疗法。

【处方1】

① 1％硫酸铜溶液　　　　　50毫升

用法：一次灌服。

② 1％硫酸阿托品注射液　　2～10毫升

用法：一次皮下注射。

③ 50％葡萄糖注射液　　　　50～100毫升

　　10％安钠咖注射液　　　5～10毫升

用法：一次静脉注射。

【处方2】

① 藜芦　　　　　　　　　9～15克

用法：加水煎汤，一次灌服。

② 麻仁15克　　　　　　莱菔子15克　　　　　　玄明粉15克

用法：前两味煎汤，冲入玄明粉一次灌服。

【处方3】针灸

穴位：山根、太阳、耳尖、尾尖、涌泉、蹄头。

针法：血针。

十、有机磷农药中毒

有机磷农药中毒是由于猪接触、吸入或误食有机磷化合物，或摄入被有机磷农药污染的饲料和饮水等所引起的一种中毒性疾病，临床上以流涎、腹泻和神经机能紊乱为主要特征。

1. 病因

有机磷农药存放不安全，猪接触或误食后引起中毒；猪采食了喷洒有机磷农药不久的蔬菜或青绿饲料而致中毒；有机磷农药防治寄生虫病时，剂量过大，浓度过高，或使用不当，造成饲草被污染，引起猪中毒；有时也见于人为投毒而造成猪中毒。

2. 诊断要点

(1) 症状　有机磷农药可经皮肤、消化道、呼吸道和黏膜进入机体，采食后10分钟至1小时内发病。中毒症状因有机磷制剂的种类、摄入量及猪年龄不同而表现有所差异，临床上根据病情程度可分为毒蕈碱样、烟碱样和中枢神经系统三种类型。

轻度中毒以毒蕈碱样症状为主，病猪精神不振，食欲减退或废绝，呕吐，流涎，肠音亢进，粪便稀薄，呼吸困难，尿失禁；中度中毒病例，除上述症状更明显外，主要表现为烟碱样症状，瞳孔缩小，腹痛不安，腹泻，全身肌肉痉挛，随后发展为肢体麻痹，最后因呼吸麻痹而窒息死亡；重度中毒病猪主要表现神经症状，体温增高，流涎，眼球震颤，肌肉发抖，全身抽搐，大小便失禁，行走不稳，继而突然倒地，四肢作游泳状划动，呼吸困难，部分病例治疗后尚留有失明和麻痹后遗症。

(2) 病理变化　急性中毒病例，剖检后一般无肉眼病变，经消化道中毒者，胃肠内容物呈蒜臭味，胃肠黏膜充血。亚急性病例，胃肠黏膜发生坏死性、出血性炎症，黏膜大片充血、出血或肿胀，严重者甚至糜烂、溃疡，黏膜易剥离。肠系膜淋巴结肿胀、出血。心脏有小出血点，心内膜可见有不整形的白斑。肺充血、水肿，气管和支气管内充满泡沫状黏液。肝脏肿大、淤血。胆囊肿大、出血。肾脏肿大，切面紫红色，层次不清晰。脑充血、水肿。

（3）诊断　根据病猪接触有机磷农药的病史，结合流涎、出汗、肌肉痉挛、瞳孔缩小、肠音亢进和呼吸困难等临床表现，及剖检变化可做出初步诊断。确诊需对可疑饲料和饮水及胃肠内容物进行有机磷农药毒物检验。

3. 防制措施

妥善保管农药，防止猪接触或误食，保证饲料、饮水不被农药污染；喷洒过农药的青绿饲料7天后方可饲喂；有机磷农药进行驱虫时，应严格控制用量。发现猪中毒后立即停喂可疑饲料和饮水，使用特效解毒药，清除未完全吸收的毒物，并进行镇静解痉、强心补液和兴奋呼吸等对症治疗。

【处方1】

1%硫酸阿托品注射液　　　　　　100～200毫克

用法：一次皮下注射，按1千克体重2～4毫克用药。

说明：注射后要注意观察瞳孔的变化，如20分钟后无明显好转，应重复注射1次。

【处方2】

4%解磷定注射液　　　　　　　　0.75～1.5克

用法：一次静脉注射或腹腔注射，按1千克体重15～30毫克用药。

【处方3】

12.5%双复磷注射液　　　　　　　0.75～1.5克

用法：同【处方2】。

【处方4】

绿豆（去壳）250克　　　　　甘草50克　　　　　　　　滑石50克

用法：共为细末，开水冲调，候温一次灌服。

十一、有机硫农药中毒

有机硫农药中毒是猪接触或误食有机硫农药化合物，或摄入被有机硫农药污染的饲料、饮水等所致的中毒性疾病，临床上以呕吐、腹泻、呼吸抑制、血压降低和神经机能紊乱为主要特征。

1. 病因

有机磷农药存放或管理不当，猪误食后造成中毒；饲养管理粗放，使猪接触或采食了有机硫农药喷洒不久的青绿饲料；有时也见于人为投毒。

2. 诊断要点

（1）症状　有机硫农药进入机体的主要途径是皮肤和消化道，猪中毒后表现为食欲减退，呕吐、腹泻和腹痛。经皮肤中毒病例，可见皮肤红肿、出现疱疹。中毒初期，猪表现短时间的兴奋，不安，敏感和惊厥，随后表现为嗜睡和昏迷。严重中毒病例，心力衰竭，血压降低，呼吸困难，最后因全身衰竭和呼吸困难而死亡。

（2）病理变化　胃肠道黏膜充血、出血，肝脏肿大、出血、质脆，肺脏充血。

（3）诊断　根据猪接触有机硫农药的病史，结合临床症状和病理变化，可做出初步诊断。确诊则需对可疑饲料和饮水及胃内容物进行毒物检测。

3. 防制措施

严格农药管理和使用制度，妥善保存，合理使用；加强饲养管理，防止猪误食和偷食喷洒有机硫农药不久的植物。本病尚无特效解毒药，发现中毒病猪应立即切断毒源，排出毒物，阻止毒物的进一步吸收，同时采取对症治疗和支持疗法。

排出毒物时，经皮肤中毒者，可用温水洗涤；经口中毒病例，可用温水或0.05％高锰酸钾溶液反复洗胃；对病猪可灌服硫酸镁、硫酸钠或人工盐等盐类泻剂，促进毒物排出。禁用油类泻剂。另外，可采取强心补液措施。

十二、有机氯农药中毒

有机氯农药中毒是猪接触或误食有机氯农药，或摄入被有机氯农药污染的饲料、饮水等所致的中毒性疾病，临床上以呕吐、流涎、兴奋不安和肌肉震颤等为主要特征。

1. 病因

有机氯农药运输、存放和管理不当，污染了饲料和饮水；饲养管理不严，猪误食了拌过农药的种子，或采食喷洒过农药不久的植物；治疗体外寄生虫时，应用量过大，而致中毒；有时也见于人为投毒。

2. 诊断要点

（1）症状　在临床上，猪有机氯农药中毒表现为急性中毒和慢性中毒。急性中毒，猪一般可耐过，表现精神沉郁，食欲降低，呕吐，流涎，口吐白沫，心跳加快，呼吸促迫，瞳孔散大，肌肉震颤，走路摇摆，易惊。严重者，眼睑麻痹，昏迷而死。慢性病例表现消瘦，皮肤粗糙，腹下、四肢内侧和颈部见大量红色疹块，瘙痒，后躯无力，走路不稳，反应敏感。

（2）病理变化　急性中毒者病变不明显，仅见内脏器官淤血、出血和水肿，心外膜有淤血斑，心肌苍白。经皮肤中毒者，皮肤溃烂、增厚或硬结；慢性中毒病例，皮下组织黄染，体表淋巴结水肿，肝脏和脾脏肿大，肾脏肿大，被膜难剥离，肺脏淤血、水肿。

（3）诊断　根据病猪接触有机氯农药的病史，结合中枢神经系统机能紊乱症状可做出初步诊断。确诊需对病猪血液、胃肠内容物、组织、可疑饲料和饮水等样品进行毒物检测。

3. 防制措施

加强有机氯农药运输、保管和使用安全制度；喷洒过有机氯农药的植物在30～45天后方可饲喂给猪；避免直接在猪体使用有机氯农药。本病无特效解毒药，发现猪中毒后，应立即切断毒源，采取急救处理和对症治疗。

急性中毒可用 1%～5% 碳酸氢钠溶液洗胃，同时给予盐类泻剂，但禁用油类泻剂。经皮肤中毒病例，应用清洁剂和大量冷水或碱水或肥皂水冲洗，但不能刷拭。慢性中毒的可在饲料中添加活性碳，促进毒物吸收。

【处方】缓解兴奋

苯巴比妥钠	4 毫克/千克体重
或氯丙嗪	1～2 毫克/千克体重

用法：肌内注射，并可同时采取强心、利尿和保肝措施。

十三、甲脒类杀虫剂中毒

甲脒类杀虫剂中毒是猪接触或误食甲脒类杀虫剂，或摄入该类杀虫剂污染的饲料、饮水等所致的中毒，临床上以呼吸困难、黏膜发绀和中枢神经系统抑制等为主要特征。

1. 病因

体外驱虫时用量过大导致猪经皮肤吸收而发生中毒；饲养管理粗放，猪采食了喷洒过甲脒类杀虫剂不久的农作物引起中毒。

2. 诊断要点

（1）症状　病猪精神沉郁，体温降低，呕吐，胃肠蠕动减弱，心动徐缓，共济失调，血压下降，呼吸困难，可视黏膜发绀，抽搐，严重者倒地昏迷。

（2）诊断　根据病猪接触甲脒类杀虫剂农药的病史，结合中枢神经系统抑制为主的症状，可做出初步诊断，确诊需对甲脒类杀虫剂及其代谢产物进行检测分析。

3. 防制措施

加强饲养管理，避免猪采食喷洒农药不久的植物；严格农药管理制度，防止猪误食被农药污染的饲料和饮水；临床上用于给猪驱虫时，应严格控制剂量和用药间隔时间，并严密观察猪用药后的反应。本病无特效解毒药，发现中毒病例，应立即切断毒源，采取排出毒物和对症治疗的措施。

经皮肤吸收中毒病例，应立即用大量冷水清洗，但禁止用刷子刷拭；经消化道吸收中毒病例，应采取催吐措施，或用 2% 碳酸氢钠溶液洗胃，同时灌服活性碳；发绀病猪，可将 1% 美蓝（0.1 毫克/千克体重）与 50% 葡萄糖溶液 50 毫升混合后静脉注射；同时可采取强心、补液及预防感染等治疗措施。

十四、磷化锌中毒

磷化锌中毒是猪误食磷化锌毒饵或磷化锌污染的饲料而引起的中毒性疾病，临床上以消化系统紊乱和中枢神经系统紊乱为主要特征。

1. 病因

猪误食含磷化锌的灭鼠毒饵，或采食了被磷化锌污染的饲料引起中毒；有时也见于人为投毒。

2. 诊断要点

（1）症状　病猪初期兴奋不安，后期昏睡，食欲减退或废绝，呕吐，口吐白沫，眼结膜潮红，心跳加快，心律不齐，腹泻，粪便中混有血液，间歇性腹痛，呼吸困难，口腔与呼出气体、呕吐物及粪便有蒜臭味。随病情加重，结膜黄染、发绀，全身僵硬，四肢痉挛，抽搐，通常2～3天后极度衰弱而死。

（2）病理变化　口腔与咽部黏膜潮红、肿胀、出血、溃烂；胃肠内容物有蒜臭味，在暗处发磷光，胃肠黏膜肿胀、出血、溃烂，甚至脱落；肝脏肿大，质脆，呈黄褐色；肾脏肿大，质脆，柔软；心脏扩张，心肌实质变性；气管内充满泡沫状液体，肺脏淤血、水肿，肺间质水肿；腹腔内积有暗红色液体。

（3）诊断　根据病猪误食磷化锌毒饵或磷化锌污染的饲料，结合流涎、腹痛、腹泻及呕吐物、胃内容和呼出气体有大蒜味等症状，即可做出初步诊断。确诊需对可疑饲料、呕吐物和胃内容物进行毒物检验。

3. 防制措施

加强对磷化锌的管理，妥善使用，防止其污染饲料和饮水；灭鼠的毒饵应及时清理，并对中毒死鼠进行妥善处理。目前尚无特效药，发现猪中毒后应立即停喂可疑饲料，采取排出毒物、阻止吸收和对症治疗措施。

【处方1】

① 1%硫酸铜溶液　　　　　　　25～50毫升

用法：一次灌服。

② 健胃散，人工盐或硫酸钠　适量

用法：胃管投服。

③ 50%葡萄糖注射液　　　　　20～30毫升

　10%安钠咖注射液　　　　　5～10毫升

　5%碳酸氢钠注射液　　　　50～100毫升

用法：一次静脉注射。

【处方2】

仙人掌　　　　　　　　　　　30～50克

用法：捣碎后加适量水一次灌服。

十五、安妥中毒

安妥中毒是猪误食安妥毒饵或安妥污染的饲料而引起的中毒性疾病，临床上以肺水肿和呼吸困难为主要特征。

1. 病因

猪误食安妥灭鼠药，或误食灭鼠的毒饵，或采食了被安妥污染的饲料引起中毒；有时也见于人为投毒。

2. 诊断要点

（1）症状　病猪初期表现流涎、呕吐，随后出现兴奋不安，呼吸困难，咳嗽，鼻孔流出伴有血色的泡沫。发病后期，体温降低，运动失调，常发生强直性痉挛，呼吸困难，呈犬坐姿势，可视黏膜发绀，机体衰竭，倒地昏迷，最终因呼吸和循环衰竭而死亡。若耐过 12 小时者，多数可康复。

（2）病理变化　剖检可见气管和支气管内充满泡沫状液体，肺水肿，呈暗红色，有出血斑，切开后可见大量暗红色泡沫状液体；胸腔内积有大量液体；肝脏、脾脏和肾脏充血，表面有出血斑；心包积液。

（3）诊断　根据病猪误食安妥毒饵或误食安妥污染的饲料，结合肺水肿和呼吸困难等临床特征，可做出初步诊断。确诊还需对可疑饲料、胃肠内容物、呕吐物等进行毒物检测。

3. 防制措施

严格管理安妥，对毒饵应妥善放置和处理；加强饲养管理，防止猪误食安妥污染的饲料。目前尚无特效解毒药，治疗原则为切断毒源，排出毒物，对症治疗。

【处方 1】

同磷化锌中毒【处方 1】。

【处方 2】

50％葡萄糖注射液	10～30 毫升
20％甘露醇注射液	100～300 毫升
10％安钠咖注射液	5～10 毫升

用法：一次静脉注射。

十六、有机氟化物中毒

有机氟化物中毒是猪误食该类药污染的饲料、饮水或误食毒饵而引起的中毒性疾病，临床上以口吐白沫、抽搐、惊厥和心律失常等为主要特征。

1. 病因

猪误食有机氟化物类灭鼠药污染的饲料和饮水，或误食含有机氟化物类灭鼠药的毒饵引起中毒。有机氟化物类灭鼠药中毒以氟乙酰胺中毒最为常见。

2. 诊断要点

（1）症状　猪摄入有机氟化物类灭鼠药后，需经过一定的潜伏期才出现症状，但一旦出现症状，病情发展很快，一般在数小时至 24 小时内发作，临床上以心血管系统损害和中枢神经系统症状为主。

急性中毒病猪突然发病，狂奔乱撞，不避障碍，随后卧地不起，抽搐，四肢呈游泳状，角弓反张，呕吐，口吐白沫，流涎，心动过速，呼吸促迫，黏膜发绀，瞳孔散大，很快死亡。病情稍轻者，体温降低，全身肌肉痉挛，昏迷，1～2 天后死亡。耐过者，3～5 天康复。

（2）病理变化　尸僵迅速，胃肠黏膜出血、脱落，心肌变性，心内、外膜有出血斑点，肝脏淤血、质脆、易碎，脑充血、水肿，血液凝固不全。

（3）诊断　根据病猪接触有机氟化物类灭鼠药的病史，结合口吐白沫、抽搐、惊厥和心律失常等临床表现，可做出初步诊断，确诊需进行有机氟化物毒物分析。

3. 防制措施

使用有机氟化物喷洒过的植物，要 60 天后方可饲喂猪；加强饲养管理，防止猪误食刚喷洒过农药的植物、瓜果及被污染的饲料；对含有机氟化物的毒饵及中毒死亡的老鼠应妥善处理。本病发病急，应给予特效解毒药，采取清除毒物和对症治疗措施。

【处方 1】

① 10％葡萄糖酸钙或氯化钙注射液　　50～100 毫升

　　维生素 C 注射液　　　　　　　　5～10 毫升

用法：一次静脉注射，每天 1 次，连用 7～10 天。

说明：也可每天用磷酸氢钙或乳酸钙 3～8 克拌料饲喂，连用 20～30 天。

② 维生素 D_3 注射液　　　　　　50 万～80 万单位

　　维生素 B_1 注射液　　　　　　25～50 毫克/千克体重

用法：分别肌内注射，每天 1 次，连用 5～7 天。

说明：用于慢性氟中毒。

【处方 2】

① 1：5000 高锰酸钾溶液　　　　适量

用法：洗胃。然后投服蛋清或氢氧化铝胶以保护胃肠黏膜，再用硫酸钠或硫酸镁导泻。

② 解氟灵（乙酰胺）　　　　　5 克

用法：一次肌内注射，按 1 千克体重每天 0.1 克用药。首次用药量要达到日用药量的一半，每天注射 3～4 次，至抽搐、震颤现象消失为止。再出现震颤时，可重复用药。

说明：用于有机氟中毒。如与半胱氨酸合用，效果更佳。

【处方 3】

乙二醇乙酸酯（又名醋精）　　100 毫升

用法：溶于适量水中内服。或肌内注射，按 1 千克体重 0.125 毫升用药。

说明：用于有机氟中毒。也可用 5％乙醇和 5％醋酸按 1 千克体重各 2 毫升混合口服，每天 1 次；或 95％乙醇 100～200 毫升，加水投服，每天 1 次。

十七、砷中毒

砷中毒是猪摄入过量的有机砷和无机砷而引起的中毒性疾病，临床上消化紊乱和神经系统紊乱等为主要特征。

1. 病因

猪采食被含砷农药处理过的种子、喷洒过的饲草，或饮用砷化物污染的饮水而致中毒；用砷制剂驱虫时，使用剂量过大或时间过长，或体表破损，或猪舔舐体表而引起中毒；内服或注射含砷药物治疗疾病时用量过大而致的中毒。

2. 诊断要点

（1）症状　急性中毒，大多于数小时后发病，初期表现兴奋，流涎，呕吐，腹痛不安，腹泻，粪便恶臭，口腔黏膜潮红、肿胀，呼出气体呈蒜臭味，随后转为沉郁，肌肉震颤，共济失调，呼吸迫促，脉搏细数，体温降低，瞳孔散大，数小时或1～2天后因循环和呼吸衰竭而死。病程稍长者，外周循环衰竭，四肢末梢厥冷。

慢性中毒病猪主要表现食欲减退或废绝，消瘦，发育停滞，被毛粗乱无光，黏膜和皮肤发炎，便秘与腹泻交替出现，皮肤感觉降低，四肢无力。

（2）病理变化　胃肠黏膜充血、出血、水肿，甚至糜烂、坏死，心脏、肝脏、肾脏发生脂肪变性，心内、外膜及胸膜出血。慢性病例，还可见全身水肿。

（3）诊断　根据病猪接触砷及砷化物的病史，结合消化功能紊乱和神经系统紊乱，可做出初步诊断。确诊需对可疑饲料、饮水、胃肠内容物及组织进行毒物分析。

3. 防制措施

伴过农药的种子要严格管理，以防猪误食；应用砷制剂时，应严格执行其用法和用量标准；饲料中添加对氨基苯砷酸的含量应控制在100毫克/千克内；积极治理环境污染，土壤中砷含量不应超过40毫克/千克，饮水中砷含量不应超过0.5毫克/升。本病尚无特效药，可采取排出毒物，阻止毒物进一步吸收及对症治疗等措施。

【处方1】急性中毒

2％氧化镁溶液，或0.1％高锰酸钾溶液，或5％～10％药用活性炭

用法：反复洗胃。

【处方2】

| 硫酸亚铁溶液 | 40克/升 |
| 氧化镁溶液 | 60克/升 |

用法：混合液灌服，30～60毫升/次，每隔4小时1次，或将5～10克硫代硫酸钠溶于水中后灌服，以阻止毒物进一步吸收，同时可给予硫酸镁、硫酸钠等盐类泻剂，以促进消化道毒物的排出。

【处方3】

二巯基丙醇注射液　　3～5毫升/千克体重

用法：肌内注射，最初两天每隔4小时1次，第3天每隔6小时注射1次，以后2次/天，连用1～2周。

说明：可采用对症治疗，包括强心补液，缓解呼吸困难，镇静，利尿，调整胃

肠机能。注射30％安乃近注射液或口服水合氯醛缓解腹痛；对肌肉震颤的病猪，可静脉注射10％葡萄糖酸钙溶液；出现四肢麻痹时，可给予5～15毫克维生素 B_1。

十八、硒 中 毒

硒中毒是猪采食含硒过多的饲料或注射过量的硒制剂而引起的中毒，临床上以腹痛，呼吸困难，运动失调和脱毛等为主要特征。

1. 病因

猪采食富硒植物后引起中毒；饲料中添加硒制剂时用量过大或搅拌不均；治疗疾病时，硒制剂使用有误或剂量过高。

2. 诊断要点

(1) 症状　临床上主要表现急性、亚急性和慢性三种类型。

急性型中毒猪体温升高，精神沉郁，呕吐，腹泻，呼吸困难，流泡沫样鼻液。有的病猪腹肌紧张，尖叫，肢蹄发紫，末梢发凉。随后体温降低，卧地不起，角弓反张，四肢呈游泳样运动。

亚急性型中毒猪食欲减退，消瘦，虚弱，后肢麻痹，共济失调。

慢性型中毒病猪表现精神沉郁，反应迟钝，衰弱，蹄裂，关节僵硬，跛行，脱毛，严重时可见全身性脱毛，皮肤发红，母猪受孕率降低，新生仔猪死亡率升高，有的四肢麻痹。

(2) 病理变化　急性中毒病例可见实质性脏器充血、出血、体腔积液；亚急性中毒病猪肝脏变性、坏死、硬化，脾脏出血、肿大，腹腔积液，脑充血、出血、水肿；慢性型中毒猪营养不良，贫血，腹腔积有大量淡红色液体，心肌萎缩，肝萎缩、硬化，肾小球肾炎，关节面糜烂，骨髓发育不全。

(3) 诊断　根据猪采食富硒饲草和应用硒制剂治疗疾病的病史，结合脱毛、肢蹄变形、跛行等临床症状可做出初步诊断。确诊需对饲草、血液及被毛和组织进行硒含量测定分析。

3. 防制措施

该病预防的关键是在日粮中添加硒时，要根据猪体实际情况决定用量，并且要与饲料混合均匀；治疗硒缺乏症时，要严格控制用量和浓度；富硒地区，适当增加日粮中的蛋白质含量；饲料中添加阿散酸或洛克沙胂可预防硒中毒。本病无特效疗法，发现猪发生中毒，应立即停止饲喂富硒饲草，积极采取对症治疗和支持疗法。可皮下注射0.1％砷酸钠溶液，或饲料中添加氨基苯胂酸（10毫克/千克），有一定的治疗效果。慢性中毒猪，可应用高蛋白、高含硫氨基酸和富铜饲料，可逐渐恢复。

十九、铜 中 毒

铜中毒是猪一次性摄入大剂量的铜化合物或长期摄入过量含铜的饲料或饮水而

引起的中毒性疾病，临床上以腹痛、腹泻、贫血和肝功能异常等为主要特征。

1. 病因

日粮中添加铜制剂过量或未搅拌均匀可引起中毒；猪对铜的耐受性较强，但长期饲喂富铜饲料，可造成机体内铜大量蓄积而发生中毒；猪采食了含铜较高的饲草，也可引起中毒；日粮中锌和铁缺乏，可增加猪对铜的敏感性，易引起中毒。

2. 诊断要点

（1）症状　中毒猪表现精神沉郁，食欲减退，体重减轻，呕吐，腹痛，腹泻，便中带血，可视黏膜黄染，全身皮肤发痒，皮肤角化不全，继而出现湿疹，感觉过敏，肌肉震颤，粪便呈褐色或深绿色，体虚无力，气喘。

（2）病理变化　剖检可见胃部食管区糜烂，肺脏水肿，肝脏肿大，呈局灶性坏死，胆囊肿大，胆汁浓稠，慢性中毒者，肝脏纤维素性增生。

（3）诊断　可根据猪接触含高铜的饲料或饮水病史，结合腹痛、腹泻、贫血及黄疸等临床表现可做出初步诊断，确诊需对可疑饲草、粪便、血液和组织进行铜含量测定和分析。

3. 防制措施

饲料中添加铜制剂不可过量，且要混合均匀；日粮中增加钙、钼、锌、蛋白质和维生素E含量，以预防铜中毒。急性铜中毒，可用0.2%亚铁氰化钾溶液洗胃，也可应用牛奶、豆浆、蛋清及活性炭，以保护胃肠黏膜，减少铜吸收。给予二乙胺四乙酸二钠钙，成年猪按1克/天溶解于5%葡萄糖溶液内静脉注射，1次/天，连用3天，3～4天后重复1次；慢性中毒，可内服钼酸铵50～500毫克/天，连用1个月。也可饲喂硫代硫酸钠10克/天。

【处方】

① 0.2%～0.3%亚铁氰化钾溶液　　适量

用法：洗胃。

② 葡萄糖或乳糖、铁剂　　适量

用法：口服。

二十、锌　中　毒

锌中毒是猪一次性摄入过量的锌而引起的中毒，临床上以食欲降低和腹泻等为主要特征。

1. 病因

猪可耐受的日粮中锌含量为1000～2000毫克/千克，当饲料中锌含量超过此范围时，可引起猪中毒；用鸡强制换羽的饲料喂猪时，引起猪发生中毒；地区性锌含量过高或施锌肥过多，导致饲草中锌含量过高，进而引发猪中毒；治疗锌缺乏时，锌制剂使用量和使用时间过长，引起猪发生锌中毒。

2. 诊断要点

（1）症状　病猪表现食欲减退，精神沉郁，腹泻，生长发育不良，皮下血肿，关节肿胀，四肢僵硬，跛行，卧地不起，严重者昏睡，甚至死亡。

（2）病理变化　剖检可见病猪消化系统、胰脏、肝脏和生殖器官遭受不同程度的损伤，其中以消化系统的病变最为明显。

（3）诊断　根据病猪摄入过量锌的病史，结合食欲降低、腹泻、胃肠道损伤等临床症状和病理变化，可做出初步诊断，确诊需对饲草料、血液、组织和粪便进行锌含量测定。

3. 防制措施

在生产中避免施锌肥过多；在猪饲料中添加锌制剂要适量；治疗锌缺乏时，严格执行使用量和使用时间。尚无特效疗法，主要进行对症和支持疗法。可用维生素 K 止血，同时静脉注射葡萄糖溶液和皮下注射维生素 D 可促进恢复。

【处方1】

碳酸钙　　　　　　　　　　　20～30 克

用法：和水适量一次灌服。

【处方2】

硫酸钠或硫酸镁　　　　　　　40～50 克

用法：和水适量一次灌服。

二十一、一氧化碳中毒

猪一氧化碳中毒是猪吸入一氧化碳气体所致，临床上以缺氧症状为主要特征。

1. 病因

猪一氧化碳中毒主要见于冬季母猪产房用煤炭等加热供暖时，空气供给不足，若排烟障碍或通风不良时，一氧化碳浓度升高，猪吸入后极易引起中毒。也可见于饲养管理不当，致圈舍外的一氧化碳进入猪舍而引起中毒。

2. 诊断要点

（1）症状　轻度一氧化碳中毒猪表现羞明，流泪，呕吐，咳嗽，呼吸困难，乏力，站立不稳，若尽快将其转移至通风良好环境中，不经治疗即可很快康复。一氧化碳中毒猪表现呼吸促迫，皮肤暗红色，可视黏膜呈樱桃红色，心跳微弱，感觉障碍，反射消失，肢体瘫痪，有时出现阵发性肌肉抽搐，随病程的延长，病猪昏迷，排尿失禁，呼吸麻痹，若未及时采取治疗措施，则不久死亡。

（2）病理变化　肺脏、胃肠及肾脏充血、出血、水肿，严重者出现变性、坏死和软化，脑血管扩张，血液、可视黏膜和各脏器均呈樱桃红色。

（3）诊断　根据发病猪圈舍环境，缺氧，及脏器和血液呈樱桃红色等临床表现和病理变化，可做出初步诊断。确诊需对病猪血液进行无碳氧血红蛋白测定。

3. 防制措施

经常性地对供暖设备的烟道是否通畅和漏气进行检查；冬季应保持圈舍内通风良好。一旦发现中毒，应立即将病猪转移至通风良好的环境，病情轻者，可很快康复，病情严重者，需静脉注射双氧水。

【处方】

3%双氧水	8毫升
10%葡萄糖溶液	100毫升

用法：混合静脉给药，可间隔2～3小时重复使用，有条件的也可实施输氧疗法。

二十二、氨 中 毒

氨对黏膜和皮肤具有刺激和腐蚀作用，猪接触或摄入一定量的氨及氨水后可引起中毒的发生。

1. 病因

氨肥保管不严，猪误食而引起中毒；圈舍清理不及时，因发酵而产氨量蓄积达一定程度时，也可引起猪发生中毒；工业含氨的"三废"处理不当，猪饮用废水或接触废渣后引起中毒。

2. 诊断要点

（1）症状 摄入氨肥或饮用氨水后，猪口腔黏膜红肿，甚至发生水疱，口流大量泡沫状唾液，咳嗽，呼吸困难，随病程发展，口腔黏膜充血、水肿加剧，甚至口腔黏膜糜烂，大量流涎。吸入性氨气中毒往往急性发作，表现流泪，流浆液性或脓性鼻液，吞咽困难，结膜充血、水肿，重度病猪，呼吸严重困难，最终因窒息死亡。小猪吸入性氨气中毒表现咳嗽，呼吸困难，厌食，精神沉郁，喜卧，粪便干燥，尿少而色黄，结膜充血、发绀，皮肤充血、发红。经皮肤接触引起的中毒病猪，皮肤发红、肿胀、充血，甚至出现水疱和坏死。氨水溅入眼内时，眼睑肿胀，眼结膜充血、水肿，角膜溃疡，严重者则导致失明。

（2）病理变化 剖检可见皮肤及整个尸体浆膜下布满出血斑，血液稀薄、色淡，口腔黏膜充血、出血、肿胀及糜烂，胃肠内容物有氨味，胃肠黏膜水肿、出血和坏死，肝脏肿大、出血、质脆，脾脏肿大、出血，肾脏出血、坏死，气管和支气管黏膜充血、出血，内有炎性渗出物，肺脏充血、出血和水肿，心包和心包外膜点状出血，心肌色淡。

（3）诊断 根据病猪接触、摄入或吸入氨及氨肥的病史，结合临床症状和病理变化，可做出初步诊断，确诊需对病猪血氨氮值进行测定。

3. 防制措施

及时清理圈舍内或圈舍周围的粪便，保持圈舍良好的通风和环境清洁卫生；加强化肥的保管和使用规范，防止猪误食；防止猪饮用和接触化肥厂排出的污水和废渣。发现中毒病猪，应立即将其转移至空气环境良好场所，病情轻微者可不经治疗而康复。病情严重者，依其发生中毒的方式不同，而采取相应的治疗措施。经口中毒者，初期可灌服稀盐酸或稀醋酸等酸性药液以中和解毒，同时可灌服淀粉糊等黏浆剂以保护胃肠黏膜，并灌服大量水和植物油以促进肠道内容物的排泄。吸入性中毒者，可给予氯化铵、吐根等祛痰镇咳药及肌内注射山根菜碱兴奋呼吸药。气管注射 0.25％普鲁卡因与青霉素，缓解支气管痉挛和消炎。出现喉水肿的病猪，可静脉注射葡萄糖酸钙、高渗葡萄糖或肾上腺皮质激素等。皮肤和眼受损的病猪，可用 3％硼酸溶液冲洗，然后涂以可的松眼药膏。

第五章 常见的猪外科和产科病用药与处方

第一节 外科疾病

一、创 伤

创伤是皮肤或黏膜的完整性遭到破坏后所形成的损伤。创伤一般由创口、创缘、创壁、创底和创腔所组成。

1. 病因

不同圈舍猪并入一圈互相咬斗，异物外力刺伤或划伤，人为鞭打或蹴踢、捕捉损伤等引起。外科手术属于人工创伤。

2. 诊断要点

新鲜创常出现出血、疼痛和机能障碍，尚无明显的感染及炎症迹象。陈旧创常发生化脓、坏死，甚至溃疡、瘘管和窦道；化脓创常因细菌感染、毒素作用，或组织挫伤严重而引起了化脓，流脓汁。

3. 治疗

新鲜创的治疗原则是止血、防止感染，清创及创造创伤愈合的条件。

【处方1】

止血可用止血钳钳压、血管结扎、纱布压迫止血，局部撒布止血药（如肾上腺素、云南白药、止血粉等），也可结合使用全身性止血药（如止血敏、安络血、维生素K等）。

【处方2】

清除创伤污物及挫灭组织，再以化学消毒药（如3％双氧水、0.1％新洁尔灭、0.1％～0.5％高锰酸钾溶液）反复冲洗创口，防止感染，也可撒布抗生素或全身应用广谱抗生素或磺胺药。经处理后，可对创伤进行缝合、包扎或引流。

以上完成后应坚持3天左右的抗生素或磺胺药的治疗（包括局部和全身）。局部创口可应用碘酊消毒。

陈旧创和化脓创治疗原则是控制感染、除去坏死组织、消灭创囊、保证排脓通畅，防止转为全身感染，促进创伤的愈合。

【处方3】手术疗法

① 扩创术　对创腔大而创口狭小的创伤，应将创口扩大以使脓汁及坏死组织顺利排出。

② 创腔修整　以手术刀或剪刀将坏死组织切除。对比较顽固的化脓创，在冲洗引流效果（后述）不佳的情况下（如形成瘘管、窦道或脓肿包膜肥厚），可先以龙胆紫注入，然后行包囊及瘘管切除，使创面形成新鲜创在无菌条件下实行缝合。

③ 开反对孔　对创伤大或创道长的创伤，可在创底位下端开一个口（俗称反对孔）以利冲洗创腔和使创液排出。

④ 引流　对创腔大、创道深的创伤应用灭菌纱布条引流，不仅可将创液引流出来，同时可使用一些抗菌和促生长的药（如土霉素鱼肝油），也可撒布中药生肌散（煅石膏 50 克、轻粉 50 克、赤石膏 50 克、黄丹 10 克、龙骨 15 克、血竭 15 克、乳香 15 克、冰片 15 克，共为研末，混匀装瓶备用），以抑制细菌的生长，促进肉芽生长。

常用引流的药有土霉素鱼肝油（土霉素 1 克、清鱼肝油 10 克），魏氏流膏（松馏油 5 克、蓖麻油 100 毫升、碘仿 3 克），硫呋液（0.1% 呋喃西林 100 毫升，硫酸镁 10～20 克）。

二、脓　　肿

在组织或器官内形成了外有包膜，内有脓汁积聚的局限性的脓腔总称为脓肿。而在固有解剖腔内（如胸腔、腹腔、鼻窦、子宫腔）有脓蓄积则称为积脓。

1. 病因

由于皮肤或黏膜损伤而没有及时处理，受细菌（如葡萄球菌、大肠杆菌、链球菌、铜绿假单胞菌等）感染引发局限性炎症而发生脓肿。有时由原发病灶经血液或淋巴循环转移至新的组织器官而发生脓肿；由于未严格执行无菌操作注射或注射在局部的有强烈刺激性的药物（如氯化钙、伊维菌素、砷制剂等）也可形成脓肿。

2. 诊断要点

浅在的脓肿，多发生在皮下、筋膜下、肌腱间或表层肌肉组织中。脓肿成熟后，界线明显而清楚，浅在的脓肿常高于体表，表现红、肿、热、痛等典型症状。压之坚实，痛感加剧。随着时间的延长，其中央部位逐渐软化，被毛脱落，之后表皮破溃，会向外排出稀的、或者较黏稠的、或者带血丝的脓液，但大多数破口较小（有暴力致破时例外），常排脓不畅。有时皮肤过厚或稍深在，不易自行破溃。此外，也有些脓肿出现局部肿胀，但无热无痛，压之有波动，被称之为冷性脓肿。这种冷性脓肿与后面要叙述的淋巴外渗、血肿较难区别，常需借助于穿刺方可辨别。

深在性脓肿，发生于深层肌肉、肌间、骨膜、腹膜下及内脏器官时，症状不很明显，有时会引发全身症状，如脓毒血症、脓毒败血症。

脓肿成熟后，其转归有以下几种情况：①较小的脓肿，其脓汁可逐渐被吸收或钙化（在局部形成硬疙瘩）；②多数脓肿会积聚脓汁，使脓肿扩大并不断侵蚀表层组织。最终自行破溃，流出脓汁，脓腔缩小，肉芽增生，填充而收口，有的康复，有的则经久性或间断性流脓；③有的向深部或周围扩张引起新的脓肿或蜂窝织炎；④有的还随血液或淋巴循环转移至其他组织，形成新的转移性脓肿。

3. 治疗

治疗原则是消除感染源和有毒物质（脓液、坏死组织）、增强机体抵抗力和组织修复能力。

当脓肿已经形成并无法抑制时，可用鱼石脂软膏外涂，促使脓肿迅速成熟。当脓肿已完全形成或已破溃时，应及早用手术方法促进排脓。常用3种方法，一是脓肿切开法，用手术刀或剪刀在最软、位置低的部位切开脓包，使脓汁、坏死组织尽量完全排出。有时脓液较多且脓腔大、脓道长，而原破口又偏上方，不利于排脓时，则常在看似健康的囊状物（蓄脓处）的位置最低处开一个较大的反对孔，实行上下连通冲洗。药液可用 0.5%～1% 的高锰酸钾溶液或 0.5% 的新洁尔灭溶液，或者 3% 双氧水溶液反复冲洗，冲洗应至进出的药液颜色基本一致（或 3% 双氧水泡沫发生较少时）为止，冲洗干净后，可在腔内涂擦 3% 碘酊或涂擦鱼肝油土霉素，以促进肉芽生长。第二种方法是抽出脓汁，对小的脓肿或较深在的脓肿，将粗针头刺入脓肿腔内，抽出脓液，然后注入消毒液，经数次冲洗后，再注入消毒药；第三种办法是对脓肿（包括已形成瘘管的病例）实行脓肿连同包膜切除法。于头一天从脓腔（包括瘘管处）注入龙胆紫，第二天在无菌条件下，沿皮下的脓肿包膜外逐步分离（不可剥离到标有紫药水的包膜），并将脓肿全部取出。

【处方 1】

复方醋酸铅（醋酸铅 100.0，明矾 50.0，樟脑 20.0，薄荷油 10.0，白陶土 820.0）

用法：外敷。

【处方 2】

2% 普鲁卡因	100 毫升
青霉素	160 万单位

用法：脓肿周边（不要刺到包膜）封闭。

三、蜂 窝 织 炎

蜂窝织炎是皮下、筋膜下及肌间疏松结缔组织内发生的急性的、弥漫性化脓性炎症，特征是在这些部位形成浆液性、脓性或腐败性渗出物，并可能出现明显的全身症状。

1. 病因

主要由皮肤或黏膜上的创口感染，病原微生物侵入引起炎症反应，病原微生物主要有溶血性链球菌、金黄色葡萄球菌以及厌氧性或腐败性细菌；也可由于某些刺激性药物（如静脉注射氯化钙而漏至皮下或注射伊维菌素漏至皮下等）引起；多次不洁的皮下或肌内注射也会引起；慢性脓肿引起皮下渗透与蔓延等亦可引起该病。

2. 诊断要点

局部肿胀、增温、疼痛明显，不久会出现组织坏死和多点化脓，发病迅速，蔓延而广泛，组织坏死明显。常有全身症状，如体温升高、精神沉郁、食欲不振、白细胞增多等全身败血症征兆（与脓肿等的鉴别见表5-1）。

3. 治疗

在病灶局部，应对伤口进行剪毛清洗，对组织肿胀、渗出物多的可切开发病组织，排出炎性渗出物，减少组织内压，防止扩散。范围较大、排脓不畅时，可多处切开利于排液并对切口内使用含抗生素的灭菌生理盐水进行冲洗。

表 5-1　常见外科肿胀的临床特点

病名	常发部位	发生速度	炎症症状	外形特征	穿刺物	全身症状	备注
脓肿	可发生于身体各部，常以胸、腹壁、头、颈侧方为多见	发展速度迅速	明显	初期肿胀呈弥漫性，界限不清、硬实，成熟后中央有波动感，周缘硬实，常可自溃排脓，中央掉毛	脓液	浅部脓肿一般无，深部脓肿有	
血肿	浅表处有大血管的皮下，常发生于胸、腹、臀部等处	较快，伤后立即发生	病初无，数天后有轻度热痛	一般为圆形，有波动和弹性，皮肤较紧张，以后界限清楚，周缘较坚实，触诊中央有波动、捻发音，病久皮温变低	血液或血水	无	大动脉受损形成皮搏动性血肿，听诊有特殊的流水音
淋巴外渗	有丰富淋巴管网的皮下结缔组织处，以胸前、腹肋、颈基、鬐甲部为多发	较缓慢，但如损伤大淋巴管，发展较快	无	呈波动柔软的囊状肿胀，界限清楚，皮肤不紧张，推压或运动时，有水过声或振水音	橙黄色稍透明的淋巴液	无	没有机能障碍，很难自愈
蜂窝织炎	皮下、筋膜下或肌肉等处疏松的结缔组织内，以四肢、甲部为多发	发展迅速，常向周围或深部蔓延	热痛明显、剧烈，在四肢可引起全肢肿痛	早期呈弥漫性肿胀，界限不清，局部硬实，皮肤紧张，以后形成脓肿	脓液或炎性渗出液	急性者明显剧烈	在四肢可致重度跛行
良性肿瘤	可发生于身体各部，以躯干为多见	较慢	无	有被膜，界限清晰，一般呈圆形，有较细小的蒂。触摸均匀、硬实、有弹力	无	无	不转移，切除后一般不复发，有时可转为恶性
水肿浮肿	胸前、腹下、后肢	较慢	无	不定形、时有波动，有压痕	常无、胸前有液	无	心性、肾性、孕性水肿
疝	腹壁、脐部、会阴	较快	无	有疝环、有时有可复发性	有时肠内容物有时尿液或其他	不发生肠、尿阻则无全身症状	穿刺及听诊有助于诊断

【处方1】

0.5％普鲁卡因＋抗生素

用法：对于渗出或肿胀不太严重的，可以在病灶周围实行0.5％普鲁卡因＋抗生素的封闭，以限制病灶的蔓延，每隔1天1次，连用3次。

【处方2】

鱼石脂10克　　　95％酒精100毫升

用法：将鱼石脂加入酒精，充分混合摇匀，直接涂敷或用纱布湿敷患处。

说明：本方用于蜂窝织炎早期，可控制炎症发展，促进炎症产物吸收。

四、疝

疝又称赫尼亚，是指原来位于腹腔中的脏器如肠、网膜、膀胱、子宫等由腹壁损伤所形成的破裂孔或异常扩大的天然孔而脱出到皮下或其他的解剖腔内形成的囊状结构。常见的疝有腹壁疝、脐疝、腹股沟疝、阴囊疝、膈疝。疝又分成先天性疝和后天性疝，先天性疝多见于猪（如某些脐疝和阴囊疝，脐疝和阴道疝也可以由后天形成）。后天性疝如大多数腹壁疝和膈疝。

疝由疝孔、疝囊、疝环和内容物所构成。疝内容物不充满时，可由疝孔推送还纳于腹腔，这通常称之为可复性疝。因疝孔过小、疝内容物较多，或疝内容物与疝囊粘连，其疝内容物不能还纳于腹腔内叫不可复性疝，或称嵌顿性疝。

（一）脐疝

脐疝是肠管或网膜经脐孔进入皮下而致，多见于仔猪。一般是先天性的，有一定的遗传性。另外，因仔猪便秘或激烈跳跃使腹压剧增，可能引起后天性脐疝，或使原有不明显的脐疝加剧而明显化。

1. 症状

病猪精神、食欲及大小便通常表现正常。但若疝孔发生不可复性，还纳困难时，则会表现严重的症状，如精神食欲较差，呕吐、腹痛、无大便等。用手触摸或还纳疝内容物时，通常可还纳入腹腔，此时压迫的手指可明显感知疝孔或疝环的存在，用听诊器听诊凸出之疝部，有时能听到肠蠕动音。

2. 治疗

有保守疗法和手术疗法2种。

保守疗法只对疝孔较小的幼龄猪只适用。用刺激性药物如95％酒精或碘溶液或10％～15％的氯化钠溶液，在疝孔四周分点注射，每点注射3～5毫升，可引起疝孔四周组织发炎并瘢痕化，从而使疝孔重新闭合。另外还可采取贴胶布治疗的方法，其操作方法是：病猪停止喂食1～2顿，仰卧保定，使疝囊向上，洗净患部，剃毛，待皮肤干燥后，将脱出的肠管纳回腹腔，以一块比患部大一倍的胶布，在患部贴牢即可，保持仔猪少运动，如胶布脱落可重贴。此法虽无需手术，但效果不够理想。

手术疗法效果比较好。术前停食1～2顿，仰卧保定，患部剪毛，洗净，消毒，术部用1％普鲁卡因10～20毫升作浸润麻醉。按无菌操作要求，对可复性疝，先切开疝囊，但不切开腹膜，将腹膜与疝内容物（有时内含网膜及肠管）还纳入腹后，对疝孔进行纽扣状缝合或袋口缝合或结节缝合，对皮肤作结节缝合。当疝内容物与疝囊粘连时，应小心切开疝囊，仔细剥离，防止损伤肠管。切开疝囊若发现肠管已坏死，应截除坏死肠段，行肠管吻合术。手术完成后，病猪应保持清洁卫生，尽量少活动，并饲以易消化之食物。术后7～10天拆线。

（二）腹壁疝

1. 症状与诊断

多由钝性外力挫伤腹壁造成腹壁肌肉撕裂而引起，肠管连同腹膜由肌肉破裂孔脱至皮下形成。这种疝在伤后立即形成，常因肌肉具有张力，脱出的肠管往往被卡住不能返回，形成嵌闭性疝，并出现腹痛、呕吐、不食等症状。因外伤引起内脏脱至腹部皮下一般称外伤性疝，而且这种疝常缺少一层腹膜覆盖在疝内容物上，故又称假疝。另外有时在进行其他腹腔手术后，由于手术不慎而致肌肉缝合不全也会形成腹壁疝，此种疝有时又称为切口疝。腹壁疝由于皮下组织或肌肉的广泛炎症、坏死、疝内容物又缺乏腹壁遮盖，故易发生嵌闭性或绞窄性疝，会导致严重的全身症状。

腹壁疝仔细触诊有时可发现腹壁缺损部，但应注意，从腹壁触诊其体外最大的肿胀点（部）并不一定是疝孔处，因肠管可能移入皮下间隙并在其中尤其是下部又穿行了一段而凸出于体表，搞清疝孔位置对手术治疗至关重要。

此外，腹壁疝实行严格消毒下的穿刺对于摸清疝内物质、提供诊断依据及处理方法十分重要。

2. 治疗

多数腹壁疝属急救病例。首先必须处理那些威胁生命的组织损伤，如广泛性腹部出血、肠穿孔、气胸、血胸、内脏损伤等。

对于疝孔较小的腹壁疝，可以在发生的早期装压迫绷带，也可在疝孔周围皮下部位多点注射95％的酒精，以诱发局部炎性肿胀加快疝孔闭合。

对于疝孔较大的需实行手术治疗。手术修复的时机选择是有讲究的，首先应考虑根据患猪的全身状况，应让其多恢复几日再作修补手术，一般推迟5日进行手术是有益的。因为刚受伤的组织缝合时效果往往不好，可待急性炎症消退、血肿吸收后再手术。但不可延迟太久，否则疝孔创缘因收缩而增加局部粘连和疝内容物绞窄的机会。

术前皮肤剪毛、消毒范围要大，否则难看清受伤的肌肤，皮肤切口应长，以便充分显露腹腔内容物和查明其内容物有无损伤。还纳肠管后，再次清除其坏死组织和彻底清洗后投放抗生素后，逐层缝合肌层。其腰部疝可分别作3层肌肉缝合；肋弓旁疝需与最后肋骨缘相缝合。对于较大的创口还可安置引流管（保留4～5日摘除）。如已严重污染之创伤，皮肤可保持开放。术后护理，除支持疗法外，尚应注意卫生，限制活动，给充足的饮水，足够的易消化的软性饲料。一般 7~10 天视情况进行拆线。

（三）腹股沟疝、腹股沟阴囊疝及阴囊疝

因腹股沟缺陷，腹腔内容物（如大网膜、脂肪、子宫、肠管、结肠，有时甚至是膀胱）凸出于（或突破于）腹股沟管，在鼠蹊部形成一个疝，称为腹股沟疝。若肿胀部位在鼠蹊部（即腹股沟管内）并且一部分又下凸进入阴囊的鞘膜腔中，则称之为腹股沟阴囊疝。若腹腔内容物如肠管仅仅是穿过腹股沟管而下滑至鞘膜腔中，仅形成鞘膜腔的肿大（鼠蹊部不肿大）则单纯称为阴囊疝。

1. 病因

本病可分为先天性和后天性 2 种。先天性是由于腹股沟管先天过大，并有遗传性，在仔猪出生时即可见到肿疝。后天性的疝主要由于腹压剧增而引起（如剧烈跳跃、堆挤、暴食），发生比较突然，情况常较严重。而先天性的疝常呈还纳性，机体状况相对正常。

2. 症状

疝发生的部位不同和疝发生的程度不同，其症状也不相同。疝内容物发生阻塞时，其全身症状加剧（如无大小便，腹痛等）。

腹股沟疝可单侧发生，也可双侧发生，其疝的体积也可小到难以发现或大到很大（含子宫、膀胱、肠管），不严重时常可以还纳入腹腔，此时全身症状也不明显，严重时则无法还纳，全身症状明显，如不食、不大便、无小便，腹痛、呕吐等。不严重时其疝的表面质地柔软，不胀满，无粘连的感觉。严重时表面较胀满，并且十分坚硬，想推动寻找疝孔都很困难，有时会大到向后方几乎扩展至阴户，类似于阴户疝。

鞘膜内阴囊疝时，患侧阴囊明显增大，触诊柔软且无热无痛，可复性的还可自行还纳（尤倒提患病仔猪时）；若发生嵌闭，则阴囊肿大，发凉有时会有剧烈疼痛。

3. 诊断

详细了解病史和仔细触摸是诊断的关键。呕吐、腹痛、无大便及精神沉郁都可能与肠管阻塞有关；子宫出血或有排泄物，而疝囊中有肿块，表明其内可能含子宫；有痛性尿淋漓史或无小便有可能是膀胱性疝；若网膜或脂肪落入疝中，则通常不表现什么症状。当出现嵌闭性疝时，还应注意区别诊断各种肿胀，如乳房肿胀、脂肪瘤、淋巴结肿大、脓肿或血肿。细针头穿刺抽吸有助于诊断，但应注意消毒，防止脓血症发生。

4. 治疗

一般采取手术疗法，但若疝环特大，根本不会影响疝内容物内的流通（如肠内通畅、排尿、子宫发育），再考虑到猪生命利用期的短暂，有时也可不作手术。但当有可能危及生命或有潜在威胁时常采用手术根治的办法。常规手术径路是先在肿胀的中间切开皮肤（但已摸清疝环时则在近疝环的顶端切开皮肤），常与腹皱襞平行，钝性分离，暴露疝囊，并向腹腔中挤压疝内容物（抬高后躯有利还纳），或抓住疝囊扭转迫使疝内容物通过疝环回至腹腔（下方无粘连时可采用此法）。若不易整复还纳，可切开疝囊，扩大腹股沟管，还纳入腹腔，剪除多余疝囊，结节缝合切开的腹股沟外环和腹壁（或疝孔），为使疝闭锁，在疝环脆弱的情况下，可在腹股沟韧带、腹直肌或腹内斜肌上进行密闭性缝合，最后闭合皮下组织和皮肤。

对于腹股沟疝，也有的采用腹中线径路修复法，尤其是双侧腹股沟疝时，可通过一个切口进行两个疝的修复，有时还可顺便利用这一中线切口法去寻找许多易被忽略的小疝并加以缝合。

对于阴囊疝手术，在局部麻醉后，将两后肢分开并提举（使猪卧倒），利用重力，还纳肠管，术部（可选阴囊顶部，也可选肿胀的阴囊根部）消毒后切开阴囊，在总鞘膜和精索上结扎（同时切除睾丸，因此病有遗传性，不宜作种用），并在腹股沟环上缘两侧做结节缝合（若阴囊多余，亦可切除部分），撒上抗菌药，缝合皮肤，用碘酊消毒。

不论是阴囊疝，还是腹股沟疝，术后均应保持创口卫生，每天坚持消毒，内服或注射磺胺药或抗生素，同时减少运动，不要喂的太饱，注意护理。7～10日可拆线。

（四）股疝

股管位于腹股沟管的后方，为一狭长的血管性陷窝，呈漏斗状向腹腔开放。股管上口称股环，位于腹股沟管内环的后内侧。其前界为腹股沟韧带，后界为耻骨前缘。股管内有股动脉、股静脉和隐神经。由于此处解剖的衰弱有时有股疝发生，但其临床症状和腹股沟疝相同，肿块一般位于大腿内侧，也可延伸至腹股沟区域。股疝有时与淋巴结肿无明显差异。但病史上是突然肿胀，由于股疝与腹股沟疝相似，而且股疝很少发生，故常误诊为腹股沟疝。对股疝的手术，几乎同腹股沟疝。但应尽量高位结扎股管疝囊，在腹股沟筋膜和耻骨间缝合股管。另外缝合时宜小心，因千万不可结扎股血管及隐神经。

（五）膈疝

膈疝是腹腔内脏经横膈膜凸入至胸腔而称之为膈疝。膈疝的诊断常较困难。膈疝有先天性和后天性两种，后者多起因于损伤。严重外伤性膈疝常表现呼吸突然困难，动物宁坐不躺，肘部外展，头颈伸直，有时甚至休克。

膈疝一旦确诊，就应进行手术。有3种手术径路，即胸侧壁、腹中线（向前扩展至切开胸骨）及横胸（胸底壁）。腹中线剖腹径路比较简单，术后疼痛轻，暴露也充分，易接近患部，但当患部与胸腔粘连时则操作困难。

（六）会阴疝

会阴疝多见于老龄公猪。这是由于骨盆腔出口处（两坐骨结节前上方）支持结构松弛所致。明显症状是便秘和里急后重。会阴部肿胀，突出物柔软，具波动感，手指推压可复位。穿刺有可能有肠内容物、尿液或脂肪。

一般以手术切除整复法。猪伏卧保定。下腹垫沙袋，使躯干后躯呈 45°角的前低后高姿势。多运用全麻。排尿排粪后，臀部与会阴部剃毛消毒，肛门周预作荷包缝合。然后从疝中心部切开皮肤，开大创口，分开浅表臀肌和股二头肌，即可见疝囊，不要损伤会阴肌膜。另外在疝囊侧要找到阴部内动脉、静脉（可能已十分怒张）和隐神经，注意不可损伤它们，然后以手指钝性分离疝周围组织，暴露疝腔和内容物。若内容物为脂肪，则可结扎并切除；若是内脏则要还纳到腹腔。完成上述程序后则可依次从后向前缝合肛门外括约肌、尾骨肌、荐坐韧带。切除皮肤缘多余部分，结节缝合皮肤，拆除肛门荷包缝合。若双侧会阴疝，先只进行一侧。待 4～6 周后再作另一侧。一般认为与此同时开展去势术可防止会阴疝的复发。

【处方】

1％普鲁卡因注射液　　　10～15 毫升

用法：适当保定，术部浸润麻醉，切开皮肤，将肠管整入腹腔，纽扣状缝合疝孔和切口。

说明：阴囊疝结合阉割同时进行。陈旧性疝轮需切除部分，以利肌层愈合。

五、风　湿　病

风湿病是一种急性或慢性反复发作的非化脓性炎症，属变态反应性病理过程。本病是以胶原结缔组织发生纤维蛋白变性，骨骼肌、心肌和关节囊中的结缔组织出现非化脓性、局限性炎症为特征。常侵害对称的关节、肌肉及心脏。寒湿地区和冬春季发病率较高。中兽医观点认为风湿病是风、寒、湿邪侵犯机体，引起肌肉、关节疼痛、心肌炎发作，又称风瘫。

1. 病因

发病原因及发病机制尚不完全清楚。冷湿天气、寒冷贼风、地面湿冷坚硬均易发生本病。有在高热闷燥天气下浇喷井水施行降温，导致部分猪只急性风湿性心肌炎死亡及大部分猪只发生肌肉风湿而不能起立、疼痛、鸣叫不已的报道。

有报道称，风湿症发生与溶血性链球菌感染有关。溶血性链球菌是上呼吸道和鼻旁窦的常住菌，当机体抵抗力降低时则侵入机体组织，引起潜在性、局限性感染并产生毒素和酶类，如溶血毒素、杀白细胞毒素、透明质酸酶以及链激酶等。这些毒素和酶刺激机体产生相应的抗体。以后在风、寒、湿及机体抵抗力降低的情况下，链球菌可以重新侵入体内而发生再感染，再次产生的毒素和酶则成为抗原物质，与体内原先已形成的抗体相互作用而引起变态反应，发生风湿病（通常呈急性状态）。

2. 诊断要点

主要症状是发病的肌肉群和关节疼痛及出现机能障碍。疼痛表现时轻时重，有活动型的、静止型的和复发型的。又可分为肌肉风湿（包括急性风湿性心肌炎－常会有病猪发生急性死亡）和关节风湿。患风湿性肌炎有的有明显的全身症状，表现食欲减退，体温升高，触诊肌肉质度变硬，敏感，疼痛反应明显，一触压则鸣叫不已，有的甚至倒地不起，特别严重的个体不表现症状已发生死亡。风湿性关节炎时常出现跛行，腰板僵硬，若天变暖和或加强运动一段时间后，跛行及疼痛症状会有所减轻。

风湿病又有急、慢性之分。急性者发病急、症状剧、病程短，一般数日或1～2周可好转，但以后易复发。慢性者病程长，可持续数周甚至数月，慢性者局部热痛及全身症状均不明显。

根据发病时外因条件的存在，加之明显的肌肉风湿的外在症状可作出初诊。结合血液检查（血沉加快）以及抗"O"检查，再加上以水杨酸钠及碳酸氢钠治疗有明显效果即可确诊。

3. 治疗

本病要给予及时和彻底治疗，保持猪舍干燥、暖和、卫生。

【处方1】

| 复方水杨酸钠注射液 | 10～20毫升 |

用法：一次静脉注射，每天1次，连用3～5天。

【处方2】

复方安乃近注射液　　　　　　　5～10毫升
2.5%醋酸可的松注射液　　　　　5～10毫升

用法：分别肌内注射，每天1次，连用2～3次。

【处方3】

独活50克	羌活50克	木瓜50克
制川乌40克	制草乌40克	薏苡仁50克
牛膝50克	甘草20克	

用法：川乌、草乌加新鲜带肉猪骨500克文火炖4小时，再下余药煎汁，每天分2次灌服，连服5天。

【处方4】针灸

穴位：前肢的抢风穴、膊尖穴、膊栏穴、冲天穴、前蹄叉等；后肢和腰胯部的百会穴、大胯穴、小胯穴、后三里穴、肾门等。

针法：白针、电针、火针或水针，水针可注射川芎注射液、红花注射液，也可选用西药。也可施行醋酒灸、醋麸灸。

六、直 肠 脱

直肠脱是直肠末端黏膜或直肠后段全层肠壁脱出于肛门外而不能自行缩回。严重病例可同时发生肠套叠、直肠疝甚至阴道脱。

1. 病因

体质衰弱、运动不足、肛门括约肌松弛，加之腹泻、便秘、难产或腹压过大、灌注刺激性药物及直肠剧烈刺激性炎症等易发。

2. 诊断要点

轻者在卧地时或排粪尿后，直肠黏膜脱出肛门外，发生红肿，起立后可缩回。严重时直肠脱出呈半球状或圆柱状，暗红色，表面水肿污秽，甚至破口出血、结痂。若伴有直肠或结肠套叠时，脱出之肠管较厚而且硬，可向一侧弯曲，病猪频频努责，伴有明显全身症状。

3. 治疗

应采用手术整复和固定，并结合全身疗法改善机体衰竭状况。

【处方1】整复

0.1%温高锰酸钾水溶液	500 毫升
或 1%温明矾水	300 毫升

用法：保持动物前低后高，清洗脱出的黏膜，然后整入腹腔。

【处方2】固定

① 整复肛门缝合（烟包缝合）

② 针灸

穴位：后海、阴俞、肛脱穴。

针法：电针或水针。水针注入 95%酒精，每穴 2 毫升。

【处方3】补中益气汤

党参 30 克	黄芪 30 克	白术 30 克
柴胡 20 克	升麻 30 克	当归 20 克
陈皮 20 克	甘草 15 克	

用法：水煎或研末开水冲调，一次灌服。每天 1 剂，连用 2~3 剂。

说明：整复、固定后服用。

七、脊 髓 挫 伤

脊髓挫伤是由于脊椎骨折、外伤等原因引起的脊髓损伤。中兽医又称"掉腰"。临床上呈现脊髓节段性的运动或感觉障碍或排粪、排尿障碍。

1. 病因

主要是外力（如打击、滑跌、配种爬跨）等引起。发病较突然。

2. 诊断要点

由于损伤的部位或损伤的轻重不同而表现症状也有所差异。但一般会表现如下症状：①两后肢不能站立负重（若脊髓挫伤位置前至后颈椎或前胸椎，则前肢也不能站立）。但机体的精神状态或饮食仍旧正常；②尾巴松弛，不能摆动；③大小便滞留或失禁，有时大便只能由直肠蠕动而淌出（大便稀时），小便常无；④从颈部向后沿背脊针刺，有较明显的突然无反应区（即前部针刺，皮肤抖动收缩，至脊髓损伤后区域直至两后肢，反应全无或仅有感觉而无运动）；⑤手触压有时能感知损伤的敏感区。

3. 治疗

轻度的损伤有时可以康复，但必须加强护理，可应用活血、消肿、止疼的药物。也可以1％普鲁卡因青霉素对损伤周围实行封闭；也有用硝酸士的宁注入百会穴，每次1支（1毫升装，2毫克，怀孕母猪禁用）。有时为减少损伤引起的脊髓水肿，可静脉注射20％甘露醇（按2毫克/千克体重给药），或用地塞米松。有人采取提起摇晃的办法，对刚发生损伤的猪，以一人抓起双耳，背朝外，左右快速摇晃，另一人快速拍打病猪病腰部背侧及左右侧，当猪突然挣扎有力时，放下看后肢是否可以站立，以此整复。此法在有脊髓损伤并有骨折、出血时，具有更大危险，仅仅适用于单纯的腰椎错位。

重度挫伤，上述方法7～10天治疗无效时，应对病猪实行淘汰。

八、关节滑膜炎（关节炎）

关节炎是关节发炎的概称，滑膜炎是仅指关节囊滑膜层的炎症；也有人将滑膜炎加之滑膜下层组织的炎症称为关节炎。

1. 病因

本病多数由机械性损伤所引起，也可由血行转移而引起，如风湿条件下，溶血性链球菌或其他病原微生物经血循环转移而致。本病按病原可分为无菌性和感染性；按渗出物性质可分为浆液性、纤维素性、化脓性炎症；按病程可分为急性、亚急性和慢性滑膜炎。

2. 诊断要点

急性浆液性滑膜炎的关节腔积蓄大量浆液性炎性渗出物，患病关节肿大、热、痛，指压关节憩室突出部分有明显波动。当渗出物含纤维素较多时，则按压有捻发音。他动运动时关节疼痛明显。站立时患病关节屈曲，不敢负重，运动时，表现以跛为主的混合跛。一般无全身反应。当转为慢性时，跛行、疼痛、增温等均有所减轻，但肿胀常无变化。

化脓性滑膜炎的临床症状比浆液性滑膜炎剧烈，并有明显的全身症状，患病关节热、肿、痛也明显，关节囊高度紧张，有波动感，运动时呈混合跛，严重时会卧地不起，穿刺时流出脓汁。

3. 治疗

急性浆液性滑膜炎的治疗原则是制止渗出，促进吸收，排出积液（无菌条件操作），恢复功能。

【处方1】

0.5％普鲁卡因青霉素　　　　　　　　　5～10毫升

用法：关节腔内注射，注射前放出一些关节液。

【处方 2】

| 地塞米松 | 5 毫克 |
| 青霉素 | 80 万单位 |

用法：关节腔内注射。

另外，也可用冷疗法或压迫绷带法。

九、黏 液 囊 炎

黏液囊是存在于关节突出部皮下或腱下的一种贮有黏液的闭锁小囊，具有减压、缓冲、减少摩擦及便于肌腱活动的作用。

1. 病因

该病多因严重挫伤，经常反复的摩擦和压迫，以及某些传染病（如布氏杆菌病）的继发所致。

2. 诊断要点

一般常出现局限性（腕前常见）、慢性、带有波动性的隆起，逐步增大，无痛，无热，皮肤增厚，穿刺流出黄色液体；如时间久了或磨破而感染，则有时会流出脓汁。该病一般不妨碍运动（肿胀严重而关节无法屈曲时例外）。

3. 治疗

该病可采用保守疗法和手术疗法治疗。

【处方 1】

| 3％～5％ 福尔马林酒精溶液 | 适量 |

用法：肿胀处消毒后，先穿刺放液，再注入 3％～5％ 福尔马林酒精溶液，保持 1 小时左右，再排出药液，装上压迫绷带。

【处方 2】手术疗法

肿胀处消毒，剃毛，在肿胀一侧切开皮肤，分离黏液囊，直至完全取出黏液囊，冲洗创腔，切除皮肤，缝合皮肤切口。

十、腐 蹄 病

蹄间皮肤和软组织具有腐败、恶臭特征的疾病总称为腐蹄病。它包括蹄部皮炎、蹄间组织坏死、蹄关节炎、结缔组织炎、骨炎、蹄叶炎等。

1. 病因

泥泞、污秽的圈舍，尖锐异物的损伤，蹄形不整的畸变，钙磷代谢的紊乱、口蹄疫及坏死杆菌等病原微生物的侵袭均可发生腐蹄病。

2. 诊断要点

蹄间、蹄冠、蹄踵部皮肤发生红肿、破溃、水疱、溃疡、化脓流水、蹄底部出现腐烂的小洞，蹄壳开裂，甚至脱落。患猪跛行严重，甚至两前肢跪地行走（当两前肢罹患腐蹄病时），有时更严重者体温升高、食欲废绝，若不及时治疗，甚至发生败血症而死亡。

3. 治疗

首先应查明是否是烈性传染病（如口蹄疫）或群发性疾病（如钙、磷代谢障碍，饲料长期缺磷等），应针对原发病加以解决，针对不良地面及圈舍条件加以彻底改善。

针对不同性质的蹄病，做针对性处理。

【处方1】

10％硫酸铜溶液

用法：对患蹄作蹄浴。全身应用抗生素或磺胺药。

【处方2】

0.1％高锰酸钾溶液

用法：清洗创部或有病蹄底，同时涂擦消炎及促进创伤愈合、促进肉芽生长的药物，如土霉素、鱼肝油制剂、生肌散、血竭粉等。全身应用抗生素或磺胺药。

十一、蹄 叶 炎

蹄的真皮部分发生炎症，致使站立行走极度困难的一种全身性疾病。

1. 病因

长期给予难以消化的较大量的精饲料，引起消化不良，机体吸收大量组织胺，而机体处于严重酸中毒情况下，其四肢末梢血液循环障碍，蹄叶间发生急剧肿胀，致使跛行明显，站立困难，疼痛；长途运输，长期站立四蹄疲劳可导致该病发病；某些全身性代谢性的酸中毒也可导致发病。

2. 诊断要点

体温升高，食欲减少，不能站立及运动。勉强站立时，四肢集于腹下，趾尖着地，步样紧张，肌肉阵颤，并频频交替负重，呈低头拱背状，疼痛明显。

3. 治疗

急性病例治疗原则是去除病因，解除疼痛，改善血液循环。

【处方1】

芒硝　70克　　芦荟　2克　　干姜　6克　　小苏打　30克

用法：水调一次灌服。

说明：治疗蹄叶炎初期，蹄部急痛增温。

【处方2】

血余炭　10克　　松香　32克　　黄蜡　47克

用法：前二药研末，黄蜡溶后调成膏，将膏涂于蹄心、蹄壁，用烙铁轻烙，数日后换药，再处理1次。

十二、公猪尿石尿闭

该病是公猪尿路不通，排尿困难的一种病症。

1. 病因

该病病因有长期饮水不足、饲料中钙、磷比例不合理、维生素 A 缺乏、常喂棉籽饼等。

2. 诊断要点

病猪体温一般正常，初期拱腰，尿量减少但尿频，逐步出现尿淋漓，排尿困难，至后期出现排尿痛苦，屡作排尿姿势而不见尿排出，后腿叉开，不停踏步、摇尾。最后可因膀胱麻痹或破裂，出现尿毒症症状。

3. 治疗

（1）药物排石　如果结石细小，处于疾病早期尿道不完全阻塞时，可用清湿热、利水道的中药剂煎水内服，促使结石化解并排出。

【处方1】

金钱草　120 克　　瞿麦　60 克　　通草　60 克　　大黄　40 克　　龙胆草　30 克　细辛　20 克　　丁香　30 克

用法：研末或水煎取汁，将上剂量分 2～3 次灌服。

【处方2】

金钱草　100 克　　鲜车前草　100 克　　海金沙　50 克

用法：煎水待冷灌服。

（2）手术治疗　如果结石较大，排尿极困难时，则以导尿管通冲，若仍不见效则实行手术治疗。

仔细触摸结石阻塞部位（有时借助 X 射线诊断），切开皮肤、尿道，取出石块，并通入导尿管，上下通畅后，仔细缝合切口（内可置导尿管保留一周，其导尿管下端应长出龟头），连续进行抗菌消炎 6～7 天，并由导管中送入泌尿管消毒药，冲洗尿道及膀胱，7 天后抽出导尿管。这样，伤口得以充分休息及修复。若切开皮肤及尿道，发现坏死严重，则可上移切口，行尿道皮肤造口术（"公猪改母猪"）；也有人将结石以导尿管推入膀胱后行膀胱插管冲洗术（7～10 天后摘管）。

第二节　产科疾病

一、母猪配种过敏症

自然交配的某些初产母猪（经产母猪少见），在配种数小时后出现一些过敏症状。

1. 病因

某些初产母猪在与某个别公猪交配时，由于公猪的精液进入母猪的阴道和子宫引起过敏反应，或由于交配刺激本身引起受配母猪的一种反应。

2. 诊断要点

交配后母猪乏力，瘫软，反应迟钝，甚至不食，四肢发冷，体温偏低，胃寒怕冷。

3. 治疗

【处方1】

10% 安钠咖   10 毫升

用法：肌内注射。

【处方2】

地塞米松 75 毫克

用法：肌内注射或随液静脉注射。

【处方3】

10% 葡萄糖酸钙液 20～50 毫升

维生素 C   10～20 毫升

地塞米松   5 毫克

用法：混合静注。

【处方4】

5% 葡萄糖盐水 500 毫升

用法：静脉注射。

【处方5】针灸

针刺抢风穴和蹄叉穴。

二、流 产

流产是由内外各种因素的作用，破坏了母体与胎儿之间的正常孕育关系，而使妊娠中断。它包括胎儿被吸收（常称作隐性流产），从子宫中排出死亡的胎儿或不足月的活胎儿等几种情况。

1. 病因

引起流产的原因十分复杂。如因某些传染病或寄生虫病（布氏杆菌、钩端螺旋体病、伪狂犬病、繁殖呼吸综合征、滴虫病、弓形虫病等）引起流产；由于各种疾病（如严重消耗性疾病或严重心、肺、肝、肾疾病或大出血、腹泻、臌气等）和有害因素（如过度辐射、有毒作物）使胚胎发育不良也可引起流产；由于胎水过多、胎膜水肿、胎盘异常（如胎盘绒毛变性、绒毛膜肥大、葡萄胎等）引起流产；母猪怀孕期内分泌失调，如孕激素不足、雌激素过多等；母猪误食有毒或霉烂饲料，冬季饮冰水等均可引起流产。

2. 诊断要点

隐性流产常发生于怀孕早期，当怀孕终止时，胚胎的大部分被母体所吸收，大多无临床表现，有时仅见阴门流出较多分泌物，或偶带一点血丝，见不到胎儿；或无任何症状，过一段时间后又出现发情。排出未经变化的死胎，胎儿及胎膜很小，常在无分娩征兆的情况下排出，多不被事先察知。排出有变化的死胎儿，包括胎儿干尸化、胎儿浸溶和胎儿腐败气肿。猪是多胎动物，在足月怀孕及正常怀孕分娩时，有时会在众多产出的足月、活的小猪中夹杂一些不足月的处于不同怀孕阶段的死胎或者干尸化胎儿。

根据临床症状可作出初步诊断。另应根据发病原因及病原学检查查出病原或病因。

3. 治疗

首先应查明病因，尤其首先应排除是否传染病而引起，疑为传染病时，应在无菌操作条件下取羊水、胎膜及流产胎儿的胃内容物进行检验，并深埋流产物，消毒污染场所，确定是传染病引起时，以传染病规定处理。对传染病流产，要特别注意隔离和消毒，并对个体患猪实施针对性治疗，如布氏杆菌应用红霉素或氯霉素、新霉素，对弯杆菌可用链霉素，对滴虫病用吖啶黄或甲硝唑等。

对有先兆性流产，胎儿尚未被排出者，应尽力保胎，1次注射黄体酮15～25毫克。

对保胎无效者，应尽快实行引产，并做好产后处理。引产的方法主要是药物引产（用地塞米松，剂量75毫克，或用地塞米松＋氯前列烯醇0.5～1毫克）；亦可使用催产素治疗。

对胎儿浸溶或胎儿腐败，应进行子宫冲洗或剖腹取出胎骨（或胎儿）。但有腐败性子宫炎或纤维素性子宫炎时应禁止冲洗，同时还应进行全身对症治疗。

三、假　　孕

猪出现妊娠的征候但并不出现产仔称为假孕。

1. 病因

内分泌紊乱，如交配不当，其黄体大量形成并分泌黄体酮，及母猪生殖器官（尤其子宫）有炎症或蓄液（脓）均可形成假孕状态。

2. 诊断要点

母猪与正常猪妊娠相似，后期乳房增大，有的甚至可挤出乳汁，接近正常怀孕期满左右，会出现作窝、蹲窝、拒食；有的母猪还会给仔猪授乳。有时阴道内会排出液体，然后多数转为慢性子宫内膜炎。

3. 治疗

有些猪可以不治自愈。

【处方1】

氯丙嗪

用法：肌内注射，1～2毫克/千克体重。

【处方 2】

益母草煎剂 4～8 毫升或红花 1～2 毫升

用法：灌服，每日 2 次。

四、阴 道 脱 出

阴道壁松弛、形成皱襞，一部或全部突出于阴门之外称阴道脱出，简称阴道脱。该病产前产后均可发生，尤以产后为多。

1. 病因

主要病因有以下几点：饲养管理不善，饲料不足，缺乏蛋白质和矿物质；母猪年老经产；缺乏运动，场地狭小、拥挤等；长途运输，肠胃臌气、剧烈腹泻；怀孕后期胎儿胎水过多、腹压过大，难产助产时产道干涩、牵拉过度等。这些因素造成固定阴道的组织松弛、腹内压升高和努责过强而形成阴道脱。

2. 诊断要点

阴道不全脱出时，母猪卧地后，可见到从阴门口处突出如鸡蛋大或更大些的红色球状脱出物，母猪站立后脱出物可缩回。病猪常无明显症状。但随着脱出时间延长，会发展成阴道全部脱出。

阴道全脱出时，整个阴道脱出于阴门之外，呈红色大球状，母猪站立时也不缩回。严重时在脱出的顶端可发现呈结节状的子宫颈外口。更严重时，直肠也会脱出。阴道由于脱出严重及时间过久，其表面发生淤血、水肿、损伤、破口、坏死，呈污秽状。母猪此时通常表现严重的全身状态。有时由于尿道外口被压在脱出阴道的底部而形成尿闭，个别病猪伴有膀胱脱出（含在外翻的阴道囊内）。

3. 治疗

应采用手术整复和固定，并结合全身疗法改善机体衰竭状况。

【处方 1】 整复

0.1％温高锰酸钾水溶液　　　　　500 毫升

或 1％温明矾水　　　　　　　　300 毫升

用法：清洗脱出的黏膜，然后整入腹腔。

【处方 2】 固定

① 整复阴道缝合（纽扣状缝合、圆枕缝合、双内翻缝合）

② 针灸

穴位：后海、阴俞穴。

针法：电针或水针。水针注入 70％酒精，每穴 2 毫升。

【处方 3】 补中益气汤

党参 30 克	黄芪 30 克	白术 30 克
柴胡 20 克	升麻 30 克	当归 20 克
陈皮 20 克	甘草 15 克	

用法：水煎或研末开水冲调，一次灌服。每天1剂，连用2～3剂。

说明：整复、固定后服用。

五、难 产

怀孕期满，胎儿发育成熟，母体不能将胎儿、胎衣从产道顺利地排出体外，统称为难产。

分娩能否顺利完成，主要取决于母猪的产力、产道和胎儿3个因素。母猪的产力由子宫的收缩（阵缩）和腹肌、膈肌的收缩（努责）共同构成。母猪的产道由软产道（子宫、子宫颈、阴道和阴户）和硬产道（骨盆腔、荐椎、尾椎、荐坐韧带）所构成。母猪的骨盆构造比其他动物更利于分娩，其骨盆坐骨结节低矮，骨盆出口较敞开，骨盆斜度较大，骨盆腔底壁较平坦。另外胎儿颈部粗短，一般不易会发生头颈的侧转、低下或后仰，使难产发生比例相对较少。

1. 病因

难产的原因较为复杂，大致有如下几种。

（1）产力异常　娩出力弱较为多见，如母猪体质瘦弱或过肥、运动不足、饲料搭配不合理等。若发生子宫腹壁疝或单纯的腹壁疝时也会出现阵缩和努责微弱。

（2）产道异常　包括骨盆畸形、骨折；子宫颈和阴道瘢痕、粘连和肿瘤、阴道中肿胀物阻塞、阴门狭窄等；子宫扭转（人工助产时，为方便左右手操作常翻转母体也可能会造成子宫扭转，这会使难产加剧，也会使病情加剧。）

（3）胎儿异常　它包括胎儿活力不足、畸形、胎儿过大以及胎位不正。有时即使胎儿大小均正常，但若胎儿的位置与母体骨盆腔相对位置不协调（如胎儿横位卡在骨盆腔入口）也会发生难产，而且这种情况还占有相当大的比例。

2. 诊断要点

母猪的预产期已到或已过，但不见母猪努责或努责无力；或者仅顺利排出一部分胎儿，以后娩力下降而停止排出胎儿。有时前面几个胎儿顺利排出而且排出的间隔大致一致（如均在5～20分钟左右），若以后母猪虽仍有努责，但久久不见胎儿排出，则很可能预示难产。此时，应清洗、消毒手臂及母猪后躯与阴道，手伸入产道检查，以便及时发现问题及早处理。

早期难产时，母猪体况尚正常，难产拖久后，母猪常烦躁不安，时起时卧，痛苦呻吟，甚至出现严重的全身症状。

3. 难产的处理

母猪发生难产，应根据原因和性质，采取相应的措施。

（1）娩出力微弱　当宫颈尚未充分开张，胎囊未破时，可稍待，同时用手隔着腹壁按摩子宫，以促进子宫肌的收缩。若子宫颈已开张时，可向产道内注入润滑剂，手（或以小家畜产科钳）伸入抓住胎儿后缓缓拉出，在接出2～3个胎儿后，如果手触摸不到其余胎儿时，可等待20分钟，将前躯抬高也有利于够到或拉出胎儿。如子宫颈已开张，可以注射催产剂，皮下或肌内注射垂体后叶素（或催产素）10～50个国际单位。上述方法仍无效时，当确定子宫内仍有胎儿后，可考虑进行剖腹产术。

（2）骨盆狭窄或胎儿过大　常先向子宫腔内灌注润滑剂，同时做荐尾麻醉，以后缓缓、强行牵引胎儿（包括牵引中肢解取出胎儿），若仍不奏效，应进行剖腹产术。

（3）胎儿向位势异常

① 骨盆腔入口处胎儿横位，检查时仅可触及胎儿脊背或仅可触知四肢及腹壁。助产的方法是将胎儿的上半段或下半段向里推，同时设法够到并握住两后肢或前肢加头部，使其成纵向方向被牵引出产道。

② 胎势不正，如前肢腕关节屈曲及肘关节屈曲，只要分娩正常，产力足够，有时不影响娩出。仅前肢肩关节向后屈曲和后肢跗关节屈曲时需要助产，可用手指或产科钩矫正其不正的前肢（或后肢），有时胎儿卡在骨盆腔中时，应推动胎儿入腹腔再行矫正后拉出。后肢髋关节屈曲，矫正使后肢向后伸直常较困难，此时可以手伸入产道内握住不正肢，缓缓将其强行牵引拉出。

（4）剖腹取胎术

① 保定　病猪取横卧保定。

② 术前准备　术部清洗剃毛，涂擦5％碘酊，铺消毒创布，局部用2％普鲁卡因20～30毫升，沿切口皮下和肌层做菱形浸润麻醉。

③ 手术部位　于左侧（或右侧）腹壁上从髋骨结节向腹部引一垂线，再从已向后牵引的后肢膝关节处向前引一平行线，在离此两线交点的前上方约5厘米处为切口上方的起点，沿此处略向前下切开皮肤，切口长度约15～25厘米。

④ 手术步骤　按手术常规切开皮肤、皮下筋膜、肌肉及肌膜，暴露腹膜，并避免伤害肠管等，以两镊子镊住腹膜皱襞切开腹膜。以后向前上方推动网膜，暴露并取出一侧子宫，置于大创布之上，并以一块巨大的消毒纱布填塞于子宫下，堵住创口（防肠管外溢，防切开子宫时，羊水流入腹腔），沿子宫大弯在子宫体近处，纵向切开子宫（选胎头或胎臀处，不要在胎背上切口，以防切口被动拉大），取出切口处胎儿，其他胎儿依次用手压迫挤动胎儿，使其向切口处移动并取出切口外，一侧子宫内取完后，再从此切口深入并接近子宫体，同时另一手压迫另一子宫角胎儿向宫体处挤压，两手合力，将胎儿从切口处取出。有时取出困难时，也可在另一子宫角上做一切口取出胎儿。当宫腔较宽大，术者手较小时，可直接从一个切口伸入宫腔，逐个取出胎儿。在手术中应防止宫内羊水、血水流入腹腔。胎儿全部取出后，并尽力取出胎衣，然后用灭菌生理盐水冲洗宫腔。子宫切口创缘先做连续缝合（可仅缝合肌层及浆膜），然后再作连续内翻缝合，把子宫送回腹腔，理顺子宫使不发生扭转，灭菌生理盐水洗净腹腔创口，撒上抗生素，逐层闭合腹壁及皮肤，并以碘酊消毒。

（5）死胎的子宫处理　可采用温盐水子宫灌注催产疗法。开水中加入清洁食盐，配成 2%～3% 的浓度，待水温凉至 38～40℃ 使用，母猪侧卧，以手伸入宫颈（同时进一步触摸胎儿死亡情况），并同时将导管插入宫腔，灌入温水 2～4 千克即可，一般 1～2 天后死胎及胎衣会陆续排出体外。也有在灌入盐水后，同时配合实行肌注催产素 30～50 单位，促进胎衣及胎水的排出。尚可选用下列方法引产。

① 氯前列烯醇 1～2 毫升＋地塞米松 50 毫克，肌注引产。

② 芒硝 250 克，童便 300 毫升，给猪内服，多在 24 小时会排出死胎。

③ 子宫腔内注入 0.1% 高锰酸钾溶液 300 毫升。

④ 铁锈鳖甲汤：鳖甲 30 克、红花 25 克、桃仁 25 克、炒蒲黄 30 克、当归尾 30 克、赤芍 20 克，煎液，铁锈棍烧红淬入药液，内服，1 天后排出死胎。此法对下次配种无不良影响。

4. 难产时几种垂危情况的处理

（1）难产大出血

猪在分娩时，除了胎儿要从子宫内被排出以外，其胎膜及脐带也要被排出。母体胎盘与胎儿胎盘将发生分离，这些都组成了产后出血。由于胎儿过大、努责或阵缩过强、胎儿姿势异常、粗暴助产均可造成子宫破裂或穿孔及子宫阔韧带大血管破裂，胎儿在通过产道时易损伤产道也会造成大出血。

① 症状　出现大出血时，有时从阴户发现流出大量血液，这多为子宫或阴道出血，而子宫穿孔及子宫阔韧带血管出血，常不易见到从阴户流出血液。出现急性大出血时，母猪体况会急剧下降，努责有时停止，黏膜及眼结合膜苍白，母猪虚弱，摇摆，呻吟，喘气，甚至很快死亡。

② 处理　应沉着冷静进行抢救。具体方法如下：a. 不宜采用等渗或低渗补液，多采用高浓度补液，如 50% 葡萄糖溶液、25% 葡萄糖溶液；b. 止血，一是全身用药，如 5% 氯化钙注射液、安络血、止血敏、维生素 K 等；若子宫出血可用催产素，以促进子宫收缩、压迫子宫壁血管；二是局部处理、止血，查明出血源，加以压迫或止血（以钳夹、纱布压迫）；c. 强心问题，在有大出血并且没有止住的情况下，一般不采用强心剂；d. 试行进行一次性输血，以 4% 枸橼酸钠或 5% 氯化钙注射液或 2% 肝素钠作抗凝剂，现场采血（采健康猪血）进行输血，给患猪输血时，开始输血量宜少，若不见输血反应（如无颤抖、毛立、呕吐等）则可加大输血量，有时为减少输血反应，常对患猪事先注射 50 毫克地塞米松；e. 加强管理，1～2 天内限制饮水，3～4 天后可增加饮水，喂易消化不易便秘的食物，饲料可带些人工盐（50 克/次），减少运动。

（2）子宫破裂或穿孔

① 病因　胎儿横位，母猪强烈努责及阵缩；难产时，尤其是子宫颈未完全开张时大量使用催产药；粗暴助产；坏死性子宫炎冲洗时插管损伤。

② 症状　分娩中努责突然停止；产道流血，母体体况下降，或突然安静下来

而停止分娩动作；母猪贫血、骚动；若冲洗子宫（子宫炎时），不见回流。实验性宫腔内注入红色素，结果腹腔穿刺流出均质鲜红液体。

③ 治疗　若破裂大，则应尽快取出胎儿，然后使用子宫收缩药（如催产素30～50单位/次，肌注），同时使用全身止血药。

（3）分娩休克　头胎产母猪，母体体质强，胎儿数少，胎儿相对较大，强烈努责，使硕大的胎儿紧紧地卡在骨盆腔而上下不得，则母猪易发生疼痛性休克，母猪喘气、紧张、呻吟、挣扎，眼结合膜由潮红转为苍白，接着四肢冷厥，对于这种情况，恢复母猪体况，实行抗休克显得十分重要，可以强心、补液（快速补液），同时使用镇痛药（如氯丙嗪），实施荐尾麻醉（3%普鲁卡因5毫升），同时尽速解除胎儿卡在骨盆腔的状况，可用力拉出胎儿，若不行则将胎儿推入腹腔，可在产道内灌多量润滑剂，再拉出胎儿。

六、胎 衣 不 下

排出胎衣应属分娩过程中的第三期（胎衣排出期），胎衣不下是指经胎衣排出期后（猪为 3 小时）胎衣仍未排出者。一般母猪产出后经 10～60 分钟左右即可排出胎衣，个别母猪排出胎衣后会将胎衣吞食掉，若未加仔细观察，往往会误认为胎衣不下。

1. 病因

子宫收缩无力，由于孕期的饲养管理不当，怀孕后期运动不足，饲料中缺乏钙盐等，营养过剩或不良，孕猪过肥或过瘦而引起子宫弛缓；胎儿过大、难产、胎水过多；母体胎盘与胎儿胎盘发生病理性粘连（如患布氏杆菌病时）。

2. 诊断要点

猪较少发生全部胎衣不下，临床上多见部分胎衣不下。检查是否胎衣全部下净，应检查胎衣上的脐带断端数是否与产仔数相等。

母猪发生胎衣不下后，会表现不安，仍不断地努责，食欲减退和废绝，但喜饮水且体温会升高，常可见从阴门处流出红褐色的液体（时间久会有臭味）。猪胎衣不下常继发化脓性子宫内膜炎及脓毒败血症，导致明显全身症状，甚至死亡。

3. 防制措施

从加强怀孕母猪饲养管理入手，喂给全价饲料，尤其注意矿物质（钙、磷）的比例投入，以及维生素 E 及亚硒酸钠的补充。每天要适当的运动，防止母猪过肥过瘦。对布氏、结核菌病应坚持检疫及淘汰。

【处方 1】

垂体后叶激素	20～40 单位

用法：一次肌内注射。

【处方 2】

当归 15 克	香附 15 克	川芎 10 克

红花 6 克 　　　　　　　桃仁 6 克 　　　　　　炮姜 9 克

用法：水煎，一次灌服。

七、子宫内翻及脱出

子宫角、子宫体、子宫颈等翻转突垂于子宫或阴道内，称子宫内翻（内套迭），而翻转突垂于阴门之外，称子宫外翻，又称子宫脱。

1. 病因

基本同阴道脱。怀孕期间运动不足、饲养不当及母猪年老体弱致使全身组织弛缓无力、子宫肌弛缓；胎儿过多使子宫过度伸张，也易发子宫脱；母猪分娩后由于胎衣拥堵、阴道感染刺激使后努责过强，也易发生该病。

2. 诊断要点

根据子宫脱出的程度，可分子宫内翻及子宫脱出。子宫内翻时，病猪站立时常拱背、举尾、频频努责，呈排尿排便姿势，手伸入产道，可摸到套叠的子宫角拥堵其中；病猪卧下时，可见到阴道内突出的红色的球状物。母猪体况一般尚可。

子宫外翻时，常呈两子宫角脱出，脱出子宫呈明显的"Y"状，有时可能一子宫角外翻，而另一子宫角发生了套叠。脱出的子宫象两段（或一段）肠管，表面呈紫红色，并有很多横褶。子宫脱出稍久，黏膜发生淤血、水肿、坏死、感染；母猪常继发败血症，表现明显全身症状。脱出之子宫由于牵拉作用，可将卵巢及子宫韧带扯断，而发生致死性内出血，病猪迅速恶化，甚至濒于死亡。

3. 治疗

子宫脱需及时就地整复，否则脱出越久，越难整复，而且预后越差。

【处方 1】补中益气汤

党参 30 克 　　　　　　黄芪 30 克 　　　　　　白术 30 克

柴胡 20 克 　　　　　　升麻 30 克 　　　　　　当归 20 克

陈皮 20 克 　　　　　　甘草 15 克

用法：水煎或研末开水冲调，一次灌服。每天 1 剂，连用 2～3 剂。

说明：整复、固定后服用。

【处方 2】针灸

穴位：阴俞、阴脱穴。

针法：电针或水针。水针注入 95％酒精，每穴 2 毫升。

注：猪子宫全脱出整复较困难，可在腹胁部切开，从腹腔内牵拉整复，无生产价值的老母猪，可行子宫切除术。

八、生产瘫痪

生产瘫痪又称乳热症，是母猪分娩前后突然发生的以肌肉松弛、昏迷和低钙血症为特征的代谢性疾病。

1. 病因

现今比较一致的看法是本病的发生与急性低血钙有关。母猪在分娩中或邻近分娩时，常存在一定程度的低血钙情况，但只有当血钙明显降低时才有发病可能。正常血浆钙含量为 152.64±10.32 摩尔/升。血钙来源有二，一是肠道吸收钙，二是骨组织存钙的动员。肠吸收钙入血、骨钙的外出动员受甲状旁腺激素、降钙素、维生素 D 及其代谢产物的调节。血钙的去向有四，一是从粪、尿中排出，二是怀孕期供给胎儿，三是泌乳流出，四是自身骨中贮存。当产仔后泌乳使钙急剧丢失，而从肠中吸收及骨中动员的钙（10～20 克之间/日）不足以补充，便会发生急剧失钙，以致影响神经肌肉的正常机能而发生临床症状。

2. 诊断要点

病初母猪表现不安，食欲减退，体温正常，随即走路摇摆，逐步体力不支，躺卧，肌肉松弛，反射减弱及消失，泌乳多数停止。实验室检查血钙降低。以钙制剂治疗效果通常明显，也可以帮助建立诊断。

3. 治疗

补钙，强心，补液，维持酸碱平衡和电解质平衡。

【处方 1】

10% 葡萄糖酸钙	150～200 毫升
或 10% 氯化钙注射液	20～30 毫升

用法：静脉注射，注射时不要漏至皮下，必要时可重复注射（第 2～第 3 天）

【处方 2】

5% 葡萄糖注射液	500 毫升
维生素 C	适量
20% 安钠咖	10 毫升

用法：静脉注射。

【处方 3】

独活 30 克　桑寄生 45 克　杜仲 30 克　牛膝 30 克　秦艽 30 克　茯苓 30 克　桂心 30 克　当归 30 克　防风 25 克　芍药 25 克　细辛 10 克　党参 30 克　川芎 15 克　熟地 45 克　甘草 20 克

用法：煎汤内服，每次 60～90 毫升。

九、子宫内膜炎

子宫内膜炎是母猪分娩时或产后子宫感染而发展成的一种炎症状态。它是母猪最为常见的一种生殖器官疾病，往往造成发情不正常或不发情，或者虽正常发情但屡配不孕，即使妊娠也易发生流产。

从炎症的性质可将子宫内膜炎分为卡他性、脓性卡他性、纤维蛋白性、坏死性、坏疽性子宫炎；从炎症的过程上可分为急性、亚急性和慢性子宫内膜炎；从炎症波及子宫壁的深度上分为内膜炎、肌层炎、浆膜炎及子宫周围炎（包括附件炎）甚至盆腔炎。

1. 病因

① 助产、剖腹产时严重感染；② 子宫脱、阴道脱及胎衣不下时严重感染；③传染病及寄生虫病（如布氏杆菌、弧菌病、滴虫病等）引起；④流产、死胎时感染；⑤人工授精消毒不严，不洁的种公猪交配传播；⑥血源性或淋巴源性感染；⑦机体抵抗力下降时，体内条件性致病菌所致。

2. 诊断要点

由于疾病性质、病程、组织层次的不同，其区分也较难，其症状差异也大，处理方法亦各不相同，总之较为复杂。从临床的角度上看大致分为急性子宫内膜炎、慢性子宫内膜炎和隐性子宫内膜炎。

急性多发于产后及流产后，全身症状明显，食欲减退或废绝，体温升高。阴道中常流出红褐色、灰色或白色带有腥臭的黏液或脓液（有时混有红色）。

慢性一般由急性转变而来，全身症状似有减轻，有时从阴道口流出透明、浑浊或杂有脓性的分泌物。母猪发情不规律，或能按期发情，但屡配不孕。久病之母猪常明显消瘦。

隐性子宫内膜炎是一种特殊形式的子宫炎症，因为从外表上看母猪无什么临床症状，而且能正常发情，但每次发情时，打开阴门仅见少量黏液，其中仅有少量浑浊，但实行配种，多数总是配不上。这种亚健康状态在猪中尚不在少数。

3. 治疗

对待子宫内膜炎必须实行防治结合，努力提高机体的抵抗力，促进子宫的收缩，排除子宫内容物，加速净化，加强子宫内膜再生过程，采取全身加局部的综合治疗措施。

【处方1】

0.05％新洁尔灭溶液	适量
青霉素钠	200 万单位
链霉素	200 万单位
催产素	10 单位

用法：母猪倒卧保定，用输精管插入子宫，接注射器注入新洁尔灭液，然后抽出，反复冲洗干净，排尽洗液后注入稀释的 40 万单位青霉素，剩余青霉素、链霉素一并肌内注射，1 小时后再肌内注射催产素。次日和第 5 天再重复 1 次。

说明：冲洗前可肌内注射氯前列烯醇 1.5 毫升；冲洗子宫也可用新洁尔灭或 0.1％高锰酸钾或呋南西林或青霉素等。抗生素可用金霉素、四环素、磺胺噻唑、甲硝唑葡萄糖注射液等。

【处方2】

益母草 15 克	野菊花 15 克	白扁豆 10 克

蒲公英 10 克　　　　　　　　白鸡冠花 10 克　　　　　　玉米须 10 克

用法：加水煎汁，加红糖 200 克，一次灌服。

十、母猪产后尿闭

母猪产后尿闭是母猪产后 10 天内出现排尿困难，尿液潴留于膀胱内的一种急症，又称产后癃闭。

1. 病因

①体质虚弱，膀胱麻痹；②膀胱炎，尿道炎；③腰损。

2. 诊断要点

母猪常起卧不安，腹部膨胀，触诊有波动感，母猪频作排尿姿势，但无尿或呈点滴状排出，用力触抬腹部时，有少量尿液排出。

3. 治疗

以导尿救急、补充能量、兴奋排尿中枢为原则，辅以中药方补益气血、温阳利水、理气健脾。

施行导尿术时，导尿管及术部、术者手都常规消毒后，术者左手中指伸入阴道，探找到尿道口，右手将导尿管的一端顺左手中指缓缓插入尿道口，送入 20～40 厘米，尿液即迅速流出。

【处方 1】

乌洛托品　2～5 克（或呋喃坦丁）

10% 磺胺-5-甲氧嘧啶　　　　　　20 毫升

用法：乌洛托品 2～5 克（或呋喃坦丁）灌服，10% 磺胺-5-甲氧嘧啶 20 毫升肌内注射。

【处方 2】

茯苓 50 克、泽泻、木通、车前子各 30 克，黄芩 20 克，甘草 15 克

用法：煎汤去渣，分 3 次在 1 日内服完。

【处方 3】

10% 苯甲酸钠咖啡因　　　　　　5 毫升

用法：在后海（交巢）穴注射 10% 苯甲酸钠咖啡因 5 毫升，每天 1 次，连用 1～2 次。

十一、母猪产后不食

母猪产后胃肠功能紊乱、食欲减退的一种病症。

1. 病因

①产前精料过多或突然改变饲料；②分娩过程体力消耗过大；③产后患病（如产褥热、胎衣不下、子宫内膜炎、生产瘫痪、急性乳房炎等）。

2. 诊断要点

根据母猪产后精神疲乏、食欲减退、饮水减少、体温正常或略高等表现可以作出诊断。

3. 治疗

该病治疗重在健胃、促进胃肠运动。

【处方1】

甲基硫酸新斯的明注射液　2～6毫克

用法：1日1次肌内或皮下注射，促进胃肠兴奋及蠕动。

【处方2】

人工盐30克　　复合维生素B片15片（每片含维生素 B_1 1毫克、维生素 B_2 3毫克　　维生素 B_6 2毫克　　维生素 B_{12} 10微克　　烟酸3毫克　　泛酸2.5毫克　　叶酸0.5毫克及维生素C 1.5毫克）　　陈皮酊20毫升

用法：喂服。

十二、卵泡囊肿

卵泡囊肿是卵巢的滤泡上皮变性，卵泡壁增厚，腔中充满了卵泡液，卵泡液中富含雌激素，因而临床上表现为持久的、明显的、强烈的发情。

1. 病因

①精饲料过多，尤其是碳水化合物饲料过多，而青绿饲料及维生素缺乏；②垂体激素比例失调，促卵泡素（FSH）过多、促黄体素（LH）不足。

2. 诊断要点

发情周期变短，持久的、明显的、强烈的发情，阴户明显肿胀，流出黏性分泌物较多，有时多爬跨动作，高度兴奋，呈"慕雌狂"状态。进口品种母猪其正常的发情征兆通常不如地方品种猪明显，若进口品种出现了像地方品种猪那样明显的发情，多数可断定为卵泡囊肿。

3. 治疗

【处方1】

促黄体素150单位或人绒毛膜促性腺激素（hCG）1000～2000单位。

用法：肌内注射。

【处方2】

氯前列烯醇　　　　　　　　　0.5～1毫克

用法：肌内注射。

十三、持久黄体

由于某种原因使卵巢上的黄体该退化时而不退化（如性周期黄体或断乳时卵巢上的黄体），超过一个性周期后仍不退化，称为持久黄体。临床上的表现主要是一

直不发情。

1. 病因

饲料单纯而贫乏，尤其缺乏蛋白质和维生素；哺乳负担过重；某些子宫问题（如子宫蓄脓、慢性子宫炎）；内分泌原因，如下丘脑中促黄体素释放激素（LRH）不足而致使垂体不能产生足够量的促卵泡素（FSH）和促黄体素（LH）等因素均可引起持久黄体。

2. 诊断要点

母猪性周期停止或发情间隔延长或产后久不发情，阴户干燥，皱缩，临床上出现不发情，拒绝交配，根据以上症状可对该病做出诊断。

3. 治疗

【处方】

前列腺素（如氯前列烯醇）

用法：肌内注射，一次1支（1～2毫克）。

十四、卵巢静止及卵巢萎缩

卵巢静止是卵巢机能暂时减弱或短暂停止，不出现新的卵泡发育也没有新的发情到来。若因某些原因，卵巢机能持久衰退，就可能引起卵巢萎缩。青壮年猪多发生卵巢静止，而年老体瘦、严重疾病的母猪易发生卵巢萎缩。卵巢萎缩常不易恢复发情。

1. 病因

饲料不足或营养不良，母猪患严重消耗性疾病，母猪哺乳负担过重等因素都可引起该病发生。

2. 诊断要点

母猪出现不发情、性周期间隔延长、产后发情时间延长等。根据临床症状结合对卵巢的直肠检查可作出诊断。

3. 治疗

改善饲养管理，增加营养（尤蛋白质及维生素类）；根治原发性疾病。

【处方1】

促黄体素释放激素（LRH）150单位或孕马血清（PMSG）500～1000单位和人绒毛膜促性腺激素（hCG）组合治疗

用法：肌内注射。

【处方2】

促孕灌注液   15～20毫升

用法：子宫内灌注。

十五、乳 房 炎

乳房炎是由于机械的、物理的、化学的和生物的原因而致使乳腺组织或间质组织发生红、肿、热、痛，甚至溃烂化脓，泌乳量减少甚至停止的一种病症。中兽医称之为奶痈。

1. 病因

主要有感染、中毒、机械损伤和遗传因素。

就感染而言，其病原主要包括细菌（如链球菌、葡萄球菌、大肠杆菌）、真菌（如念珠菌、毛孢子菌、胞浆菌）和少数病毒（如口蹄疫病毒）；其感染途径有泌乳（经乳头感染）、淋巴和血液途径（如菌血症或子宫炎时继发的乳房炎）；当机体抵抗力强时，尽管存在着病原及感染途径，机体也不一定发病。

就中毒而言，常因胎衣不下、胃肠疾病、子宫疾病或饲料中毒而继发乳房炎。

其机械性损伤主要是仔猪吮乳时咬伤、圈栏及地面造成的损伤、治疗时粗暴地插放导乳管损伤等。

乳房的结构与外形有一定的遗传性。母猪乳房一般有 8～16 对，每一个乳房内含有 2～3 个腺团，并分别开口于各自乳池内，每一个乳房的乳头尖端均有 2～3 个乳腺管。正常母猪乳房外形呈漏斗状突起，前部及中部乳房较后部乳房发育的好，这和动脉血液供应有关。乳房发育不良时呈喷火口状凹陷，这种乳房排乳困难，常引起乳房炎。

2. 诊断要点

患猪乳房红肿、发热、疼痛，不让仔猪吮乳。病初乳量减少，乳汁清淡稀薄，仔细观察乳中有时含絮状物，有时乳头管发生堵塞，炎症发展成脓性时，可排出淡黄色或黄色脓汁。如脓汁排不出时，可形成脓肿，久了还会破溃流脓。在脓性或坏疽性乳房炎时，尤其波及到几个乳房时，母猪可能会出现全身症状，体温升高，食欲减退，喜卧等。

3. 治疗

治宜抗菌消炎，活血化淤。

【处方 1】

| 青霉素 | 40 万～80 万单位 |
| 0.25%奴夫卡因注射液 | 20～40 毫升 |

用法：乳房周围分点封闭注射。

【处方 2】

青霉素 G 钠	80 万单位
链霉素	50 万～100 万单位
注射用水	5～10 毫升

用法：一次肌内注射，每天 1～2 次，连用 3 天。

【处方 3】

| 蒲公英 15 克 | 金银花 12 克 | 连翘 9 克 |
| 丝瓜络 15 克 | 通草 9 克 | 穿山甲 9 克 |

芙蓉花 9 克

用法：共为末，开水冲调，候温一次灌服。

说明：脓肿已成者，尽早切开，外科处理。

【处方 4】

"得米先"长效注射液　　　　　　10 毫升

用法：母猪产后 8 小时内肌内注射，对预防该病有较好的效果。

【处方 5】

黄花地丁 60 克，紫花地丁、芙蓉花各 50 克，大蓟 40 克

用法：煎汁喂服，每日 1 剂，其渣可敷于患处；也可取新鲜鱼腥草 100～150 克（干品减半）和铁马鞭 50～100 克，洗净后加 2～3 倍清水煎熬后拌料喂母猪，连用 3～4 次。

【处方 6】

瓜蒌 60 克　　牛蒡子、花粉、金银花、连翘各 30 克　　黄芩、栀子、柴胡、当归、赤芍、王不留行、穿山甲、青皮各 25 克　　甘草 15 克

用法：共研末，每日 1 剂，分 2～3 次灌服，用于热度壅盛型。

【处方 7】

当归、赤芍、白芍、柴胡、香附、郁金、丝瓜络、王不留行各 30 克　　陈皮、青皮各 25 克　　甘草 15 克

用法：共研末，每日 1 剂，分 2～3 次灌服，用于气血淤滞型。

【处方 8】

桃仁、金银花、栀子各 45 克　　连翘 30 克　　红花、生地、赤芍、当归、川芎、王不留行、穿山甲、陈皮各 25 克　　甘草 15 克

用法：共研末，每日 1 剂，分 2～3 次灌服，用于子宫内膜炎继发乳房炎。

十六、母猪产后无乳或泌乳不足

母猪产仔后泌乳少，甚至无乳汁，有人称之为缺乳症。

1. 病因

该病主要是母猪在怀孕期和哺乳期饲料不足或饲料营养不全面所造成。此外，母猪患严重全身性疾病、热性传染病、乳房疾病、内分泌失调、乳腺发育不全等可引起无乳及泌乳不足。

2. 诊断要点

母猪乳房松弛或干瘪，挤不出乳汁，或奶汁稀释如水，仔猪吃奶次数增加但吃不饱，常追赶母猪吮乳甚至啃咬母猪乳头（有时会激惹母猪）。严重时个别母猪发生全身症状。

3. 治疗

应加强营养、通乳。

【处方1】

垂体后叶素或催产素   20～30 单位

用法：肌内注射，每日 1 次，连用 3 次。同时热敷及按摩乳房。

【处方2】

王不留行 40 克   通草、山甲、白术各 15 克，白芍、黄芪、党参、当归各 20 克

用法：共研末，调在饲料中喂给。

【处方3】

黄芪 60 克   党参 40 克   通草 30 克   川芎 30 克   白术 30 克   川断 30 克   川甲珠 30 克   当归 60 克   王不留行 60 克   木通 20 克   杜仲 20 克   甘草 20 克   阿胶 60 克

用法：研末，加黄酒 100 克，调服，母猪每次用量 60～90 克。

十七、新生仔猪窒息

新生仔猪娩出后的短时间内（半分钟或稍长一些时间内）只有心跳而没有明显的自然呼吸，称为新生仔畜窒息或假死。

1. 病因

该病病因有：①分娩前母猪患高热性疾病、大出血、贫血或肺炎等；②分娩时发生前置胎盘、脐带缠绕、子宫阵缩过强、胎膜早期分离、胎儿在骨盆腔卡置过久；③早产或迟产等。

2. 诊断要点

仔猪生下后有轻微的活动力或几乎不活动，可视黏膜发绀或苍白，口鼻内充满黏液，全身松软，反射几乎消失，呼吸基本停止，但心跳尚有并且微弱。

3. 治疗

①立即将仔猪倒提，拍打仔猪背部，将口腔、鼻腔中的黏液和羊水除净并迅速擦净全身；②人工呼吸：倒提、抖动并轻轻有节律地压迫腹部（有人人工呼吸时是直接压迫胸廓，这样易损伤肋骨）；③有人将清理完毕口鼻黏液和羊水的仔猪放入母猪腹下，让母猪和仔猪贴腹，通过母猪的胸腹起伏启动和刺激仔猪的呼吸，此方法仅在窒息仔猪较多且来不及人工诱导呼吸的情况下才用，比较直接有效的办法仍然是术者手有节律地压迫仔猪腹壁；④对口吹气法：用几层纱布放在仔猪的口鼻，助产者隔着纱布对口鼻吹气（15～20 次/分），也可用氧气导管插入鼻腔的办法实行输氧；⑤用酒精刺激仔猪鼻端；⑥用温水、冷水将仔猪交替浸入（头在水上），刺激呼吸。

【处方1】

尼可刹米 1 毫升（0.25 克）或注射肾上腺素 0.1 毫升

用法：皮下或肌内注射。

【处方 2】针灸

针刺（毫针）仔猪山根（人中）、鼻中穴。

十八、新生仔猪便秘

新生仔猪出生后，超过 24 小时仍不排出胎粪称新生仔猪便秘或胎粪停滞。

1. 病因

①仔猪未能及时吃到母乳（初乳中富含镁，有轻泻作用，而且初乳食入后可促进胃肠蠕动）；②母猪缺乳，仔猪体弱。

2. 诊断要点

仔猪出生后 1～2 天不见排出胎粪，逐渐表现不安，弓背努责，回顾腹部，食欲不振，精神萎顿。手指检查直肠，肛门处有浓稠蜡状黄褐色胎粪。

3. 治疗

【处方 1】

温肥皂水　100～300 毫升，或石蜡油　50～100 毫升

用法：直肠灌注，直肠灌注后，轻揉肛门或热敷腹部。

【处方 2】

食用植物油或石蜡油　　　　　　10～50 毫升。

用法：灌服

附　　录

附录一　猪正常生理参数

体温（T）：38.0～39.5℃
呼吸（R）：18～30 次/分
脉搏（P）：60～80 次/分

附表 1　猪血液常规检查的正常值

检查项目		参考范围
红细胞数 RBC($\times 10^{12}$/L)		5.0～8.0
血红蛋白 Hb(g$\times$10/L)		10.6～16.0
红细胞压积 PCV(%)		32.0～50.0
平均红细胞体积 MCV(fl)		50.0～68.0
平均血红蛋白含量 MCH(pg)		17.0～21.0
平均血红蛋白浓度 MCHC(%)		30.0～34.0
网织红细胞(%)		0.0～1.0
白细胞数 WBC($\times 10^9$/L)		11.0～22.0
白细胞分类计数(%)	嗜中性粒细胞	30.0～35.0
	淋巴细胞	55.0～60.0
	单核细胞	5.0～6.0
	嗜酸性粒细胞	2.0～5.0
	嗜碱性粒细胞	< 1.0

附录二　猪的病理剖检

一、原　　则

　　剖检原则是要尽早剖检、准备充分、有防范意识。也就是病死猪尽早剖检，以免尸体的腐败变化影响对病变的识别，最好在白天利用自然光对病变的颜色进行辨认。剖检前应先了解病情、病史并作病情检查，若疑似炭疽则应禁止剖检，可在静脉处切开皮肤抽血作数片血涂片送检。剖检应在剖检室内进行，便于彻底消毒。野外剖检应选择远离生产和生活区的偏僻处，严格防止病原的污染和扩散传播。在剖检前要准备好工作服、手套、刀、剪、镊子、锯、广口瓶、固定液、灭菌的玻璃器皿或塑料袋和消毒药品等，以保证剖检工作的顺利完成。

二、注 意 事 项

① 着手剖检前，主检者应先了解送检猪群发病与病死情况、饲养管理条件、防疫接种措施，以及送检猪的病程、症状、临床化验、诊断与治疗过程等病史，以及送检目的与临床兽医的要求。在剖检时迅速找到检验目标，以利于做出符合客观的诊断。

② 执行剖检时，检验人员应身穿工作服、戴好乳胶医用手套和塑料围裙，剖检前先浸湿手套，剖检过程中常用水冲洗手套和刀剪，始终保持清洁，减少血粪污染。如果不慎受伤，立即用自来水冲洗伤口后再涂擦碘酊，以保障剖检人员的安全。

③ 除病理组织学检验病料和胃肠内容外，其他病料应以无菌方法采取，器械及容器等都应提前作灭菌处理。

④ 为了减少污染，一般应先采取微生物检验材料，然后再取病理组织材料。

⑤ 当剖开体腔和脏器时，尽量一刀切开，保持切面整齐，以利观察。

⑥ 各种脏器摘取和分离之前，应检查有无变位、相邻部位联系（如肝外胆管、肝门静脉、肠系膜动脉根等）、体腔积液以及脏器的颜色。

⑦ 各种脏器的切开应在该脏器暴露切面最广阔之处，以后再做多个平行切面和横切面，充分观察血管和导管（如支气管、肾盂、肝胆管等）分布及其相互联系。

⑧ 各脏器称重应在切开之前进行，以免流血失真。一般脏器大小只测量其最大长度、宽度和厚度。

⑨ 在检验操作过程中，检验人员应全神贯注，眼到、手到、思维到，不断思考分析所见病变的特点与意义。

⑩ 剖检完毕，现场应作彻底消毒，常用 0.1％新洁尔灭清洗器械与皮肤，3％～5％煤酚皂溶液（来苏尔）消毒地面、墙壁、用具、尸体和粪便。还可用1％～3％高锰酸钾溶液浸泡手 3～5 分钟，再用 1％草酸溶液泡手褪色，达到除臭目的。衣服、器械和用具清洗消毒后备用。

⑪ 主检者监督执行严格的尸体处理，严禁食用；根据条件和疾病性质，消毒后掩埋或焚烧。要注意防止因搬运尸体造成的环境污染，尸坑深度不少于 1.5米，内脏、污染土壤和废物连同尸体一起深埋，并撒上生石灰或 10％石灰水后填土。死于传染病的猪尸体处理尤其要慎重，要防止疾病扩散和对人畜健康造成危害。

三、剖 检 方 法

剖检前主检人首先对猪品种、性别、毛色、特征、营养、用途、体重、体长、体高及尸体变化等做一般视检，剖检顺序可按照如下顺序进行：剥皮和皮下检查→腹腔的剖开和检查→骨盆腔器官的摘出和检查→胸腔的剖开和检查→口腔颈部器官的摘出和检查→颅腔剖开及脑的取出和检查→鼻腔剖开和检查→脊椎管的剖开及脊髓的取出和检查→肌肉和关节的检查→骨和骨髓的检查。

1. 剥皮和皮下检查

一般取仰卧位，通常把四肢与躯体分离，但又要保持一定的联系，这样可以借四肢固定尸体。第一条纵切线是猪腹侧正中线，从下颌间隙开始沿气管、胸骨、再沿腹壁白线侧方直至尾根部作一切线切开皮肤。切线在脐部、生殖器、乳房、肛门等时，应使切线在其前方左右分为两切线绕其周围切开，然后又会合为一线，尾部一般不剥皮，仅在尾根部切开腹侧皮肤，于3～4尾椎部切断椎间软骨，使尾部连于皮肤上。四条横线，即每肢一条横切线，在四肢内侧与正中线成直角切开皮肤，止于球节作环状切线。头部剥皮，从口角后方和眼睑周围作环状切开，然后沿下颌间隙正中线向两侧剥开皮肤，切断耳壳，外耳部连在皮肤上一并剥离，以后沿上述各切线逐渐把全身皮肤剥下。皮肤剥离后，仔细观察皮下的出血、颜色等情况。

2. 腹腔的剖开和检查

剥皮完毕后，第一切线从剑状软骨后方开始直切到耻骨联合。第二和第三切线，于剑状软骨左右两侧沿肋骨后缘开始切到腰椎横突，然后向两侧翻开切离的腹壁后即可露出腹腔器官。

脾和网膜的摘出：脾在左季肋部，用手提起脾脏在接近脾脏附近切断网膜和血管等联系，可摘出脾脏，继之再将网膜从其附着部分离取出。

空肠与回肠的摘出，可先找到回盲韧带与回肠，在距盲肠约15厘米处，将回肠作双重结扎切断。左手抓住回肠断端，右手执刀依次分离回肠、空肠的肠系膜，直至十二指肠曲部再结扎，切断、取出空肠与回肠。

大肠的摘出时，在盆腔口处分离出直肠，将其中的粪便挤向前方作一次结扎（或不结扎），切断直肠，握住断端向前分离肠系膜至前肠系膜动脉根部，再将结肠与十二指肠、胰脏之间的联系加以分离，切断前肠系膜动脉根部的血管、神经和结缔组织及结肠与背部之间的一切联系，即可取出大肠。

胃和十二指肠、肾脏，肾上腺和肝脏可相继摘出。胃在取出前在靠近膈肌处将食道结扎切断。

上述器官在取出前先观察颜色、大小、有无出血等情况。取出后再仔细观察，剖开看质地、剖面等情况，如要采样则要采取无菌操作。

3. 骨盆腔器官的摘出和检查

骨盆腔器官的摘出通常有 2 种方法。一种方法是锯断左侧髂骨体、耻骨和坐骨的髋臼枝，取出锯断的骨体，即可露出骨盆腔，然后用刀切断直肠与骨盆腔上壁的联系，遇母猪还须切离子宫与卵巢，再由骨盆腔下壁切断与膀胱、阴道及生殖器官的联系，最后骨盆腔器官一起取出；遇公猪应将外生殖器与骨盆腔器官一同取出时，应先切开阴囊，把睾丸、附睾、输精管由阴囊取出并纳入骨盆腔内，再切开阴茎皮肤，将阴茎引向后方，于坐骨部切断阴茎脚、坐骨海绵体肌，再切开肛门周围皮肤，将外生殖器与骨盆腔器官一并取出。另一种方法是从骨盆入口处，切离周围软组织，可将骨盆腔器官取出。

骨盆腔的器官检查主要观察泌尿生殖器官。重点观察膀胱、卵巢、睾丸、阴茎的形态，有无出血等病变。

4. 胸腔的剖开和检查

胸腔剖开前，应首先检查胸腔是否真空，在胸壁 5～6 肋间处，用刀尖刺一小口，此时若听到空气冲入胸腔时发生的摩擦音，同时膈后退，即证明正常。用刀刺膈肌的方法也可检查胸腔是否真空。通常剖开胸腔是锯除半侧胸壁，首先切除胸骨及肋骨上附着的肌肉等软组织，再切断与胸壁相连的膈肌，然后用骨锯锯断与胸骨相连的肋软骨，最后在距脊椎 7～9 厘米处自后向前依次将肋骨锯断。然后将锯断的胸壁取下，从而暴露出胸腔。另外用分离肋骨的方法亦可。

摘出心脏时，用剪刀或刀纵切心包中央线，同时测量心包液的数量并观察其性状，然后将心脏提至心包外，再切断心包和心脏附着的心基部的大血管，即可取出心脏。

肺脏的摘出是在后主动脉的下部切断上纵膈膜，观察右侧的胸腔液，其次从横膈膜上切断后纵膈膜及食道末端，最后切断靠近胸腔入口处的食道及气管，将手指插进在气管断端已切好的小孔和气管腔，即可将肺取出胸腔。观察肺的颜色、弹性和质地以及有无肿块等。剖开气管观察有无出血和黏液的性状。

摘出大血管时，首先在主动脉分支处将横膈膜与大血管分离，然后从主动脉弓往后分离与胸主动脉和腹主动脉周围的联系，再在腹主动脉分支切断血管，最后从胸主动脉向前分离至颈动脉的分支处切断，则可采出大血管。观察动脉有无硬化等。

5. 口腔颈部器官的摘出和检查

将头部仰卧固定使下颌向上，用锋利的刀在下颌间隙紧靠下颌骨内侧切入口腔，切断所有附着于下颌骨的肌肉，至下颌骨角，然后再切断另一侧，同时切断舌骨之间的连接部，将手自下颌骨角切口伸入口腔，抓住舌尖向外牵引，用刀切开软腭，再切断一切与喉连接的组织，连同气管，食道一直切离到胸腔入口处将食管连同在胸腔段的食管全部取出。观察舌、咽部软骨、食管的黏膜有无出血等。

6. 颅腔剖开及脑的取出和检查

先把头从第一颈椎分离下来、去掉头顶部所有肌肉，在眶上突后缘 2～3 厘米额骨上锯一横线，再在锯线的两端沿颞骨到枕骨大孔中线各锯一线，用斧头和骨凿除去颅顶骨，露出大脑。用外科刀切断硬脑膜，将脑轻轻向上提起，同时切断脑底部的神经和各脑的神经根，即可将大脑，小脑一同摘出，最后从蝶鞍部取出脑下垂体。观察脑表面的颜色、出血等。

7. 鼻腔剖开和检查

先用锯在两眼前缘横断鼻骨，然后在第一臼齿前缘锯断上颌骨，最后沿鼻骨缝的左侧或右侧 0.5 公分处，纵向锯开鼻骨和硬腭，打开鼻腔取出鼻中隔，检查隔黏膜，鼻腔黏膜的变化。

8. 脊椎管的剖开及脊髓的取出和检查

先锯下一段胸椎 10 厘米左右，而后用木棒或肋软骨插入椎管可顶出脊髓。也可沿椎弓的两侧与椎管平行锯开椎管即可观察脊髓膜，用手术刀剥离周围的组织即可摘出脊髓。观察脊髓的质地、颜色以及椎管的积液等。

9. 肌肉和关节的检查

观察肌肉有无出血、坏死、色泽和萎缩等情况；观察关节囊的完整性和关节液的多少、性状。

10. 骨和骨髓的检查

观察骨的密度、大小、长度是否符合正常，观察骨髓的颜色和性状，必要时可采样回实验室检查。

上述各体腔的打开和内脏的取出，是进行系统检查的程序，但程序的规定和选择，首先应服从于检查的目的，应该按照实际情况适当地改变某些剖检程序。

四、记　录

可分文字记录和图像记录。前者为尸体剖检记录，是人们用视觉、听、触觉器官所获得的各种异常现象全面如实的反映出来，可以用言语形象叙述，采用文字记录下来；后者是用录像机或照相机摄制病变的动或静的图像，比文字的记录更加逼真、客观、精确、可靠、一目了然。两者均属是剖检的原始记录，是剖检报告的重要依据。

剖检记录的原则与要求：记录的内容要如实的反映尸体病理变化，要真实可靠，不得弄虚作假，要求内容力求完整详细，重点详写，次点简写，文字记录简练并应在剖检当时进行，不可在事后凭记忆填写，记录的顺序与剖检术势的顺序相同。常见的病理剖检报告如下。

猪病理剖检报告

单位		畜主姓名		畜种性别		剖检号 No	
品种		营养特征					

临床摘要及临床诊断：

发病时间		死亡时间		剖检时间		剖检地点：	
主检人		助检人		记录人			

剖检摘要：

病理学检查：

微生物、免疫学、理化学检查：

病理解剖学诊断：

结论：

主检人签字：

呈报单位公章：

年　　月　　日

附录三　猪人工授精

一、采精方法

1. 调教公猪爬跨台畜

开始时，在假台猪上涂上母猪尿或母猪分泌物，还有的涂擦公猪精液等；诱导公猪处于兴奋状态。采精前必须剪去包皮周围的长毛，防止细菌污染精液。

2. 采精方法

采精方法分假阴道法和徒手法2种。徒手法由于不需要器械，方法简便，可分段收集精液。假阴道法是借助模仿母猪阴道功能的器具，但只能采集部分精液。徒手采精时，采精员戴上双层医用塑料手套，手套外面不得使用滑石粉，采精员蹲于公猪一侧，待公猪阴茎伸出后即用右手抓住阴茎，握住螺旋头，由轻到重有节奏地紧握螺旋部，并以适度压力，使公猪射精，另一手持集精杯接取公猪精液。由于公猪的射精反应对压力比湿度更为敏感，只要掌握适当的压力，经过训练的公猪都可以采到精液。集精瓶应有 600 毫升容积，能保持 37～38℃ 的双层套杯，中间充 40～42℃ 温水即可保温，由于精子对温度（低温）十分敏感，要防止精液突然降温引起不可逆的休克。猪射精时间平均为 6～7 分钟，最短 2 分钟，最长可达 23 分钟。射精过程中，最初排出的几乎是无色，带有少量尿液的液体，接着排出的是浓厚精液，即真正精液。精液由液体和胶状物 2 部分组成，射精的前半期射出大部分精液，后期仅有少量排出。在射精初期射出较浓厚的精液，其后有逐渐减少之趋势。精子数在开始射精后 2 分钟以内射出的精液中最多，平均占全部精子数的 82%。猪精液中特有的胶状物，是由尿道球腺分泌的，在射精时被排出。在一次射精排出胶状物总数是 382～1833 个，平均为 909 个。

对于没有经过人工采精训练的青年公猪，可用发情的母猪或非发情母猪保定后让公猪爬跨，用假阴道采精 2～3 次，然后用假台猪再加以训练。

二、精液品质检查

精液采集后应及时交由实验室处理，防止温度变化、污染、光照等不良因素影响精子的活力；在显微镜下观察评价精子质量。

三、精液的一般保存

需要保存的精液放入预先灭菌带塞的细口瓶中，盖严后吊入水温 15～20℃ 的保温瓶内。在温暖季节采精时，如当日输精，可不必作特殊保温处理。夏季不易找到冰时，可吊入适当的井水中，放置在冷凉处保存也可。保存精液时，温度要力求做到缓慢下降，切忌温度突然变化。15～20℃为保存精液适宜温度，在此温度下，精子通常可生存5～7天，2天之内具有受精活力。精液还要避免阳光直射，取放时应注意不要混入水，运输中防止震荡。

在精液采集后当日输精的情况下，通常是采用原精输精，如果需要稀释，一般用5％～6％葡萄糖液、10％蔗糖液或0.9％生理盐水进行稀释。精液应在使用前稀释，不可稀释后保存。

精液采集后，静止一段时间，就会使精子层和精液层分离，数小时左右精子出现假死状态。一般若在温度38℃震荡后2小时就能恢复原活力状态。但是，此种精子必须经过镜检以检验其活力；恢复活力后再输精不会影响受胎。

四、输精方法

采用压背法使母猪静立，清洁母猪外阴部，输精时输精管以斜上方45角度插入阴道，逆时针方向旋转进入，并随引导的走向调整输精管的方向，当输精管不能前进时，轻拉导管，确定输精管头部在子宫颈部。将输精瓶接到输精管上，让输精瓶倒置，精液会自动吸入母猪体内，精液完全流入后，将导管放低看是否有精液流出，如有精液流出，抬高输精瓶重复以上操作，直至精液完全流入子宫内，输精所需的时间为5～15分钟。输精后将输精管顺时针旋出体外。输精过程中要确保母猪不受外界刺激，输精时按摩腹部可促进母猪将精液吸入体内。

为了成功受胎，必须要有足够的精液量，一般大约需要50毫升，在保存时间短（24小时以内）精子数目多的情况下，使用30毫升也可获得良好的效果。在24小时内保存精液精子数大约50亿个，24小时以上大约70亿个就能有良好的受胎率。精子活力要求在70％以上，精液稀释倍数为2～3倍。猪的授精适宜期，是在允许公猪爬跨开始后的10～26小时。人工授精和自然交配相比，若精液保存时间在24小时以内，其受胎率差异不大，如果技术熟练，其受胎率可达90％以上。

附录四 猪阉割术

一、母猪的阉割术

母猪的阉割方法较多，常用的有以下2种：大挑花，适于3月龄或较大的母猪（15千克以上），特别是成年母猪；小挑花，适于生后30～45日龄（15千克以下）的小母猪。

1. 大挑法（髂部法）

（1）术前准备 术前要检查母猪是否发情，发情期卵巢及子宫充血，易引起出血，不宜手术。术前应禁饲 次。

（2）保定 侧卧保定。对中等大小的母猪，术者在猪背侧，以左脚踩住其颈的寰椎翼；助手将两后肢向后牵引伸直。如母猪较大，则由助手用木杠压住颈部，注意避开气管并用绳捆住四肢。

（3）**术部**　在髋结节后下方5～10厘米处（依猪大小而定）。

（4）**手术方法**　术部剪毛、消毒，最好进行局部浸润麻醉。以髋结节为中心，在术部作3～5厘米长的弧形皮肤切口（月牙口），而后用右手食指垂直戳破腹肌及腹膜。止血后，拭去手指血液。将食指插入腹腔，沿脊柱及侧腹壁，由前向后至盆腔入口探摸上侧卵巢；摸到后，用指腹将其压住并钩向切口引至腹外。屈曲腹外各指，以手背侧按压腹壁，加大腹压，使卵巢不至滑脱。当卵巢钩至切口，引出困难时，可用桃形刀的钩端将其钩出。然后，手指再入腹腔，通过直肠下方到对侧，探摸对侧卵巢，以同法将其引出切口。分别结扎卵巢系膜并切断，除去卵巢，还纳子宫角于腹腔。如母猪肥大，钩引下侧卵巢困难时，可先将引出的上侧卵巢除去。而后一边还纳上侧子宫角，一边导出下侧子宫角、输卵管及卵巢。最后，以连续缝合法缝合腹膜，以结节缝合法缝合肌肉及皮肤。也可对腹膜、肌肉及皮肤一起行连续或结节缝合。缝合时不要伤及肠管。腹膜必须缝合紧密，以防肠管脱出于腹膜外，而造成肠嵌闭、粘连及坏死等。

2. 小挑花法（下腹部法）

（1）**术前准备**　注意术前应禁饲1次。

（2）**保定**　术者以左手提起猪的左后肢，右手捏住左侧膝褶，向前摆动猪的头部，将猪右侧卧底，立即用右脚踩住猪左侧颈部，将左后肢向后延伸，使猪的后驱转为仰卧姿势，并以左脚踩住其左后肢跗部或球节，蹬紧固定之。

（3）**术部**　在左侧腹下部，髋结节向腹正中线的垂直线上，左列乳头外侧方2～3厘米处。多数小猪，此术部相当于左列倒数第2～第3对乳头之间的外侧2～3厘米处。

（4）**手术方法**　术部消毒后，左手中指抵于左侧荐结节，指端触地。拇指于左列倒数第2～第3对乳头之间外侧2～3厘米处，稍将皮肤向外侧牵移，随之用力向下按压腹壁，使之抵于荐结节内侧的陷凹内，此时拇、中指正好相对。右手拇指与中、食指控制桃形刀刃的深度，用刀尖垂直刺开皮肤约0.5～1.0厘米长的纵切口。掉转刀头，以钩端45度角插入切口，左手随之用力按压，趁小猪嚎叫之时，右手适当用刀，"点"破腹壁肌层及腹膜，此时有少量腹水流出，常常是子宫角也随着涌出。如果子宫角或卵巢尚未出来，左手拇指要压紧腹壁，拇指压的越紧，腹压越大，卵巢越接近术部，手术越易成功。为了集中拇指的按压力量，此时也可收拢其余四指，仅用拇指向下垂直按压。右手将刀柄作弧形摆，稍扩大切口。由于按压，小猪嚎叫，腹压增高，以及刀柄摆动，切口扩张，卵巢及子宫角的一部脱出后，即用右手捏住。随后以两手的拇、食指轻轻地轮番往外引导，而两手的其余各指收拢并轮番交替压迫腹壁切口，当两侧卵巢、子宫角及子宫体的前部导出后，以指腹挫断子宫体，将两侧卵巢及子宫角一起除去。切口用碘酊消毒。提起小猪后肢，稍稍摆动一下，即可放开。切忌留下（牵断）一侧卵巢，如留下一侧卵巢，猪则仍可发情，俗称"茬高"。

术者如果技术熟练，亦可采用"透花法"阉割。同上法保定并确定术部后，术者右手执刀并以拇指和末指控制刀刃的深度，垂直皮肤一次切透腹壁各层。为避免下刀用力过猛而损伤内脏器官，术者在切开皮肤后，可将压迫术部的左手拇指向上轻轻一提，借助腹壁的张力，刀尖向下轻按即可切开腹肌和腹膜。腹膜切开时，可感知刀下的阻力突然消失，此时稍微扩大切口，随着向外抽刀，腹水和子宫角即涌出。按上法将两侧子宫角和卵巢一并摘除。

近年来，在实践中使用管状刀代替桃形刀作小挑法阉割，使引出子宫角和卵巢的难度大为缩小。阉割时，按常规保定，确定术部后，用管状刀与皮肤呈45度角，直接捅破腹膜，稍加转动，即可见子宫角涌出。按前述方法摘除子宫角和卵巢。

二、公猪阉割术

小公猪的阉割，以1～2月龄或体重5～10千克为最合适。大公猪则不受年龄的限制。阉割前，对猪应行全身检查，当传染病流行或阴囊及睾丸肿胀时，应暂缓手术。患阴囊疝的猪，阉割的同时应行手术治疗。

1. 小公猪阉割术

（1）保定　术者右手握住猪的右后肢跗部，将猪提起。左手握住猪的右膝褶。向前摆动猪头部，使其左侧卧于地上。左脚踩住猪颈的寰椎翼部，右脚踩住尾根。

（2）手术方法　术者用左手腕部向猪腹侧推压其右后肢，并以微屈的拇食及中指捏住阴囊颈部，把睾丸推挤至阴囊底部，使阴囊皮肤紧张，便于切开。右手持刀沿阴囊缝际切开皮肤及总鞘膜，挤出睾丸。右手随之抓住睾丸，以左手拇指或食指捏住阴囊韧带与总鞘膜连接部，并将其撕开，此时睾丸即向外脱垂。右手松开睾丸，以拇、食指在睾丸上方1～2厘米处，反复撸挫精索，必要时可捻转数周后再行撸挫，直至精索被挫断为止。随后经原阴囊切口，切开阴囊中隔，以同法除去另侧睾丸。

2. 大公猪阉割术

（1）保定　左侧位保定，由助手在猪颈部用木杠或者扁担压住，但注意不要压迫气管。术者以膝部压于猪后躯，右脚踩住尾根。

（2）手术方法　与小公猪阉割法基本相同。如固定睾丸困难时，可用纱布条将阴囊颈部捆住。皮肤切口在阴囊缝际两侧方1～1.5厘米处平行阴囊缝际切开阴囊皮肤。显露睾丸后，在睾丸上方2～3厘米处结扎精索后（如果精索较粗，为防止滑脱可做贯穿结扎），再切除睾丸。对较大的皮肤切口，可做作连续缝合，涂以碘酊。

3. 阴囊疝患猪的阉割术

小公猪常发阴囊疝。阉割时，由助手用倒提法将猪提起保定。也可先倒提，待肠管归回腹腔后，再做侧卧保定。

按正常小公猪阉割法，除去睾丸，但应注意压迫腹股沟管，防止肠管突然突出，然后缝合鞘膜管即可。

参 考 文 献

[1] （美）B. E. 斯特劳，（加）S. D. 阿莱尔，（美）W. L. 蒙加林，（英）D. J. 泰勒主编. 赵德明，张中秋，沈建忠译. 猪病学 ［M］. 北京：中国农业出版社，2000.

[2] 曹光荣主编. 猪病防治新技术 ［M］. 杨陵：西北农林科技大学出版社，2005.

[3] 冯力主编. 猪病诊断与防治技术 ［M］. 北京：中国农业出版社，1999.

[4] 胡元亮主编. 兽医处方手册（第二版）［M］. 北京：中国农业出版社，2005.

[5] 计伦主编. 猪病诊治与验方集粹 ［M］. 北京：中国农业科技出版社，1998.

[6] 蒋立辉主编. 猪病中西医高效诊治术 ［M］. 南宁：广西科学技术出版社，2007.

[7] 李佑民主编. 猪病防治手册 ［M］. 北京：金盾出版社，1993.

[8] 刘富来主编. 猪病中西医结合治疗 ［M］. 北京：金盾出版社，2006.

[9] 史秋梅，吴建华，杨宗泽主编. 猪病诊治大全 ［M］. 北京：中国农业出版社，2005.

[10] 宣长和主编. 猪病学 ［M］. 北京：中国农业科技出版社，2003.

[11] 宣长和主编. 猪病诊断彩色图谱与防治 ［M］. 北京：中国农业科学技术出版社，2005.

[12] 杨小燕编著. 现代猪病诊断与防治 ［M］. 北京：中国农业出版社，2004.

[13] 姚龙涛主编. 猪病毒病 ［M］. 上海：上海科学技术出版社，2000.

[14] 张泉鑫主编. 猪病中西医综合防治大全 ［M］. 北京：中国农业出版社，2000.

[15] 甘孟侯，杨汉春主编. 中国猪病学 ［M］. 北京：中国农业出版社，2005.

[16] 蔺祥清，孟志敏主编. 猪病诊断与防治 ［M］. 石家庄：河北科学技术出版社，1999.

[17] 丁永龙主编. 新编猪病诊疗手册 ［M］. 北京：科学技术文献出版社，2005.

[18] 董彝主编. 实用猪病临床类症鉴别 ［M］. 北京：中国农业出版社，2000.

[19] 杨小燕主编. 现代猪病诊断与防治 ［M］. 北京：中国农业出版社，2002.

[20] 东北农学院主编. 兽医临床诊断学（第二版）［M］. 北京：中国农业出版社，1999.